D1383940

Marguerite Yourcenar

de l'Académie française

LE LABYRINTHE DU MONDE

I

Souvenirs pieux

Gallimard

Née en 1903 à Bruxelles d'un père français et d'une mère d'origine belge, Marguerite Yourcenar grandit en France, mais c'est surtout à l'étranger qu'elle résidera par la suite : Italie, Suisse, Grèce, puis Amérique où elle vit dans l'Ile de Mount Desert, sur la côte nord-est des Etats-Unis.

Son œuvre comprend des romans : *Alexis ou Le Traité du Vain Combat* (1929), *Le Coup de Grâce* (1939), *Denier du Rêve*, version définitive (1959) ; des poèmes en prose : *Feux* (1936) ; en vers réguliers : *Les Charités d'Alcippe* (1956) ; des nouvelles ; des essais : *Sous Bénéfice d'Inventaire* (1962) ; des pièces de théâtre et des traductions.

Mémoires d'Hadrien (1951), roman historique d'une vérité étonnante lui valut une réputation mondiale. *L'Œuvre au Noir* a obtenu à l'unanimité le Prix Femina 1968.

Puis Marguerite Yourcenar entreprend un tryptique familial dont les deux premiers panneaux sont déjà parus : *Souvenirs pieux* (1974) et *Archives du Nord* (1977). Le troisième s'intitulera *Suite et Fin*.

Enfin, sous le titre de *La Couronne et la Lyre*, Marguerite Yourcenar a publié récemment un choix de poèmes grecs anciens, car traduire la poésie grecque a été pour elle, tout au long de sa vie, un goût, un plaisir, une passion.

Marguerite Yourcenar a été élue à l'Académie française le 6 mars 1980.

Quel
était
votre
visage
avant
que
votre
père
et
votre
mère
se
fussent
rencontrés ?

Koan Zen

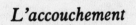

L'accouchement

L'être que j'appelle moi vint au monde un certain lundi 8 juin 1903, vers les 8 heures du matin, à Bruxelles, et naissait d'un Français appartenant à une vieille famille du Nord, et d'une Belge dont les ascendants avaient été durant quelques siècles établis à Liége, puis s'étaient fixés dans le Hainaut. La maison où se passait cet événement, puisque toute naissance en est un pour le père et la mère et quelques personnes qui leur tiennent de près, se trouvait située au numéro 193 de l'avenue Louise, et a disparu il y a une quinzaine d'années, dévorée par un building.

Ayant ainsi consigné ces quelques faits qui ne signifient rien par eux-mêmes, et qui, cependant, et pour chacun de nous, mènent plus loin que notre propre histoire et même que l'histoire tout court, je m'arrête, prise de vertige devant l'inextricable enchevêtrement d'incidents et de circonstances qui plus ou moins nous déterminent tous. Cet enfant du sexe féminin, déjà pris dans les coordonnées de l'ère chrétienne et de l'Europe du XXe siècle, ce bout de chair rose pleurant dans un berceau bleu, m'oblige à me poser une série de questions d'autant plus redouta-

bles qu'elles paraissent banales, et qu'un littérateur qui
sait son métier se garde bien de formuler. Que cet
enfant soit moi, je n'en puis douter sans douter de tout.
Néanmoins, pour triompher en partie du sentiment
d'irréalité que me donne cette identification, je suis
forcée, tout comme je le serais pour un personnage
historique que j'aurais tenté de recréer, de m'accrocher
à des bribes de souvenirs reçus de seconde ou de
dixième main, à des informations tirées de bouts de
lettres ou de feuillets de calepins qu'on a négligé de
jeter au panier, et que notre avidité de savoir pressure
au delà de ce qu'ils peuvent donner, ou d'aller
compulser dans des mairies ou chez des notaires des
pièces authentiques dont le jargon administratif et légal
élimine tout contenu humain. Je n'ignore pas que tout
cela est faux ou vague comme tout ce qui a été
réinterprété par la mémoire de trop d'individus diffé-
rents, plat comme ce qu'on écrit sur la ligne pointillée
d'une demande de passeport, niais comme les anecdotes qu'on se transmet en famille, rongé par ce qui entre
temps s'est amassé en nous comme une pierre par le
lichen ou du métal par la rouille. Ces bribes de faits
crus connus sont cependant entre cet enfant et moi la
seule passerelle viable ; ils sont aussi la seule bouée qui
nous soutient tous deux sur la mer du temps. C'est
avec curiosité que je me mets ici à les rejointoyer pour
voir ce que va donner leur assemblage : l'image d'une
personne et de quelques autres, d'un milieu, d'un site,
ou, çà et là, une échappée momentanée sur ce qui est
sans nom et sans forme.

Le site lui-même était à peu près fortuit, comme
nombre d'autres choses allaient l'être au cours de mon

existence, et sans doute de toute existence regardée
d'un peu près. Monsieur et Madame de C. venaient de
passer un été assez gris dans la propriété familiale du
Mont-Noir, sur une des collines de la Flandre française, et cet endroit, qui a sa beauté, et l'avait surtout
de ce temps-là avant les dévastations de la guerre, leur
avait paru une fois de plus distiller l'ennui. La
présence du fils d'un premier mariage de Monsieur
de C. n'avait pas embelli les vacances : ce maussade
garçon de dix-huit ans était insolent envers sa belle-
mère, qui pourtant s'efforçait timidement de s'en faire
aimer. La seule excursion avait été en fin septembre un
court séjour à Spa, le lieu le plus proche où Monsieur
de C., qui aimait le jeu, pût trouver un casino et
essayer de belles martingales sans que Fernande eût à
braver les tempêtes de l'équinoxe sur le quai d'Ostende. L'hiver venant, la perspective de s'installer
pour la mauvaise saison dans la vieille maison de la rue
Marais, à Lille, parut encore plus dépourvue de
charme que ne l'avaient semblé les jours d'été au
Mont-Noir.

L'insupportable Noémi, mère de Monsieur de C. et
détestée par lui entre toutes les femmes, régnait sur ces
deux demeures depuis cinquante et un ans. Fille d'un
président au Tribunal de Lille, née riche, et mariée par
le seul prestige de l'argent dans une famille où l'on se
plaignait encore de grosses pertes subies durant la
Révolution, elle ne permettait pas un instant qu'on
oubliât que la présente opulence venait surtout d'elle.
Veuve et mère, elle tenait les cordons de la bourse et
subvenait avec une comparative parcimonie aux
besoins de son fils quadragénaire, qui se ruinait
gaiement à emprunter en attendant son décès. Elle

avait la passion du pronom possessif : on se lassait de
l'entendre dire : « Ferme la porte de mon salon ; va
voir si mon jardinier a ratissé mes allées ; regarde
l'heure à ma pendule. » La grossesse de Madame de C.
interdisait les voyages, qui avaient été jusqu'ici pour ce
couple amateur de beaux sites et de régions ensoleillées
la réponse à tout. L'Allemagne et la Suisse, l'Italie et le
Midi de la France étant momentanément exclus,
Monsieur et Madame de C. se cherchaient une
demeure qui ne fût qu'à eux, et où la redoutable
Noémi ne serait que rarement invitée.

De plus, Fernande regrettait ses sœurs, et en
particulier sa sœur aînée, Mademoiselle Jeanne de C.
de M., infirme de naissance, et qui, puisque ni le
mariage ni le couvent n'étaient pour elle, s'était établie
à Bruxelles dans une modeste résidence de son choix.
Elle regrettait presque autant, et davantage peut-être,
son ancienne gouvernante allemande, maintenant installée au côté de Mademoiselle Jeanne en qualité de
dame de compagnie et de factotum. Cette personne
austère, au corsage brodé de jais, mais douée d'une
sorte d'innocence et de jovialité germaniques, avait
tenu lieu de mère à Fernande, privée de la sienne dès
son bas âge. A la vérité, la jeune fille s'était ensuite
rebellée contre ces deux influences ; c'était en partie
pour échapper à ce milieu féminin, pieux et quelque
peu terne, qu'elle avait épousé Monsieur de C. Maintenant, après deux ans de mariage, Mademoiselle Jeanne
et Mademoiselle Fraulein lui semblaient incarner la
raison, la vertu, la paix, et une sorte de calme douceur
de vivre. De plus, élevée comme elle l'avait été dans le
respect de tout ce qui de près ou de loin touche à
l'Allemagne, elle tenait à n'accoucher que des mains

d'un médecin bruxellois ayant fait ses études dans une université germanique, et dont ses sœurs mariées s'étaient trouvées bien au cours de leurs grossesses.

Monsieur de C. acquiesça. Il acquiesçait presque toujours aux vœux de ses femmes successives, comme plus tard à ceux de sa fille, qui était moi. Il y avait là sans doute une générosité que je n'ai vue, poussée à ce point, qu'à lui seul, et qui lui faisait dire *oui* plutôt que *non* à ceux qu'il aimait, ou même tolérait auprès de lui. Il y avait aussi un fond d'indifférence, fait de l'envie de n'avoir pas à entrer dans des discussions toujours irritantes, et du sentiment qu'après tout les choses *n'importent pas.* Enfin et surtout il était de ces esprits mobiles qu'enchante pour un moment au moins toute proposition nouvelle. Bruxelles, où Fernande voulait s'installer, aurait les agréments de la grande ville, absents du Lille enfumé et gris. Un homme plus circonspect eût songé à louer une maison pour quelques mois, mais les décisions de Monsieur de C. étaient toujours supposées prises pour la vie. On chargea une agence immobilière de trouver la demeure rêvée ; Monsieur de C. se rendit sur place pour choisir entre les possibilités offertes, parmi lesquelles, comme il fallait s'y attendre, seule la plus coûteuse parut convenir. Il acheta séance tenante. C'était un petit hôtel aux trois quarts meublé, avec son jardinet aux murs tapissés de lierre. Ce qui séduisit particulièrement Monsieur de C. fut, au rez-de-chaussée, une grande bibliothèque de style Empire, sur la cheminée de laquelle trônait un buste en marbre blanc de Minerve casquée et portant l'égide, majestueusement posé sur son socle en marbre vert. Mademoiselle Jeanne et la Fraulein s'arrangèrent pour trouver des gens de maison et retenir une garde qui s'occuperait de Fernande et resterait ensuite quelques semaines pour soigner la mère et l'enfant. Monsieur et Madame de C. arrivèrent à Bruxelles avec d'innombrables malles, dont plusieurs contenaient les livres destinés aux rayons de la bibliothèque, et le basset Trier, acheté trois ans plus tôt par Michel et Fernande au cours d'un voyage en Allemagne.

L'emménagement fut une distraction ; on passa en revue les domestiques : la cuisinière Aldegonde et la femme de chambre, sa jeune sœur Barbara, ou Barbe, nées l'une et l'autre aux environs d'Hasselt sur la frontière hollandaise ; un valet jardinier et palefrenier chargé du cheval et du pimpant petit attelage prévu pour les promenades au Bois, tout proche. On connut le plaisir, vite épuisé, qui consiste à montrer à qui veut l'admirer une installation toute neuve. La famille vint en force : Monsieur de C. appréciait sa belle-sœur Jeanne pour son solide et froid bon sens, et son courage dans ses infirmités. Il appréciait un peu moins la Fraulein et sa gaieté niaise. De plus, celle-ci avait si bien enseigné l'allemand à ses élèves qu'il était devenu pour elles une seconde langue maternelle ; elles s'en servaient exclusivement au cours des visites que Jeanne et la Fraulein faisaient à Fernande, ce qui outrait Monsieur de C., moins parce qu'il ne comprenait pas ce bavardage féminin, qu'il ne tenait pas particulièrement à comprendre, que comme un manque d'usage intolérable.

Les frères de Fernande vinrent dîner : Théobald, l'aîné, se prévalait sur les documents officiels de son diplôme d'ingénieur, mais n'avait jamais entrepris le moindre travail d'art et ne se souciait pas de le faire.

Cercleux invétéré à l'âge de trente-neuf ans, il vivait à son cercle, nourri des ragots de son cercle. Son cou épais, toujours écorché par son col trop dur et trop serré, répugnait à son beau-frère. Octave, plus jeune, devait son prénom romantique un peu à son oncle à la mode de Bretagne, Octave Pirmez, essayiste méditatif et rêveur qui fut l'un des bons prosateurs belges du XIXᵉ siècle, mais surtout au fait d'être le huitième d'une série de dix enfants. C'était un homme de taille moyenne, d'aspect agréable et un peu falot. Comme l'oncle Octave de poétique mémoire, il aimait les voyages, et se plaisait à parcourir l'Europe, seul, à cheval ou dans un léger tapecu de son invention. Une fois même, fantaisie rare à l'époque, il lui était arrivé de s'embarquer pour la traversée de l'Atlantique et de visiter les États-Unis. Assez peu cultivé, bien qu'orné d'un mince vernis littéraire (il a raconté certains de ses voyages dans un illisible petit volume imprimé à ses frais), médiocrement curieux d'antiquités et de beaux-arts, il semble bien qu'il cherchât surtout dans ces randonnées le pittoresque de la route, si cher à tous les voyageurs de l'époque, depuis le vieux Töpffer des *Voyages en zigzag* jusqu'au Stevenson du *Voyage à Ane*, et peut-être aussi une liberté dont il n'eût pas joui à Bruxelles.

Les trois sœurs mariées en province vinrent plus rarement, retenues qu'elles étaient par leurs enfants, leurs obligations de maîtresses de maison et leurs devoirs de dames patronnesses. Les maris, eux, pour affaires ou pour leurs plaisirs, s'accordaient assez fréquemment un tour à Bruxelles. Monsieur de C. fuma avec eux quelques cigares en les écoutant disserter des sujets brûlants du moment, l'entente franco-

italienne de Monsieur Camille Barrère, l'infâme radicalisme du ministère Combes, le chemin de fer de
Bagdad et la mainmise de l'Allemagne sur le Proche-
Orient, et enfin, et à satiété, l'expansion commerciale
et coloniale de la Belgique. Ces messieurs étaient
relativement bien renseignés sur ce qui touchait de
près ou de loin aux fluctuations boursières ; en politique, ils répétaient les lieux communs conservateurs.
Tout cela intéressait médiocrement Monsieur de C.,
qui, pour le moment, n'avait pas de fonds à placer dans
d'aventureuses bonnes affaires, et pour qui toute
nouvelle politique était fausse, ou tout au moins
consistait en un amalgame d'un peu de vrai et de
beaucoup de faux qu'il n'allait pas se charger d'essayer
de dissocier. Une des raisons qui l'avaient décidé à
demander la main de Fernande était son libre état
d'orpheline : il commençait à s'apercevoir que cinq
beaux-frères et quatre belles-sœurs peuvent être pour
un mari aussi gênants qu'une belle-mère. La jeune
femme n'avait guère jusque-là connu de Bruxelles que
le couvent où s'était faite son éducation ; ses relations
mondaines n'étaient en quelque sorte que des annexes
de la famille. Les amies de pension s'étaient disper-
sées ; la plus belle et la plus douée, Mademoiselle G.,
une jeune Hollandaise qu'elle avait aimée comme on
peut aimer à quinze ans, et qui éblouit Monsieur de C.
le jour du mariage dans sa toilette rose de demoiselle
d'honneur, avait épousé un Russe et vivait à des
milliers de lieues ; les deux jeunes femmes s'écrivaient
des lettres sérieuses et tendres. L'intolérable Noémi,
dont on avait cru se débarrasser, pesait encore de tout
son poids sur le ménage, puisque d'elle dépendait que
fût ou non exactement payée au jour d'échéance la

rente qu'elle faisait à son fils. Enfin, particulièrement désolante pour ce Français du Nord qui n'aimait que le Midi, la pluie tombait comme à Lille. « On n'est bien qu'ailleurs », se plaisait souvent à répéter Monsieur de C. Pour le moment, on n'était pas particulièrement bien à Bruxelles.

Ce mariage déjà strié de petites fêlures s'était décidé pour Monsieur de C. peu de temps après la perte de sa première femme, à laquelle le liaient des liens très forts faits de passion, d'aversion, de rancunes réciproques, et quinze ans d'une vie agitée passée plus ou moins côte à côte. La première Madame de C. était morte dans des circonstances pathétiques dont cet homme qui parlait librement de tout parlait le moins possible. Il avait compté sur le regain de joie de vivre que lui apporterait un nouveau et séduisant visage : il s'était trompé. Non qu'il n'aimât Fernande : il était d'ailleurs à peu près incapable de vivre avec une femme sans s'attacher à elle et sans la choyer. Même en laissant de côté son aspect physique, que j'essayerai d'évoquer plus loin, Fernande avait des charmes qui n'étaient qu'à elle. Le plus grand était sa voix. Elle s'exprimait bien, sans l'ombre d'un accent belge qui eût agacé ce Français ; elle contait avec une imagination et une fantaisie ravissantes. Il ne se lassait pas d'entendre de sa bouche ses souvenirs d'enfance ou de lui faire réciter leurs poèmes favoris, qu'elle savait par cœur. Elle s'était fait à elle-même une sorte d'éducation libérale ; elle comprenait un peu les langues classiques ; elle avait lu ou lisait tout ce qui était de mode, et quelques beaux livres que la mode n'atteint pas. Comme lui, elle aimait l'histoire, et, comme lui, surtout ou plutôt exclusivement pour y chercher des anecdotes romanesques ou dramatiques, et, çà et là, quelques beaux exemples d'élégance morale ou de crânerie dans le malheur. Les soirs vides où l'on reste chez soi, c'était pour eux un jeu de société de tirer de son rayon un gros dictionnaire historique, que Monsieur de C. ouvrait pour y piquer au hasard un nom : il était rare que Fernande ne fût pas renseignée sur le personnage, qu'il s'agît d'un demi-dieu mythologique, d'un monarque anglais ou scandinave, ou d'un peintre ou compositeur oublié. Leurs meilleurs moments étaient encore ceux qu'ils passaient ensemble dans la bibliothèque, sous l'œil de leur Minerve due au ciseau d'un Prix de Rome des années 1890. Fernande savait s'occuper tranquillement des journées entières à lire ou à rêver. Elle ne tombait jamais avec lui dans un bavardage de femme ; peut-être le réservait-elle aux conversations en allemand avec Jeanne et Mademoiselle Fraulein.

Tant de bonnes qualités avaient leur revers. Maîtresse de maison, elle était incapable. Les jours de dîners priés, Monsieur de C., se substituant à elle, se plongeait dans de longs conciliabules avec Aldegonde, soucieux d'éviter que parussent sur la table certaines combinaisons chères aux cuisinières belges, telles que la poule au riz flanquée de pommes de terre, ou que l'entremets consistât en tarte aux pruneaux. Au restaurant, tandis qu'il se commandait avec appétit et discernement des plats simples, il s'irritait de la voir choisir au hasard des mets compliqués, et se contenter finalement d'un fruit. Les caprices de la grossesse n'y étaient pour rien. Dès les premiers temps de leur vie en commun, il s'était choqué de l'entendre dire, comme il lui proposait d'essayer encore d'une spécialité du Café

Riche : « Mais pourquoi ? Il reste des légumes. »
Aimant jouir du moment, quel qu'il fût, il vit là une
manière de rechigner à un plaisir qui s'offrait, ou peut-
être, ce qu'il détestait le plus au monde, une parcimonie inculquée par une éducation petite-bourgeoise. Il
se trompait en ne percevant pas chez Fernande des
velléités d'ascétisme. Le fait reste que, même pour les
moins gourmets, les moins gourmands ou les moins
goinfres, vivre ensemble c'est en partie manger ensemble. Monsieur et Madame de C. n'étaient pas bons
partenaires à table.

Ses toilettes laissaient à redire. Elle portait les
vêtements des meilleurs faiseurs avec une négligence
où il y avait de la grâce ; cette désinvolture irritait
pourtant le mari qui butait dans la chambre de sa
femme sur un fringant chapeau ou un manchon jetés à
terre. Sitôt étrennée, la robe neuve était froissée ou
déchirée ; des boutons sautaient. Fernande avait de ces
doigts qui perdent les bagues : son anneau de fiançailles en était tombé, un jour que, de la portière baissée
d'un wagon, elle faisait admirer à Michel un beau
paysage. Sa longue chevelure, pour laquelle il avait une
prédilection d'homme de la Belle Époque, faisait le
désespoir des coiffeurs qui ne comprenaient pas que
Madame ne sût pas mettre une épingle ou un peigne au
bon endroit. Il y avait en elle de la fée, et rien n'est plus
insupportable, à en croire les contes, que de vivre avec
une fée. Pis encore, elle était peureuse. La douce petite
jument qu'il lui avait donnée languissait dans l'écurie
du Mont-Noir. Madame ne consentait à la monter que
tenue en laisse par son mari ou par un groom ; les
innocentes caracoles de l'animal l'épouvantaient. La
mer ne lui réussissait pas plus que le cheval ; lors de

leur dernière croisière en Corse et dans l'île d'Elbe, elle avait cru vingt fois sombrer sur une mer agréablement émue par une petite brise ; sur la côte ligure, elle n'avait consenti que par exception à dormir dans l'étroite cabine du yacht, même ancré en plein port, et insistait pour qu'on lui dressât à l'heure des repas une table sur le quai. Monsieur de C. revoyait le visage hâlé de sa première femme aidant à la manœuvre par gros temps, ou encore celle-ci, en jupe et redingote d'amazone, dans un manège, s'offrant à dresser un cheval, et tenant bon malgré les sauvages ruades et les plongées de l'animal, collée à sa selle de dame, et si secouée qu'elle finissait par vomir.

On ne connaît bien deux êtres ainsi liés que si l'on a d'eux les confidences du lit. Le peu que je devine de la vie amoureuse de mes parents me fait croire qu'ils représentaient assez bien le couple des années 1900, avec ses problèmes et ses préjugés qui ne sont plus les nôtres. Michel aimait tendrement les seins légèrement tombants de Fernande, un peu trop volumineux pour sa taille mince, mais souffrait, comme tant d'hommes de son temps, de ses propres ambivalences devant le plaisir féminin, tenant à croire qu'une femme chaste ne se donne que pour satisfaire l'homme aimé, et gêné tour à tour par la froideur ou par l'émoi de sa compagne. Un peu sans doute parce que ses lectures romanesques l'avaient persuadée qu'une seconde femme se doit d'être jalouse du souvenir de la première, Fernande posait des questions qui semblaient à Michel quelque peu saugrenues, en tout cas intempestives. Les mois passant, et bientôt s'allongeant en années, elle faisait discrètement montre d'un désir d'être mère qui avait semblé d'abord peu prononcé chez elle. La première et seule expérience que Monsieur de C. avait fait de la paternité n'était pas pour lui donner confiance, mais il avait pour principe qu'une femme qui veut un enfant a le droit d'en avoir un, et, sauf erreur, pas plus d'un.

Tout procédait donc comme il l'avait voulu, ou du moins comme il trouvait naturel que les choses se passassent. Néanmoins, il se sentait pris au piège. Pris au piège comme il l'avait été lorsque, pour contrecarrer les projets de sa mère qui voyait en lui son régisseur futur, destiné comme son père avant lui à entendre les doléances des fermiers et à discuter de nouveaux baux, il s'était sans crier gare engagé dans l'armée. (Et il avait aimé l'armée, mais cette décision n'en avait pas moins été le contrecoup d'une querelle de famille, et d'une sorte de maladroit chantage fait aux siens.) Pris au piège comme lorsqu'il avait quitté l'armée, également sans crier gare, à cause du joli visage d'une Anglaise. Pris au piège comme lorsqu'il avait consenti, pour faire plaisir à son père atteint d'une maladie qui ne pardonne pas, à rompre cette liaison déjà longue (qu'ils étaient doux, les verts paysages de l'Angleterre, qu'ils étaient charmants, les jours de soleil et de pluie passés à vagabonder ensemble dans les champs, et les goûters dans les fermes !) pour épouser Mademoiselle de L., personne que tout assortissait à lui, la situation sociale, d'anciennes alliances entre les deux familles, et davantage encore le goût du cheval et de ce que sa mère appelait la vie à grandes guides. (Et tout n'avait pas été mauvais dans ces années passées avec Berthe : il y avait eu le bon et le passable aussi bien que le pire.) A quarante-neuf ans, il se retrouvait pris au piège au côté d'une femme pour laquelle il avait des sentiments affectueux, avec une pointe d'irritation, et d'un enfant dont on ne sait encore rien, sinon qu'on s'attachera à lui, pour en arriver sans doute, si c'est un garçon, à des désappointements et à des disputes, si c'est une fille à la donner en grande pompe à un étranger avec qui elle ira coucher. Monsieur de C. se sentait par moments saisi du désir de faire sa valise. Mais l'installation à Bruxelles avait du bon. Si cette situation se dénouait, non par un divorce, inimaginable dans leur milieu, mais par une discrète séparation, rien de plus naturel pour Fernande que de rester avec l'enfant en Belgique auprès des siens, pendant qu'il prétexterait d'affaires pour voyager ou rentrer en France. Et enfin, si l'enfant était un garçon, il y avait avantage par ce temps de courses aux armements à ce qu'il pût un jour opter pour un pays neutre. On le voit : trois ans, en chiffres ronds, passés à l'armée, n'avaient pas fait de Monsieur de C. un patriote prêt à donner des fils pour la reconquête de l'Alsace-Lorraine : il laissait ces grands élans à son cousin P., député de la droite, qui remplissait la Chambre de ses homélies en l'honneur de la natalité française.

J'ai moins de détails sur les sentiments de Fernande pendant cet hiver-là, et puis tout au plus inférer ce à quoi elle pensait durant ses insomnies, allongée dans son lit jumeau d'acajou, séparée par une carpette de Michel qui pensait de son côté. Compte fait du peu que je sais d'elle, j'en viens à me demander si ce désir de maternité, exprimé de temps à autre par Fernande en voyant une paysanne donner le sein à son nourrisson ou en regardant dans un musée un bambin de Lawrence, était aussi profond qu'elle-même et Michel le croyaient. L'instinct maternel n'est pas si contraignant qu'on veut bien le dire, puisque, à toute époque, les femmes d'une condition sociale dite privilégiée ont d'un cœur léger confié à des subalternes leurs enfants en bas âge, jadis mis en nourrice, quand la commodité ou la situation mondaine de leurs parents l'exigeaient, naguère laissés aux soins souvent maladroits ou négligents des bonnes, de nos jours à une impersonnelle pouponnière. On pourrait aussi rêver à la facilité avec laquelle tant de femmes ont offert leurs enfants au Moloch des armées, en se faisant gloire d'un tel sacrifice.

Mais revenons à Fernande. La maternité était partie intégrante de la femme idéale telle que la dépeignaient les lieux communs courants autour d'elle : une femme mariée se devait de désirer être mère comme elle se devait d'aimer son mari et de pratiquer les arts d'agrément. Tout ce qu'on enseignait sur ce sujet était d'ailleurs confus et contradictoire : l'enfant était une grâce, un don de Dieu ; il était aussi la justification d'actes jugés grossiers et quasi répréhensibles, même entre époux, quand la conception ne venait pas les justifier. Sa naissance mettait en joie le cercle de famille ; en même temps, la grossesse était une croix qu'une femme pieuse et sachant ses devoirs portait avec résignation. Sur un autre plan, l'enfant était un joujou, un luxe de plus, une raison de vivre un peu plus solide que les courses en ville et les promenades au Bois. Sa venue était inséparable des layettes bleues ou roses, des visites de relevailles reçues en négligé de dentelles : il était impensable qu'une femme comblée de tous les dons n'eût pas aussi celui-là. En somme, l'enfant consacrerait la pleine réussite de sa vie de jeune épouse, et ce dernier point n'était peut-être pas

sans compter pour Fernande, mariée assez tard, et qui
le vingt-trois février venait d'avoir trente et un ans.

Pourtant, bien que ses relations avec ses sœurs
fussent fort tendres, elle n'avait annoncé sa grossesse à
celles-ci (sauf à Jeanne, conseillère en tout) que le plus
tard possible, ce qui n'est guère le fait d'une jeune
femme exultant dans ses espoirs de maternité. Elles ne
l'avaient sue qu'après l'arrivée de Madame de C. à
Bruxelles. Plus son terme approchait, plus les pieux ou
charmants lieux communs laissaient à nu une émotion
très simple, qui était la peur. Sa propre mère, épuisée
par dix accouchements, était morte un an après sa
naissance à elle, « d'une courte et cruelle maladie »
occasionnée peut-être par une nouvelle et fatale grossesse ; sa grand-mère était morte en couches dans sa
vingt et unième année. Une partie du folklore que se
transmettaient à voix basse les femmes de la famille
était faite de recettes en cas d'accouchements difficiles,
d'histoires d'enfants mort-nés ou morts avant qu'on
eût pu leur administrer le baptême, de jeunes mères
emportées par la fièvre de lait. A la cuisine et à la
lingerie, ces récits n'étaient pas même faits à voix
basse. Mais ces terreurs qui la hantaient restaient
vagues. Elle était d'un temps et d'un milieu où non
seulement l'ignorance était pour les filles une part
indispensable de la virginité, mais où les femmes,
même mariées et mères, tenaient à n'en pas trop savoir
sur la conception et la parturition, et n'auraient cru
pouvoir nommer les organes intéressés. Tout ce qui
touchait au centre du corps était affaire aux maris, aux
sages-femmes et aux médecins. Les sœurs de Fernande, qui abondaient en conseils de régime et en
exhortations tendres, avaient beau lui dire qu'on aime

déjà l'enfant qui va naître, elle ne parvenait pas à établir un rapport entre ses nausées, ses malaises, le poids de cette chose qui croissait en elle et en sortirait, d'une manière qu'elle imaginait mal, par la voie la plus secrète, et la petite créature, pareille aux ravissants Jésus de cire, dont elle possédait déjà les robes garnies de dentelle et les bonnets brodés. Elle redoutait cette épreuve dont elle ne voyait qu'en gros les péripéties, mais pour laquelle elle ne dépendrait que de son propre courage et de ses propres forces. La prière lui était un recours ; elle se calmait en pensant qu'elle avait demandé aux sœurs du couvent où elle avait été élevée une neuvaine à son intention.

Les plus mauvais moments étaient sans doute ceux du creux de la nuit, quand la réveillait son habituel mal de dents. On entendait les dernières voitures rouler, à longs intervalles, sur les pavés de l'avenue Louise, ramenant des gens de soirées ou du théâtre, le bruit agréablement amorti par ce qui était alors une quadruple rangée d'arbres. Elle se réfugiait dans de rassurants détails pratiques : l'événement n'était prévu que pour le quinze juin, mais la garde Azélie entrerait en fonctions dès le cinq ; il faudrait se souvenir d'écrire à Madame de B., rue Philippe le Bon, chez qui Azélie travaillait en ce moment, pour remercier celle-ci de la lui avoir cédée quelques jours plus tôt que d'abord convenu. Tout serait plus facile dès qu'on aurait près de soi une personne expérimentée. S'éveillant sans se rendre compte qu'elle avait de nouveau dormi, elle regardait l'heure à la pendulette sur la table de chevet : il était temps de prendre le fortifiant que lui avait ordonné le médecin. Un rayon de soleil passait à travers les épais rideaux ; il ferait beau ; elle pourrait aller en voiture faire quelques achats ou se promener avec Trier dans le petit jardin. Le poids de l'avenir cessait d'être accablant, se subdivisait en minces soucis ou en futiles occupations, les unes agréables, d'autres moins, mais toutes distrayantes, et remplissant les heures au point de les faire oublier. Pendant ce temps, la terre tournait.

Au début d'avril, les névralgies dentaires de Fernande ne lui laissant pas de répit, on décida de lui enlever une dent de sagesse mal sortie. Elle perdit beaucoup de sang. Le dentiste Quatermann, venu à domicile, lui donna les habituels conseils de prudence : les glaçons dans la bouche, et quelques heures de repos sans aliments solides, sans boissons chaudes, et dans le mutisme le plus complet. Monsieur de C. s'installa près d'elle, et conformément au vœu du dentiste, la munit d'un crayon et d'une feuille de papier où elle mettrait par écrit ses moindres désirs. Il garda par la suite ce feuillet griffonné de notations presque illisibles. Les voici :

— *Baudouin a déjà eu cela.*

— *Quatermann est intelligent, actif et gentil... différence avec le Dr. Dubois hier.*

— *Je suis comme Trier, sans parole...*

— *Avec cela, ça me fait mal de sucer même une biscotte...*

— *Il n'est pas dans l'eau bouillante...*

— *Sonne... Fais chercher un bouchon... Du vin...*

....

— *Dans la chambre à côté, sur le feu ?*

C'est tout. Mais cela suffit à me donner le ton et le rythme de ce que se disaient dans l'intimité ces deux personnes assises l'une près de l'autre dans une maison disparue, il y a soixante-neuf ans. Je ne présume pas des raisons qui firent garder à Monsieur de C. ce carré de papier, mais qu'il l'ait conservé donne à croire qu'il n'avait pas de ces soirées de Bruxelles que de mauvais souvenirs.

Le huit juin, vers six heures du matin, Aldegonde allait et venait dans la cuisine, versant du café dans des bols pour Barbara et le valet-jardinier. L'énorme poêle à charbon rougeoyait déjà, chargé de toutes sortes de récipients pleins d'eau bouillante. Sa chaleur était plaisante ; malgré la saison, il faisait frais dans cette pièce en sous-sol. Personne n'avait fermé l'œil. Aldegonde avait dû préparer des en-cas nocturnes pour Monsieur et pour le Docteur, qui n'avait pas quitté la chambre de Madame depuis la veille au soir. Il avait fallu aussi confectionner des bouillons et des laits de poule pour réconforter Madame, qui du reste n'y avait touché qu'à peine. Barbara avait toute la nuit fait la navette entre la chambre du premier et la cuisine, portant des plateaux, des brocs, du linge. En principe, Monsieur de C. eût trouvé plus décent que cette délicate fille de vingt ans n'assistât pas aux péripéties de l'accouchement, mais on n'a pas envers une femme de chambre, fille d'un métayer limbourgeois, tout à fait les mêmes égards qu'envers les demoiselles des villes, et de toute façon Azélie avait sans cesse besoin d'elle. Barbara avait dû monter et redescendre vingt fois ces deux étages.

J'imagine sans peine les trois domestiques assis à la chaleur du poêle, leurs longues tartines en équilibre sur le rebord du bol où ils trempaient chaque bouchée, plaignant Madame pour qui la chose se présentait mal, mais jouissant quand même de ce moment de repos et de bonne nourriture que troubleraient sans doute bientôt un coup de sonnette ou de nouveaux cris. Au vrai, depuis minuit, on était habitué aux cris. Quand une accalmie se produisait, leur absence faisait peur ; les femmes se rapprochaient de la porte, laissée entrouverte, de l'escalier de service ; les plaintes entrecoupées les rassuraient presque. Le laitier passa avec sa charrette traînée par un gros chien : Aldegonde alla à sa rencontre avec sa casserole de cuivre que l'homme remplissait, inclinant un bidon ; s'il se trouvait que le bidon fût ensuite presque vide, les dernières gouttes étaient pour le chien, qui avait son écuelle suspendue à son harnais. Le garçon boulanger suivit le laitier, portant, encore chauds, les petits pains du déjeuner du matin. Puis vint la femme à journée, personne regardée de très haut par les domestiques, qui avait pour fonctions de récurer les marches du seuil et le segment de trottoir, de polir la sonnette, la poignée de la porte et le couvercle de la boîte aux lettres gravé au nom des propriétaires. Chaque fois, un bout de conversation s'engageait ; on échangeait des lieux communs apitoyés mêlés de quelques vérités premières : le Bon Dieu veut que les riches en ça soient pareils aux pauvres... Un moment plus tard, Madame Azélie, qu'on n'avait pas entendue sonner de nouveau, descendit pour du café et une tartine et annonça que le docteur avait décidé de se servir des fers. Non : on n'avait pour l'instant pas besoin de Barbara ; une personne de plus eût gêné ; il fallait laisser au docteur ses coudées franches.

Au bout de vingt minutes, Barbara, sonnée impérieusement par Azélie, entra avec une sorte de crainte chez Madame. La belle chambre avait l'air du lieu d'un crime. Barbara, tout occupée des ordres que lui donnait la garde, n'eut qu'un timide coup d'œil pour le visage terreux de l'accouchée, ses genoux pliés, ses pieds dépassant le drap et soutenus par un traversin. L'enfant déjà scindé d'avec la mère vagissait dans un panier sous une couverture. Une violente altercation venait d'éclater entre Monsieur et le Docteur, dont les mains et les joues tremblaient. Monsieur le traitait de boucher. Azélie sut habilement intervenir pour mettre fin aux éclats de voix mal réprimés des deux hommes : Monsieur le Docteur était épuisé et ferait bien d'aller se reposer chez lui ; ce n'était pas la première fois qu'elle, Azélie, prêtait son assistance dans un accouchement difficile. Monsieur ordonna sauvagement à Barbara de reconduire le docteur.

Il la précéda, et descendit presque en courant l'escalier. Il prit à une patère du vestibule un paletot mastic dont il recouvrit son complet maculé, et sortit.

Avec l'aide d'Aldegonde, appelée à la rescousse, les femmes rendirent au chaos les apparences de l'ordre. Les draps salis du sang et des excréments de la naissance furent roulés en boule et portés dans la buanderie. Les visqueux et sacrés appendices de toute nativité, dont chaque adulte a quelque peine à s'imaginer avoir été pourvu, finirent incinérés dans les braises de la cuisine. On lava la nouvelle-née : c'était une robuste petite fille au crâne couvert d'un duvet noir

pareil au pelage d'une souris. Les yeux étaient bleus.
On refit les gestes faits depuis des millénaires par des
successions de femmes : le geste de la servante qui
remplit précautionneusement un bassin, le geste de la
sage-femme qui trempe la main dans l'eau pour
s'assurer qu'elle n'est ni trop chaude ni trop froide. La
mère trop exténuée pour supporter une fatigue de plus
détourna la tête quand on lui présenta l'enfant. On mit
la petite dans le beau berceau de satin azur installé dans
la chambrette voisine : par une manifestation typique
de sa piété, que Monsieur de C. trouvait selon les jours
niaise ou touchante, Fernande avait voué au bleu pour
sept ans son enfant, quel que fût son sexe, en l'honneur
de la Sainte Vierge.

La nouvelle-née criait à pleins poumons, essayant
ses forces, manifestant déjà cette vitalité presque
terrible qui emplit chaque être, même le moucheron
que la plupart des gens tuent d'un revers de main sans
même y penser. Sans doute, comme le veulent aujour-
d'hui les psychologues, crie-t-elle l'horreur d'avoir été
expulsée du lieu maternel, la terreur de l'étroit tunnel
qu'il lui a fallu franchir, la crainte d'un monde où tout
est insolite, même le fait de respirer et de percevoir
confusément quelque chose qui est la lumière d'un
matin d'été. Peut-être a-t-elle déjà expérimenté des
sorties et des entrées analogues, situées dans une autre
part du temps ; de confuses bribes de souvenirs, abolis
chez l'adulte, ni plus ni moins que ceux de la gestation
et de la naissance, flottent peut-être sous ce petit crâne
encore mal suturé. Nous ne savons rien de tout cela :
les portes de la vie et de la mort sont opaques, et elles
sont vite et bien refermées.

Cette fillette vieille d'une heure est en tout cas déjà

prise, comme dans un filet, dans les réalités de la souffrance animale et de la peine humaine ; elle l'est aussi dans les futilités d'un temps, dans les petites et grandes nouvelles du journal que personne ce matin n'a eu le temps de lire, et qui gît sur le banc du vestibule, dans ce qui est de mode et dans ce qui est de routine. Au haut de son berceau se balance une croix d'ivoire ornée d'une tête d'angelot que par une suite de hasards presque dérisoires je possède encore. L'objet est banal : pieux bibelot qu'on a mis là parmi des nœuds de ruban presque aussi rituels, mais qu'auparavant Fernande a probablement fait bénir. L'ivoire provient d'un éléphant tué dans la forêt congolaise, dont les défenses ont été vendues à bas prix par des indigènes à quelque trafiquant belge. Cette grande masse de vie intelligente, issue d'une dynastie qui remonte au moins jusqu'au début du Pléistocène, a abouti à cela. Ce brimborion a fait partie d'un animal qui a brouté l'herbe et bu l'eau des fleuves, qui s'est baigné dans la bonne boue tiède, qui s'est servi de cet ivoire pour combattre un rival ou essayer de parer aux attaques de l'homme, qui a flatté de sa trompe la femelle avec qui il s'accouplait. L'artiste qui a façonné cette matière n'a su en faire qu'une bondieuserie de luxe : l'angelot censé représenter l'Ange Gardien auquel l'enfant croira un jour ressemble aux Cupidons joufflus fabriqués eux aussi en série par des tâcherons gréco-romains.

Les fils tirés et les dentelles du minuscule couvre-lit sont l'œuvre d'ouvrières qui travaillent à domicile, mal payées par la propriétaire de l'élégante boutique de lingerie située dans les beaux quartiers, ou par l'intermédiaire qui fournit celle-ci. Madame de C., bien que de cœur sensible, n'a sans doute jamais donné une pensée aux conditions dans lesquelles vivent ces espèces de Parques qui tissent et brodent, invisibles, les robes de noces et les layettes. Monsieur de C., qui a des velléités charitables, s'est occupé des pauvres du village de Saint-Jean-Cappelle, en contrebas du Mont-Noir : il connaît les masures où les femmes s'installent de bon matin devant leur coussinet posé sur l'appui de la fenêtre, pour gagner quelques sous à leur travail de dentelle avant les autres et fatigantes besognes de la journée ; il trouve scandaleux les profits de l'élégante lingère, mais acquitte sans murmurer sa facture. Peut-être, après tout, ces femmes jouissent-elles des dessins exquis formés sous leurs doigts ; il est vrai aussi qu'il leur arrive d'y laisser leurs yeux. Le mari de Fernande n'a pas voulu qu'on engageât de nourrice, trouvant odieux qu'une mère abandonne son enfant pour allaiter contre un salaire celui d'étrangers. Là aussi, les sordides agglomérations rurales du Nord de la France l'ont instruit : il s'indigne qu'une fille pauvre choisisse de se faire couvrir par un amant de passage, souvent de connivence avec sa propre mère, dans l'espoir de coiffer dans dix ou onze mois le bonnet enrubanné des nourrices et de trouver chez des riches une bonne place qu'elle gardera peut-être des années, si, plus tard, de nourrice elle est promue bonne d'enfants. Il y a en lui, comme chez beaucoup d'hommes de son temps, un Tolstoï à l'état d'ébauche, pris malgré lui dans des usages et des conventions dont il n'a ni le courage ni l'envie de se dépêtrer tout à fait. Il n'est pas question que Fernande se déforme les seins ; l'enfant sera donc nourrie au biberon.

Le lait apaise les cris de la petite fille. Elle a vite

appris à tirer presque sauvagement sur la mamelle de caoutchouc ; la sensation du bon liquide coulant en elle est sans doute son premier plaisir. Le riche aliment sort d'une bête nourricière, symbole animal de la terre féconde, qui donne aux hommes non seulement son lait, mais plus tard, quand ses pis se seront définitivement épuisés, sa maigre chair, et finalement son cuir, ses tendons et ses os dont on fera de la colle et du noir animal. Elle mourra d'une mort presque toujours atroce, arrachée aux prés habituels, après le long voyage dans le wagon à bestiaux qui la cahotera vers l'abattoir, souvent meurtrie, privée d'eau, effrayée en tout cas par ces secousses et ces bruits nouveaux pour elle. Ou bien, elle sera poussée en plein soleil, le long d'une route, par des hommes qui la piquent de leurs longs aiguillons, la malmènent si elle est rétive ; elle arrivera pantelante au lieu de l'exécution, la corde au cou, parfois l'œil crevé, remise entre les mains de tueurs que brutalise leur misérable métier, et qui commenceront peut-être à la dépecer pas tout à fait morte. Son nom même, qui devrait être sacré aux hommes qu'elle nourrit, est ridicule en français, et certains lecteurs de ce livre trouveront sans doute cette remarque et celles qui précèdent également ridicules.

L'enfant appartient à un temps et à un milieu où la domesticité est une institution ; il est entendu que Monsieur et Madame de C. ont des « inférieurs ». Ce n'est pas le lieu de se demander si Aldegonde et Barbara sont plus satisfaites de leur sort que des esclaves antiques ou des ouvrières d'usine ; signalons pourtant qu'au cours de sa vie à peine commencée, la nouvelle-née verra proliférer des formes de servitude plus dégradantes que le travail domestique. Pour l'instant Barbara et Aldegonde diraient sans doute qu'elles n'ont pas à se plaindre. De temps à autre, l'une d'elles, ou Madame Azélie, jette un coup d'œil sur le berceau, puis retourne en hâte chez Madame. L'enfant qui ne sait pas encore (ou ne sait déjà plus) ce que c'est qu'un visage humain, voit se pencher vers elle de grands orbes confus qui bougent et dont sort du bruit. Ainsi, bien des années plus tard, brouillés cette fois par la confusion de l'agonie, verra-t-elle peut-être s'incliner sur elle le visage des infirmières et du médecin. J'aime à croire que le chien Trier, qu'on a chassé de sa bonne place habituelle sur la descente de lit de Fernande, trouve le moyen de se faufiler jusqu'au berceau, hume cette chose nouvelle dont on ne connaît pas encore l'odeur, remue sa longue queue pour montrer qu'il fait confiance, puis retourne sur ses pattes torses vers la cuisine où sont les bons morceaux.

Sur les deux heures de l'après-midi, tout danger d'hémorrhagie semblant écarté, Monsieur de C. alla chercher à son cercle son beau-frère Théobald, puis son beau-frère Georges, venu de Liége passer quelques jours chez Jeanne, qu'un billet avait déjà renseignée sur les événements du matin. Ces trois messieurs allèrent déclarer l'enfant à la maison communale d'Ixelles. Monsieur de C. ignorait peut-être que ce bâtiment, point laid, avait été quelque cinquante ans plus tôt la résidence des champs de la Malibran, l'illustre cantatrice dont la mort prématurée inspira à Musset un poème que Fernande et lui aimaient et s'étaient plus d'une fois récité l'un à l'autre (*Sans doute il est trop tard pour parler encor d'elle ; / Depuis qu'elle n'est plus quinze jours sont passés...*). Non loin de là, au

cimetière d'Ixelles, repose depuis quelques années un
suicidé français à qui Monsieur de C. a fait récemment
une visite respectueuse : le brave général Boulanger,
porté à la gloire par des chansons de café-concert, qui
fit faux bond aux députés de la droite manigançant en
sa faveur un coup d'État, pour rejoindre à Bruxelles sa
maîtresse mourante, la tuberculeuse Madame de Bon-
nemain. Le brave général est pour Monsieur de C. un
personnage politiquement ridicule, mais il n'a qu'admiration pour cette mort d'amant fidèle (« *Comment ai-
je pu vivre huit jours sans toi ?* »). Le moment, toutefois,
n'était pas aux idées funèbres. L'officier de l'état civil
enregistra dûment la naissance d'une fille de Michel-
Charles-René-Joseph C. de C., propriétaire, né à Lille
(Nord, France) et de Fernande-Louise-Marie-
Ghislaine de C. de M., née à Namur, conjoints,
résidant même maison et domicilés à Saint-Jean-
Cappelle (Nord, France). Le premier C. du nom
paternel était l'initiale d'un vieux patronyme flamand
qu'on mettait sur les actes officiels, mais dont on se
servait de moins en moins dans la vie de tous les jours,
lui préférant le nom, d'une sonorité toute française,
d'une terre acquise au xviiie siècle.

Ce document officiel est d'ailleurs presque aussi
plein de bourdes qu'un texte de scribe antique ou
médiéval. L'un des prénoms de Fernande est mis deux
fois par erreur ; dans le libellé des noms et qualités des
témoins, le baron Georges de C. d'Y., demeurant à
Liége, industriel (j'ignore quelle industrie il dirigeait
cette année-là, mais je sais qu'il s'occupa plus tard
d'une affaire d'importation de vins français), en dépit
de sa signature fort lisible, se voit donner le même nom
de famille que son beau-frère Théobald de C. de M.,

lequel demeurait à Bruxelles et n'était pas baron. Par une confusion qui était probablement celle du langage familier, Georges, de plus, s'y présente comme grand-oncle de la nouvelle-née ; il était en réalité cousin germain de Fernande et mari de la sœur aînée de celle-ci. Petites bévues, ou simplement inexactitudes, mais de nature à faire damner des générations d'érudits quand il s'agit d'un document plus important que celui-là.

Le médecin par lequel on avait remplacé le docteur Dubois déclara, tout bien considéré, assez satisfaisant l'état de l'accouchée. Les deux jours qui suivirent se passèrent bien : Jeanne et Fraulein firent chaque matin à Fernande une petite visite, au retour de la messe à l'église des Carmes, que Mademoiselle Jeanne n'eût manquée pour rien au monde. Le jeudi pourtant, une légère fièvre inquiéta Madame Azélie. Le lendemain, Monsieur de C. décida de noter dorénavant la température et le pouls de la malade, pris soir et matin par la garde. Il s'empara au hasard d'un bristol portant accouplées presque dérisoirement les armoiries des deux familles, commença par marquer la date de la veille, tâchant de se rappeler exactement ce qu'avaient été le degré de fièvre et le pouls ce jour-là. Ni lui ni Madame Azélie ne s'en souvenaient déjà plus. Sa liste s'établit comme il suit :

11 juin	8 h. matin		
	8 h. soir	3...	
12 juin	8 h. matin	38.7	pouls, 100
	4 h. soir	39.9	p. 120
	8 h. soir	39.	p. 100

	midi	38.2	p. 108
	4 h.	38.7	p. 106
	10 h. soir	39.	p. 120
14 juin	8 h. matin	38.5	p. 108
	10 h. soir	39.6	p. 110
15 juin	8 h. matin	38.2	p. ...
	midi	38.2	p. ...
16 juin	8 h. matin	39.6	p. 130
	midi	38.3	p. 108
	4 h.	40.3	p. 130
	9 h.	40.4	p. 135
17 juin	8 h. matin	39.7	p. 134
	midi	38.7	p. 124
	4 h.	37.2	p. ...
	5 h.	39.6	p. 134
18 juin	8 h. matin	38.6	p. 130
	4 h.	39.6	p. 133

Fernande mourut dans la soirée du 18, d'une fièvre puerpérale accompagnée de péritonite. Le seul jour du mois que Monsieur de C. n'ait pas indiqué sur sa liste est un treize, bien que le pouls et la température soient donnés pour cette date. Peut-être était-ce par superstition qu'il avait omis d'écrire ce chiffre.

Cette semaine agitée fut marquée par quelques petits événements plus secondaires. Le premier fut le baptême. Il eut lieu sans pompe aucune dans la banale église paroissiale de Sainte-Croix, construite en 1859 et rafistolée depuis l'époque dont j'écris, sans doute pour la raccorder tant bien que mal au plan architectural d'un imposant Centre de Télévision et de Radio, tout proche. C'était dans cette paroisse que Michel, deux ans et demi plus tôt, avait épousé Fernande. Outre le curé et son enfant de chœur, n'étaient présents que le parrain Monsieur Théobald, Mademoiselle Jeanne la marraine, soutenue comme toujours par la Fraulein et par sa femme de chambre, qu'elle appelait ses deux cannes, et Madame Azélie qui portait l'enfant et avait hâte de retourner auprès de sa malade, au chevet de laquelle la suppléaient en ce moment Monsieur et Barbara.

La petite fille reçut les noms de Marguerite, à cause de la bien-aimée gouvernante allemande qui s'était nommée Margareta avant de devenir pour tout le monde Mademoiselle Fraulein ; d'Antoinette, nom possédé, conjointement à celui d'Adrienne, par la détestable Noémi, dont le prénom habituel paraissait décidément démodé et un peu grotesque ; de Jeanne, à cause de Jeanne l'Infirme, et aussi un peu à cause d'une amie de Fernande qui portait ce prénom, parmi d'autres, et était destinée à jouer un assez grand rôle dans ma vie ; de Marie, à cause de Celle qui prie pour nous, pauvres pécheurs, en tout temps et à l'heure de notre mort ; et enfin de Ghislaine, comme il est souvent d'usage dans le Nord de la France et en Belgique, Saint Ghislain passant pour protéger des maladies de l'enfance. Les rituelles boîtes de dragées avaient été commandées à l'avance, n'attendant pour être livrées que le prénom de l'enfant à inscrire en italiques d'argent sur le couvercle de carton crème décoré d'une maternité de Fragonard. Barbara conserva longtemps la sienne. Quelques années plus tard, j'ai sucé pensivement ces amandes enrobées de sucre, ces cailloux blancs, à la fois durs et friables, qui provenaient de mon baptême.

Un petit fait plus remarquable, du moins aux yeux de Monsieur de C., eut lieu le jour suivant. Fernande, dans un de ces moments où elle retrouvait la force de souhaiter quelque chose, se chercha des secours spirituels. Elle se souvenait d'avoir plusieurs fois vénéré les reliques exposées dans l'église des Carmes, où elle s'était rendue avec Jeanne. Dans les cas graves, on portait quelquefois ces reliques chez les malades qui en faisaient la requête. Elle demanda à Monsieur de C. de solliciter pour elle cette faveur du supérieur du couvent.

Elle avait pourtant des reliques plus à portée de main. Sur une console, dans un coin de la chambre conjugale où elle s'isolait pour prier, se dressait sur son socle un crucifix du XVIIe siècle provenant de la chapelle du château de Suarlée, où elle avait grandi. Ce socle et les bras de la croix étaient percés de petites monstrances : à travers un mince verre bombé, on apercevait des parcelles d'os piquées sur un fond de velours rouge fané et munies chacune d'une mince banderole de parchemin indiquant à quel martyr elles avaient appartenu. Mais l'encre des menues inscriptions latines avait pâli, et les martyrs étaient redevenus anonymes. Tout ce qu'on savait, c'est qu'un grand-père quelconque avait rapporté ce pieux trésor de Rome, et que ces bouts d'ossements provenaient de la poussière des Catacombes. Peut-être le fait d'ignorer de quels saints il s'agissait, peut-être la trop grande habitude qu'elle avait de cet objet un peu lugubre, avec son Christ d'argent aux formes molles et ses bordures d'écaille légèrement endommagées, mitigeaient-ils chez Fernande la foi en son efficacité. Les reliques vénérées chez les Carmes passaient au contraire dans le quartier pour miraculeuses.

Un jeune moine se présenta le jour même. Il pénétra discrètement dans la belle chambre du premier étage ; retirant d'un repli de sa robe la boîte-reliquaire, il la posa sur l'oreiller avec une déférence et des soins infinis, mais Fernande retombée dans sa torpeur agitée ne s'aperçut même pas de l'arrivée de ce secours tant souhaité. Puis, s'agenouillant, le jeune Carme récita des prières latines, suivies par une silencieuse oraison. Monsieur de C., agenouillé lui aussi, par bienséance plutôt que par conviction, le regardait prier. Au bout d'un long moment, le visiteur en robe brune se leva, regarda pensivement la malade avec ce qui parut à

Monsieur de C. une tristesse profonde, reprit doucement le reliquaire portatif, l'enveloppa de nouveau et
se dirigea vers la porte. Monsieur de C. le raccompagna
jusqu'à la rue. Il lui semblait que la mélancolie du
jeune moine n'était pas due seulement à de la compassion pour l'agonisante, mais que, doutant lui-même du
pouvoir des reliques qu'il portait, il avait espéré une
preuve, un mieux soudain qui dissiperait ce doute
coupable, et qu'il repartait découragé. Monsieur de C.
inventait peut-être tout cela.

La seconde visite fut celle de Noémi. Par attachement pour le fils de Monsieur de C., qu'on continuait à
appeler le petit Michel en dépit de sa haute taille et de
ses dix-neuf ans, elle avait désapprouvé le second
mariage de son fils, et davantage encore la grossesse de
Fernande. Le télégramme qui annonçait l'heureux
événement provoqua son geste habituel de mécontente-
ment, qui était de s'administrer du plat de la main
une claque sur la cuisse, marque de vulgarité qui
agaçait les siens. « Le petit Michel est coupé en
deux ! », s'était-elle écriée, signifiant par cette métaphore que son favori n'hériterait plus que de la moitié
du bien paternel. Elle finit pourtant par se rendre à
Bruxelles, sans doute par curiosité de femme, et
surtout de vieille femme, qui ne résiste pas à l'envie de
visiter une chambre d'accouchée, un peu aussi parce
que Monsieur de C., à qui toute cette histoire coûtait
très cher, avait demandé à sa mère de lui avancer
quelques billets de mille francs : elle les apporterait
elle-même, et goûterait ainsi le plaisir d'échanger,
comme toujours à ces occasions, quelques mots aigres
avec son fils. Malgré son âge, il lui arrivait de se rendre

de temps en temps dans la capitale belge pour faire des achats, Paris étant décidément trop loin, et Lille n'offrant pas le choix voulu. Le seul inconvénient était, au retour, les droits de douane à acquitter sur certains articles. Mais elle s'arrangeait généralement pour n'en payer aucun.

A peine descendue de la voiture de place, elle put se rendre compte de l'état de Fernande. En effet, la chaussée, devant le n° 193 de l'avenue, était recouverte d'une épaisse couche de paille, destinée à amortir le bruit des voitures. Une telle précaution, toujours prise dans les cas de maladie grave, avait déjà renseigné le voisinage sur l'état critique de la nouvelle accouchée. Barbara fit entrer Madame Mère qui refusa de s'installer dans le petit salon du rez-de-chaussée ou d'abandonner son ombrelle. Elle s'assit sur le banc du vestibule.

Prévenu, Monsieur de C. reconnut dès le palier du premier étage la silhouette corpulente et un peu tassée de sa mère, et la manière dont elle serrait contre son ventre, comme si on avait voulu la lui arracher, sa sacoche de cuir noir ornée d'une couronne comtale de fantaisie qui irritait Michel, encore qu'il se laissât parfois mollement donner du comte par les fournisseurs. Sitôt près de la vieille dame, il résuma sans ambages la situation; on ne gardait aucun espoir de sauver Fernande. Cependant la fièvre était un peu tombée, et il n'y avait aucun inconvénient à ce que la malade reçût une brève visite; elle avait pour le moment pleine conscience et serait touchée de cette attention de sa belle-mère.

Mais la vieille femme avait senti la mort. Son visage se crispa, et, serrant un peu plus sa sacoche :

— Tu ne crois pas que je pourrais attraper du mal ?

Monsieur de C. se retint d'assurer sa mère que la fièvre puerpérale était un risque qu'elle ne courait plus. Madame Mère rencognée sur son banc refusa de déjeuner, offre sur laquelle Michel n'insista pas, Aldegonde, qui veillait Fernande une partie de la nuit, ayant à peu près éteint ses fourneaux. La douairière remonta dans la voiture qui l'attendait et repartit pour le Mont-Noir sans s'attarder davantage. Elle dit par la suite avoir oublié, dans son émoi, de donner à son fils les billets attendus.

Un peu plus tard, Fernande reçut une dernière visite, mais cette fois il n'était plus question d'échanger avec cette personne quelques mots ou de l'accueillir d'un sourire. C'était le photographe. Il fit son entrée avec les instruments de son art sorcier : les plaques de verre sensibilisées de façon à fixer pour longtemps, sinon pour toujours, l'aspect des choses, la chambre obscure construite à l'instar de l'œil et pour suppléer aux manques de la mémoire, le trépied avec son voile noir. Outre la dernière image de Madame de C., cet inconnu m'a conservé ainsi des vestiges de décor grâce auxquels je recrée cet intérieur oublié. Au chevet de Fernande, deux candélabres à cinq branches ne portent chacun que trois rituelles bougies allumées, ce qui donne je ne sais quoi de lugubre à cette scène qui ne serait autrement que solennelle et calme. Le dossier du lit d'acajou se détache sur les drapés du ciel de lit, avec, entrevu à gauche, un segment d'une autre couche toute pareille, soigneusement recouverte de sa courtepointe à ruches, et dans laquelle cette nuit-là personne assurément n'a dormi. Je me trompe : en examinant de plus près l'image, j'aperçois sur un coin de la courtepointe une masse noire : les pattes de devant et le nez de Trier pelotonné sur le lit de son maître, et que Monsieur de C. aura trouvé gentil et touchant de laisser là.

Les trois femmes avaient arrangé Fernande avec le plus grand soin. Elle donne surtout l'impression d'être exquisement propre : les coulées de sueurs, le suintement des lochies ont été lavés et séchés ; une sorte d'arrêt temporaire semble se produire entre les dissolutions de la vie et celles de la mort. Cette gisante de 1903 est revêtue d'une chemise de nuit de batiste aux poignets et au col ornés de dentelles ; un tulle diaphane voile imperceptiblement son visage et nimbe ses cheveux, qui paraissent très sombres, par contraste avec la blancheur du linge. Ses mains, entrelacées d'un chapelet, sont jointes sur le haut du ventre ballonné par la péritonite, qui bombe le drap comme si elle attendait encore son enfant. Elle est devenue ce qu'on voit des morts : un bloc inerte et clos, insensible à la lumière, à la chaleur, au contact, n'aspirant ni n'exhalant plus l'air et ne s'en servant plus pour former des mots, ne recevant plus en soi des aliments pour en excréter ensuite une partie. Tandis que, dans ses portraits de jeune fille et de jeune femme, Madame de C. n'offre au regard qu'un visage agréable et fin, sans plus, certaines au moins de ses photographies mortuaires donnent l'impression de la beauté. L'émaciation de la maladie, le calme de la mort, l'absence désormais totale du désir de plaire ou de créer bonne impression, et peut-être aussi l'habile éclairage du photographe, mettent en valeur le modelé de cette face humaine, soulignant les pommettes un peu hautes, les profondes arcades sourcilières, le nez délicatement arqué aux étroites

narines, lui confèrent une dignité et une fermeté qu'on
ne soupçonnait pas. Les grandes paupières fermées,
donnant l'illusion du sommeil, lui dispensent une
douceur qui autrement lui manquerait. La bouche
sinueuse est amère, avec ce pli fier qu'ont souvent les
bouches des morts, comme s'ils avaient à leur acquis
une victoire chèrement remportée. On voit que les
trois femmes ont disposé avec soin le drap fraîchement
repassé en grands plissements parallèles, presque
sculpturaux, étalés sur toute la largeur du lit, et fait
bouffer l'oreiller de Madame.

Deux communications parvinrent presque en même
temps cette semaine-là aux amis et connaissances.
L'une était une petite enveloppe discrètement bordée
d'un filet bleu, commandée, comme les boîtes de
dragées, longtemps à l'avance. Une feuille de papier
assortie portait gravé en italiques également célestes
que Monsieur et Madame de C. avaient la joie d'annoncer la naissance de leur fille Marguerite. La seconde
était brutalement bordée d'une large bande noire. Les
mari, fille, beau-fils, belle-mère, frères, sœurs, beaux-
frères, tante, neveux, nièces et cousins germains de
Fernande y faisaient part avec la plus profonde douleur
de la perte irréparable qu'ils venaient de subir. L'enterrement aurait lieu le 22 juin à 10 heures dans le
caveau appartenant à la famille de la défunte, à
Suarlée, après une messe mortuaire, sans préjudice
d'une autre messe qui serait célébrée huit jours plus
tard à Bruxelles. Des voitures attendraient à la gare de
Rhisnes où se ferait la levée du corps, à l'arrivée
du train partant de Bruxelles à 8 heures 45 du
matin.

Cette cérémonie se passa comme prévu, j'ignore si ce fut sous la pluie ou en plein soleil. La belle-mère et le beau-fils étaient restés au Mont-Noir. Après un petit déjeuner hâtif, mais peut-être un peu plus copieux que de coutume, les participants se rendirent à l'heure dite à la gare du Quartier Léopold. A Rhisnes, des cochers venus de Namur, et pour qui cette cérémonie représentait une bonne journée, attendaient avec leurs voitures le long de la voie; et les chevaux de temps à autre baissaient la tête pour arracher une succulente bouchée d'herbe. Fernande fut descendue dans le caveau adossé au mur extérieur de l'église du village; une grille le séparait du reste du cimetière. Après trois ans et trois mois au côté de Monsieur de C., elle retournait chez les siens. Le petit enclos familial aux croix toutes pareilles était déjà habité par ses parents et par deux frères et une sœur morts jeunes. Après le service, Monsieur de C. échangea quelques mots avec le curé qui lui fit remarquer la pauvreté de son église. Elle était en effet assez laide, peu ancienne ou mal reconstruite, et badigeonnée à l'intérieur d'un brun jaune. Mais ce qui affligeait le curé était surtout l'absence de vitraux pour le chœur. Un beau vitrail représentant Saint Fernand, placé du côté de l'enclos funéraire, serait sûrement le plus touchant monument à la mémoire de la défunte. Le veuf tira son carnet de chèques.

Quelques mois plus tard, il reçut au Mont-Noir une photographie du nouveau vitrail mis en place, et qu'il trouva affreux. Une lettre obséquieuse du curé accompagnait l'envoi. Le vitrail, certes, embellissait le chœur de l'église, mais, par contraste, la fenêtre du côté gauche, avec sa vitre blanche, faisait plus que jamais mauvais effet. On pourrait peut-être l'orner, en guise de pendant, d'un vitrail représentant Saint Michel. Monsieur de C. mit cette lettre au panier.

Durant ces jours si remplis, personne n'eut beaucoup de temps à donner à l'enfant, souvent nourrie de lait froid pas même bouilli et à qui ce régime profitait. Une fois seulement il fut sérieusement question d'elle. Pendant un de ces moments où Fernande reprenait conscience de ce qui se passait et d'où elle allait, elle fit à son mari la recommandation suivante en présence de Mademoiselle Jeanne et de la Fraulein :

— Si la petite a jamais envie de se faire religieuse, qu'on ne l'en empêche pas.

Monsieur de C. ne me transmit jamais ce propos, et Jeanne eut la discrétion de le taire. Il n'en fut pas de même de la Fraulein. Chaque fois que j'allais passer quelques jours chez celle qui était pour moi la tante Jeanne, Mademoiselle Fraulein me rabâchait ces dernières paroles maternelles, ce qui me rendit insupportable la pauvre vieille Allemande dont m'irritaient déjà les câlineries et les taquineries bruyantes. Dès cet âge de sept ou huit ans, il me semblait que cette mère dont je ne savais presque rien, dont mon père ne m'avait jamais montré l'image (Mademoiselle Jeanne avait d'elle une photographie parmi beaucoup d'autres placées sur le piano, mais ne prit guère la peine de me le faire remarquer), empiétait indûment sur ma vie et ma liberté à moi, en essayant ainsi de me pousser par trop visiblement dans une direction quelconque. Le couvent, certes, me tentait fort peu, mais j'eusse sans doute été aussi rétive si j'avais su qu'à son lit de mort elle avait envisagé mon futur mariage, ou désigné l'institution où j'aurais à être élevée. De quoi se mêlaient tous ces gens-là ? J'avais l'imperceptible recul du chien qui détourne le cou quand on lui présente un collier.

A bien y réfléchir, cette recommandation me semble procéder d'autre chose que de la piété qu'admirait Fraulein. Tout me fait croire que ni sa première jeunesse, traversée des rêveries et des élans sentimentaux qui se portaient de son temps, ni le mariage et l'existence comblée qu'essaya de lui faire Monsieur de C. n'avaient tout à fait satisfait Fernande. Vu du milieu de ses souffrances, qui durent être atroces, son court passé lui parut sans doute dérisoire ; sa détresse présente en ratura, comme d'un trait noir, ce qu'il avait pu çà et là contenir de bonheur, et elle souhaita éviter à son enfant la répétition d'une expérience qui pour elle tournait mal. En un sens, ces quelques mots constituaient un discret reproche à ce mari qui avait si bien cru s'acquitter envers elle de tout ce qu'on doit à une femme : elle lui signifiait que, comme Mélisande, sa contemporaine, elle n'avait pas été heureuse.

Non que Madame de C. n'eût pas de sentiments religieux ; j'ai montré le contraire. Il se peut donc que Fernande à l'agonie ait bondi vers Dieu, et que ce ne soit pas seulement sa vie personnelle, mais toute vie terrestre qui lui ait paru vaine et factice à la confuse lueur de la mort. Peut-être, en souhaitant pour l'enfant ce qui lui semblait la tranquille existence du couvent, telle que la lui montraient ses souvenirs, Fernande tâchait d'entrebâiller pour la petite fille la seule porte, connue d'elle, qui menât hors de ce qu'on appelait autrefois le siècle, et vers la seule transcendance dont elle sût le nom. Il m'arrive de me dire que, tardivement, et à ma manière, je suis entrée en religion, et que le désir de Madame de C. s'est réalisé d'une façon que sans doute elle n'eût ni approuvée ni comprise.

Plus de cinquante-trois ans passèrent avant ma première visite à Suarlée. C'était en 1956. Je traversais la Belgique venant de Hollande et d'Allemagne ; je venais d'aller respirer en Westphalie l'atmosphère de Münster en vue d'un livre déjà commencé. J'étais tombée dans cette sombre ville par un jour de fête patriotique et religieuse : on célébrait le retour au culte de la cathédrale à demi détruite par les bombardements de 1944. La vieille cité était pleine d'énormes oriflammes ; de bruyants discours emplissaient les haut-parleurs. Le terre-plein de la cathédrale qui vit au XVIᵉ siècle les folies de Hans Bockhold et la sanglante répression des Anabaptistes était noir d'une foule âprement installée dans le souvenir de ses propres griefs et dans l'orgueil d'avoir relevé ses propres ruines. Moi-même, l'amie américaine qui m'accompagnait, et le chauffeur hollandais qui nous conduisait, nous avions tous de cette année 1944 des souvenirs également âpres : ce n'étaient pas les mêmes que ceux de ces Westphaliens. Nous nous sentions intrus et mal à l'aise dans cette solennité dont nous comprenions toute l'importance pour cette ville allemande, mais au sein de laquelle nous étions des ennemis d'hier, et, aujourd'hui, des étrangers. Nous quittâmes rapidement Münster.

A La Haye, les journaux furent pleins de l'enlèvement de Ben Bella, coup de théâtre dans le mélodrame nord-africain. Quelques jours plus tard, divulguée à grand bruit par la radio et la presse après des préparations gauchement subreptices, la malencontreuse équipée de Suez commença. Dans une grande ville de la Belgique flamande, j'assistai au délire chauvin d'un groupe de Français de la variété officielle, buvant à la victoire on ne savait plus trop sur qui. Des industriels anglais, entrevus le lendemain ou le surlendemain, faisaient écho à ce bellicisme avec l'accent britannique. On parlait déjà de marché noir, et les ménagères belges collectionnaient les kilos de sucre. Les plus malins achetaient des lames de plomb pour en couvrir leurs fenêtres, le plomb protégeant des radiations atomiques. Entre temps, les Soviets profitaient pour consolider leur glacis de ce moment où l'Occident s'occupait d'autre chose. J'arrivai à Bruxelles quand éclata la nouvelle que des tanks russes encerclaient Budapest. Noircissant encore le tableau, pourtant déjà sombre, mon jovial chauffeur de taxi s'écriait : « Les Russes foutent là-dedans des bombes au phosphore ; ça brûle ; faut voir ça ! » Le brave homme était emporté lui aussi, non certes par l'enthousiasme, car il craignait les Russes, mais par cette espèce d'excitation quasi joyeuse qu'inspirent aux trois quarts des gens un bel incendie ou un bel accident de chemin de fer. Invitée chez une vieille dame très bien, morte depuis, j'entendis un autre son de cloche. La maîtresse de maison détestait, comme il convient, les Soviétiques ; elle regardait pourtant de très haut l'insurrection hongroise. « Une révolte d'ouvriers ! », s'écriait-elle avec dédain, et l'on sentait que, fidèle jusqu'au bout aux bons principes, où qu'ils pussent la conduire, elle donnait pour la première fois de sa vie raison au Kremlin. Dans tout ce brouhaha, le drame récent de l'Indochine française, prémoniteur de plus sombres drames, était déjà bien oublié ; pourtant, arrivée à Paris, et traversant la rue pour revoir l'intérieur de Saint-Roch, j'y trouvai un prêtre et quelques femmes en deuil priant encore pour les morts de Dien-Bien-Phu.

Avant de quitter Bruxelles, j'étais allée rendre mes respects aux Breughels du Musée d'Art Ancien. La pénombre d'une grise après-midi de novembre noyait déjà *Le Dénombrement à Bethléem* et ses manants dociles éparpillés sur la neige, *La lutte des bons et des mauvais Anges*, ces derniers avec leurs gueules subhumaines, *La chute d'Icare* tombant du ciel pendant qu'un rustique que ce premier accident d'avion n'intéresse pas continue ses semailles. D'autres peintures dans d'autres musées semblaient surgir derrière celles-là : *Greete l'Idiote* hurlant sa juste et vaine fureur au milieu d'un village en cendres ; *Le Massacre des Innocents*, lugubre pendant du *Dénombrement* ; *La Tour de Babel* et son chef d'État reçu respectueusement par les ouvriers qui édifient pour lui cet amas d'erreurs ; *Le Triomphe de la Mort* avec ses régiments de squelettes ; et la plus pertinente peut-être de toutes ces allégories, *Les Aveugles conduits par des Aveugles.* La brutalité, l'avidité, l'indifférence aux maux d'autrui, la folie et la bêtise régnaient plus que jamais sur le monde, multipliées par la prolifération de l'espèce humaine, et munies pour la première fois des outils de la destruction finale. La présente crise se résoudrait peut-être après n'avoir sévi que pour un nombre limité d'êtres humains ; d'autres viendraient, chacune aggravée par les séquelles des crises précédentes : l'inévitable a déjà commencé. Les gardes arpentant d'un pas militaire les salles du musée pour annoncer qu'on ferme semblaient proclamer la fermeture de tout.

Le bref séjour à Namur fut une diversion. C'était ma première visite : j'y vis tout ce que voit un touriste. Je parcourus consciencieusement la cathédrale, que la présence du cœur de Don Juan d'Autriche raccorde au Pourrissoir de l'Escurial, où l'on a ramené son corps. Je visitai l'église Saint-Loup, chef-d'œuvre baroque, « boudoir funèbre » qu'admirait Baudelaire, qui y fut renversé pour la première fois par ce « vent de l'imbécillité » dont il sentait depuis longtemps les approches. Je montai à la Citadelle, haut lieu où la petite Fernande avait dû être menée pour admirer la belle vue, et que piétinèrent jadis les guerriers, les femmes, les enfants des tribus celtes venues se protéger des soldats de César. J'allai voir au Musée Archéologique les petits bronzes gallo-romains et les lourds bijoux du temps des invasions barbares. L'après-midi fut consacrée à Suarlée. Je ne parlerai ici que de ma visite au cimetière.

L'enclos familial s'était peuplé depuis que Michel y avait laissé sa femme. Jeanne, Théobald, et Octave, mort fou, étaient là. Les sœurs mariées manquaient, étant avec leurs conjoints dans d'autres cimetières. Les épitaphes pas assez profondément incisées étaient difficilement déchiffrables ; on pensait avec nostalgie aux beaux caractères fermes des inscriptions antiques, qui perpétuent à travers les siècles la mémoire du premier particulier venu. Je renonçai à vérifier si oui ou non la Fraulein avait sa place entre Fernande et Jeanne ; j'en doute. On avait beau aimer et honorer une ancienne gouvernante, la famille était la famille.

Quoi que je fisse, je n'arrivais pas à établir un rapport entre ces gens étendus là et moi. Je n'en connaissais personnellement que trois, les deux oncles et la tante, et encore les avais-je perdus de vue vers ma dixième année. J'avais traversé Fernande ; je m'étais quelques mois nourrie de sa substance, mais je n'avais de ces faits qu'un savoir aussi froid qu'une vérité de manuel ; sa tombe ne m'attendrissait pas plus que celle d'une inconnue dont on m'eût par hasard et brièvement raconté la fin. Encore plus difficile était d'imaginer que cet Arthur de C. de M. et sa femme, Mathilde T., sur lesquels j'étais moins renseignée que sur Baudelaire et sur la mère de Don Juan d'Autriche, eussent pu porter en eux certains des éléments dont je suis faite. Et pourtant, par delà ce monsieur et cette dame enfermés dans leur XIXe siècle, s'étageaient des milliers d'ascendants remontant jusqu'à la préhistoire, puis, perdant figure humaine, jusqu'à l'origine même de la vie sur la terre. La moitié de l'amalgame dont je consiste était là.

La moitié ? Après ce rebrassage qui fait de chacun de nous une créature unique, comment conjecturer le pourcentage de particularités morales ou physiques qui subsistaient d'eux ? Autant disséquer mes propres os pour analyser et peser les minéraux dont ils sont formés. Si, de plus, comme j'incline chaque jour davantage à le croire, ce n'est pas seulement le sang et le sperme qui nous font ce que nous sommes, tout calcul de ce genre était faux au départ. Et, néanmoins, Arthur et Mathilde étaient au second entrecroisement des fils qui me rattachent à tout. Quelles que soient nos hypothèses sur l'étrange zone d'ombre d'où nous sommes sortis, et où nous rentrons, il est toujours mauvais d'éliminer de notre esprit les données simples, les évidences banales, et cependant elles-mêmes si étranges qu'elles ne collent jamais complètement à nous. Arthur et Mathilde étaient mon grand-père et ma grand-mère. J'étais la fille de Fernande.

D'autre part, je me rendais compte que, méditant sur ces tombes de Suarlée, je ramenais indûment ces personnes à moi. Si Arthur, Mathilde et Fernande ne m'étaient presque rien, j'étais encore moins pour eux. Sur ses trente et un ans et quatre mois d'existence, je n'avais occupé la pensée de ma mère qu'un peu plus de huit mois tout au plus : j'avais été d'abord pour elle une incertitude, puis un espoir, une appréhension, une crainte ; pendant quelques heures, un tourment. Durant les jours qui suivirent ma naissance, elle dut parfois éprouver à mon égard un sentiment de tendresse, d'étonnement, de fierté peut-être, mêlé au soulagement d'être ou de se croire sortie de cette dangereuse aventure, quand Madame Azélie lui présentait la nouvelle-née pomponnée de frais. Puis, la montée de la fièvre avait tout emporté. On a vu qu'elle s'était un instant souciée du sort de l'enfant qu'elle laissait derrière soi, mais il est clair que sa mort prochaine l'occupait plus que mon avenir. Quant à Monsieur Arthur et à Madame Mathilde, décédés, l'un dix ans, l'autre vingt-sept ans avant le mariage de leur fille, je n'avais été pour eux que l'un de ces vagues petits-enfants que la messe de mariage souhaite aux conjoints de vivre assez longtemps pour voir un jour autour d'eux.

Mes paumes posées sur les barreaux étaient marquées de rouille. Des générations de mauvaises herbes avaient poussé depuis que cette grille s'était rouverte pour laisser entrer le dernier venu, Octave ou Théobald, je ne savais trop lequel. Des dix enfants d'Arthur et de Mathilde, sept étaient couchés là ; de ces sept, il ne restait en cette année 1956 qu'un rejeton, qui était moi-même. C'était donc à moi de faire ici quelque chose. Mais quoi ? Deux mille ans plus tôt, j'aurais offert de la nourriture à des morts enterrés dans la pose de l'embryon prêt à naître : un des plus beaux symboles que l'homme se soit inventé de l'immortalité. Aux temps gallo-romains, j'eusse versé du lait et du miel au pied d'un colombaire plein de cendres. Durant les siècles chrétiens, j'aurais prié tantôt pour que ces gens jouissent du repos éternel, tantôt pour qu'après leurs quelques années de purgatoire ils participent à la béatitude céleste. Vœux contradictoires, mais qui sans doute expriment au fond la même chose. Telle que j'étais, et à supposer que ces personnes fussent quelque part, je ne pouvais que leur souhaiter bonne chance sur la route inextricable que nous parcourons tous, et c'est là aussi une manière de prier. J'aurais pu, certes, faire repeindre la grille et sarcler la terre. Mais je repartais le lendemain ; le temps manquait. L'idée d'ailleurs ne m'en vint même pas.

Une quinzaine environ après la mort de Fernande (*Sans doute il est trop tard pour parler encor d'elle ; / Depuis qu'elle n'est plus quinze jours sont passés...*), les parents et les amis intimes reçurent par la poste une dernière communication dont la jeune femme était l'objet. C'était ce qu'on appelle un *Souvenir Pieux* : un feuillet de format assez petit pour qu'on pût l'insérer entre les pages d'un missel, où l'on voit au recto une image de piété, accompagnée d'une ou plusieurs prières, chacune d'elles portant souvent au bas, en très petits caractères, l'indication exacte des heures, jours, mois et années d'indulgence que leur récitation procurerait aux âmes du Purgatoire ; au verso, une demande de se souvenir devant Dieu du défunt ou de la défunte, suivie de quelques citations tirées des Écritures ou d'ouvrages de dévotion, et de quelques oraisons jaculatoires. Le *Souvenir Pieux* de Fernande était discret. La prière, fréquemment proposée par le papetier-graveur aux familles en deuil de ces années-là, était d'une onction banale ; elle avait été recommandée aux fidèles, le 31 juillet 1858, par Pie IX, comme applicable aux âmes souffrantes, mais ne s'encombrait d'aucune computation naïvement basée sur les horloges ou le calendrier des vivants. Au verso, suivies d'oraisons jaculatoires dotées des usuelles indulgences, figuraient deux phrases sans nom d'auteur que je suppose rédigées par Monsieur de C :

Il ne faut pas pleurer parce que cela n'est plus, il faut sourire parce que cela a été.

Elle a toujours essayé de faire de son mieux.

La première pensée me touche. Dans le piteux arsenal de nos consolations, celle-là est encore une des plus efficaces. Le veuf voulait dire que l'existence de la jeune femme demeurait un acquis, un bien en soi, si éphémère qu'il eût été, et que la mort ne l'annulait pas. Mais l'habituelle netteté de Monsieur de C. manque à cet aphorisme. On sourit de pitié ; on sourit de dédain ; on sourit avec scepticisme aussi souvent qu'avec attendrissement et amour. Monsieur de C. aura mis d'abord : « Il faut se réjouir que cela ait été », puis aura trouvé le mot trop vif pour une composition funèbre, ou l'amour de la symétrie l'aura emporté. La seconde phrase laisse également perplexe. Michel sentait à coup sûr que dire de quelqu'un qu'il a fait de son mieux est le plus bel éloge qu'on puisse lui décerner. La formule rappelle la devise des Van Eyck, *Als ik kan,* que j'ai toujours voulu faire mienne. Mais la phrase se replie avec embarras sur elle-même : « Elle a toujours essayé de faire de son mieux », ajoutant à l'impression que Fernande n'avait que partiellement réussi. Parmi les amis et parents qui lurent cet éloge, certains durent lui trouver une ressemblance avec ces « certificats » qu'un homme bon, mais qui ne veut pas mentir, donne à une personne qui a quitté son service, et chez qui on ne trouve à louer aucun talent en particulier. La phrase est ou condescendante ou touchante. Monsieur de C. la voulait touchante.

Le tranchant de la perte d'ailleurs s'émoussait. On l'entendit dire à l'un de ses beaux-frères qu'en somme l'accouchement est le service commandé des femmes : Fernande était morte au champ d'honneur. Cette métaphore surprend chez Michel, qui, loin d'exiger de Fernande la fécondité, m'avait pour ainsi dire concédée à la jeune femme pour ne pas contrarier ses proclivités maternelles ; il n'était pas non plus de ceux qui croient que Dieu impose aux couples le devoir de procréer. Mais ce propos, qui a dû lui paraître sonner bien dans la bouche d'un ancien cuirassier, vint sans doute à point dans un de ces moments où l'on ne sait que dire. La réalité avait été un hideux chaos : Monsieur de C. la faisait rentrer tant bien que mal dans un lieu commun qu'approuvèrent sûrement Théobald et Georges.

Il fut fort occupé cette semaine-là. Le docteur Dubois, lors de son départ précipité, avait oublié ses fers et son tablier dans un coin de la chambre de Fernande. Monsieur de C. les fit emballer et ficeler et les porta lui-même au domicile du médecin. Une bonne ouvrit. Il lança le paquet dans l'entrebâillement de la porte et s'en alla sans un mot.

Il se rendit ensuite au bureau de l'agence immobilière et fit mettre en vente la maison de l'avenue Louise. Pour lui, il repassait la frontière, rentrant au Mont-Noir avec la petite, accompagné de la garde Azélie qu'il avait persuadée de rester à son service jusqu'à la fin de l'été pour initier Barbara à ses nouvelles fonctions de bonne d'enfant. Aldegonde et le jardinier furent congédiés avec d'abondantes compensations. On emmenait le cheval, qui irait se mettre au vert dans les prairies du Mont-Noir, et Trier, ainsi nommé parce qu'il était né à Trèves, qui avait accompagné Michel et Fernande dans tous leurs voyages, et, de ce fait, était sans doute davantage un souvenir de la disparue que l'enfant elle-même.

On remportait aussi les livres. Monsieur de C. eût volontiers gardé l'énorme table de la bibliothèque, sur laquelle ses auteurs favoris et ceux de la mère de Marguerite (c'est ainsi qu'il appelait désormais la morte) s'étaient empilés côte à côte. Le poids et la nécessité de faire appel à un déménageur professionnel l'en découragèrent. Il en alla de même pour la Minerve casquée qui resta finalement en place sur son socle de marbre vert, indifférente comme toujours aux transactions de vente et d'achat.

Avant de s'en aller, Monsieur de C. fit une dernière course. Il se rendit chez l'antiquaire à qui Fernande avait acheté quelques objets, et en rapporta un autre, qu'elle avait pris à l'essai. L'antiquaire, un vieux juif aux traits doux et fins, était homme de goût ; lors de leurs précédentes rencontres, Monsieur de C. avait pris grand plaisir à échanger avec lui quelques mots. C'était peut-être même le seul homme avec qui il avait conversé avec agrément durant ce séjour à Bruxelles. Cette fois, il se contenta d'expliquer brièvement qu'il s'agissait d'un rendu. L'antiquaire remarqua les vêtements de deuil de son client, et s'informa discrètement. Monsieur de C. lui dit ce qui s'était passé.

— Et l'enfant ? lui demanda le vieux juif après les condoléances d'usage.

— L'enfant vit.

— C'est dommage, dit doucement le vieillard.

Monsieur de C. lui fit écho.

— Oui, répéta-t-il. C'est dommage.

Je m'inscris en faux contre l'assertion, souvent
entendue, que la perte prématurée d'une mère est
toujours un désastre, ou qu'un enfant privé de la
sienne éprouve toute sa vie le sentiment d'un manque
et la nostalgie de l'absente. Dans mon cas, au moins,
les choses tournèrent autrement. Barbara ne fit pas que
remplacer pour moi la mère jusqu'à l'âge de sept ans ;
elle fut la mère, et l'on verra plus tard que mon
premier déchirement ne fut pas la mort de Fernande,
mais le départ de ma bonne. Par la suite, ou simultanément, les maîtresses ou les quasi-maîtresses de mon
père, et plus tard la troisième femme de celui-ci,
m'assurèrent amplement ma part des rapports de fille à
mère : joie d'être choyée ou chagrin de ne pas l'être,
besoin vague encore de rendre tendresse pour tendresse, admiration pour la jolie dame, dans une
occasion au moins amour et respect, dans une autre,
cette bienveillance un peu agacée qu'on a pour une
bonne personne pas très douée pour la réflexion.

Mais ce n'est pas de moi qu'il s'agit, c'est du fait que
sans cet accident Fernande eût peut-être vécu trente ou
quarante ans de plus. J'ai parfois tenté de me représen-

ter sa vie. Si la séparation prévue par Michel avait eu lieu, Fernande eût pris place dans le groupe un peu gris des femmes délaissées, qui n'étaient pas rares dans ce milieu. Elle n'était pas de celles qui se consolent avec un amant, ou ne l'eût fait qu'avec d'affreux remords. Si au contraire ma naissance avait consolidé ce ménage, il est peu probable que l'harmonie pour autant en fût redevenue délicieuse. Le temps, sans doute, eût instruit Fernande, lui eût enlevé ses langueurs et ses mélancolies typiques d'une dame de 1900, mais l'expérience nous prouve que la plupart des êtres changent peu. Influencée par elle, ou irritée par elle, mon adolescence eût versé davantage dans la soumission ou dans la révolte, et la révolte eût presque inévitablement prévalu vers 1920 chez une fille de dix-sept ans. Au cas, peu commun chez les femmes de sa famille, où Fernande eût vécu fort vieille, je ne vois que trop bien ses dernières années de dame pensionnaire dans un couvent ou résidant dans un hôtel suisse, et les visites assez infréquentes que par devoir je lui aurais faites. L'eussé-je aimée ? C'est une question à laquelle il est impossible de hasarder une réponse quand il s'agit de personnes que nous n'avons pas connues. Tout porte à croire que je l'aurais d'abord aimée d'un amour égoïste et distrait, comme la plupart des enfants, puis d'une affection faite surtout d'habitude, traversée de querelles, de plus en plus mitigée par l'indifférence, comme c'est le cas pour tant d'adultes qui aiment leur mère. Je n'écris pas ceci pour déplaire, mais pour regarder en face ce qui est.

Aujourd'hui, toutefois, mon présent effort pour ressaisir et raconter son histoire m'emplit à son égard d'une sympathie que jusqu'ici je n'avais pas. Il en est d'elle comme des personnages imaginaires ou réels que j'alimente de ma substance pour tenter de les faire vivre ou revivre. Le passage du temps invertit d'ailleurs nos rapports. J'ai plus de deux fois l'âge qu'elle avait ce 18 juin 1903, et me penche vers elle comme vers une fille que j'essayerais de mon mieux de comprendre sans y réussir tout à fait. Les mêmes effets du temps expliquent que mon père, mort à soixante-quinze ans, me semble désormais moins un père qu'un frère aîné. Il est vrai que c'est un peu l'impression qu'il me faisait déjà quand j'avais vingt-cinq ans.

Monsieur de C. se livra durant ce mois de juin à une cérémonie plus poignante que celle qui s'était déroulée à Suarlée, et que j'appellerais faute de mieux l'occultation des reliques. La lingerie et les robes de la défunte avaient été données aux Petites Sœurs des Pauvres pour être vendues au profit de leurs protégés, ce qu'approuvait Jeanne. Restaient les débris disparates qui subsistent toujours, même chez ceux qui sont le plus enclins par tempérament à se défaire de tout. Monsieur de C. mit dans une cassette ce résidu de Fernande : une lettre fort tendre qu'elle lui avait écrite avant leur mariage, des messages de ses sœurs, les quelques notes prises par lui au cours de la maladie, d'humbles souvenirs de pension, diplômes, exercices ou bons points d'écolière, et enfin un cahier, que je jetai par la suite, où Fernande déjà mariée s'était livrée à une composition littéraire assez lamentable : c'était une nouvelle romanesque ayant pour cadre un vieux manoir breton (Madame de C. ne connaissait pas la Bretagne) et décrivant tout au long la jalousie d'une seconde femme pour la première épouse, dont le

fantôme la hantait. Monsieur de C. y prenait l'aspect
d'un sportsman pourvu du chic britannique. Je ne juge
pas Fernande sur ce petit morceau, qui témoignait
surtout du besoin de romancer sa propre vie.

Michel empila aussi dans la cassette les photographies de sa femme, tant vivante que morte, et les
instantanés pris au cours de leurs voyages. Il y glissa
dans une enveloppe soigneusement libellée des pointes
de cheveux que la mère de Marguerite s'était fait
couper la veille de ses couches. En les examinant vers
1929, je m'aperçus que ces cheveux très fins, d'un
brun si foncé qu''ils paraissaient noirs, étaient identi-
ques aux miens.

D'autres reliques capillaires me firent horreur.
C'étaient de lourds bracelets de nattes d'un brun tirant
sur le roux, qui devaient provenir de la mère ou d'une
des grand-mères de Fernande. Ces torsades d'une
rigidité presque métallique n'avaient plus rien de
commun avec une matière végétale sécrétée par la peau
humaine, pas plus que le cuir artistiquement travaillé
ne garde l'apparence d'une peau animale écorchée. Je
m'en débarrassai en les vendant pour leurs fermoirs
d'or. Un coffret de maroquin contenait, outre quelques
trophées de lointains cotillons, un de ces colliers de
corail qu'on achète à Naples, et que Madame de C.
avait sans doute choisi au sortir d'un restaurant de la
Via Partenope ou au retour d'une promenade en
voiture sur le Pausilippe ; les frêles branches en étaient
à peu près réduites en miettes dans leur cocon de
papier de soie. Les bijoux plus sérieux, déposés, eux,
dans un coffre-fort de banque, furent vendus par moi
un jour d'embarras de trésorerie, ou ressertis, et
transformés à tel point que Madame de C. ne les

reconnaîtrait pas. Une alliance se cachait au fond du coffret ; elle prit aussi le chemin de la fonte, ce genre d'anneau n'étant sacré que laissé au doigt d'une morte. Des médailles bénites furent données, je ne sais plus à qui. Le reliquaire d'ébène et d'écaille trouva asile dans un couvent.

Quelques autres épaves complétaient ce mélange. Un volume de Bossuet, ses *Méditations sur l'Évangile*, édition Garnier frères, dans sa reliure mi-cuir rouge et dorée sur tranches, portait une anguleuse dédicace en caractères gothiques indiquant qu'il s'agissait d'un cadeau fait à la Fraulein par l'une des chères petites, Zoé, à l'occasion d'un anniversaire ; un ex-libris timbré des dix losanges d'argent ancestraux prouve que Fraulein, qui préférait sans doute les ouvrages de piété en allemand, avait versé celui-là au mince fonds commun de la bibliothèque de Suarlée. Ces *Méditations* gardaient l'air frais des livres peu lus. Un *Missel des Fidèles,* en deux volumes, publié à Tournai par Desclée, Lefebvre et Cie en 1897, avait au contraire servi, à en croire sa basane fatiguée ; une couronne surmontant les initiales de Fernande avant son mariage entache de vanité sa couverture. Le *Missel* contient un calendrier perpétuel que je consulte de temps à autre ; il m'arrive aussi d'y relire les nobles prières latines que Fernande s'imaginait devoir être récitées jusqu'à la fin du monde, et que l'Église aujourd'hui a mises au rancart.

Un menu carnet de bal en forme d'éventail gardait, griffonnés au crayon sur ses lamelles d'ivoire, les noms de danseurs de Fernande ; j'en déchiffrai quelques-uns. Deux pièces d'un maroquinier parisien devaient avoir été des cadeaux de Michel. L'un, d'aspect très

Belle Époque, était un porte-cartes à fond mi-violet, mi-vert d'eau, sur lequel se détachaient avec une élégance japonaise des iris d'émail. La mode des porte-cartes ayant fait son temps, j'y mis, copiés sur de minces bristols, des vers ou des pensées qui m'étaient chers vers 1929 ou m'aidaient à me guider dans la vie. Ce viatique prit place parmi les clefs, le stylo, et toute la quincaillerie d'un sac de dame. Éraillé, taché d'encre et de rouge à lèvres, il finit par aller où va toute chose. L'autre, d'un plus grand style, était un porte-monnaie vert Empire, d'un cuir si poli qu'il semblait laqué ; un paon d'or et sa queue étalée en constituaient le fermoir et le liséré. Bien que plus fait pour les louis à l'effigie de la Semeuse que pour nos nickels et nos malpropres coupures, mon antipathie pour les objets gisant inutilisés au fond d'un tiroir me fit vers 1952 décider de m'en servir. Je le perdis deux ans plus tard au cours d'une randonnée dans le Taunus. Si les objets égarés finissent par rejoindre leurs possesseurs morts, Madame de C. aura été contente d'apprendre que sa fille s'était promenée à son tour sur les routes d'Allemagne.

La cassette scellée par Michel a rempli son office, qui était de me faire rêver sur tout cela. Ces pieux déchets font pourtant envier les animaux, qui ne possèdent rien, sinon leur vie, que si souvent nous leur prenons ; ils nous font aussi envier les saddhus et les anachorètes. Nous savons que ces brimborions ont été chers à quelqu'un, utiles parfois, précieux surtout en ce qu'ils ont aidé à définir ou à rehausser l'image que cette personne se faisait d'elle-même. Mais la mort de leur possesseur les rend vains comme ces accessoires-jouets qu'on trouve dans les tombes. Rien ne prouve mieux le peu qu'est cette individualité humaine, à laquelle nous tenons tant, que la rapidité avec laquelle les quelques objets qui en sont le support et parfois le symbole sont à leur tour périmés, détériorés ou perdus.

La tournée des châteaux

Je profite de la vitesse acquise dans les pages qui précèdent pour mettre par écrit le peu que je sais de la famille de Fernande et des premières années de celle-ci. Pour la plongée dans son passé ancestral, je me sers des maigres informations glanées dans des généalogies ou des ouvrages d'érudits locaux. Pour les années plus récentes, je dépends des souvenirs de Fernande retransmis à travers Michel. L'histoire de mon milieu paternel, dont je connais mieux les détails, celle de mon père, que j'entrevois à travers des bribes de récits qu'il m'a faits et refaits, tiennent déjà de plus près à la mienne, et il en est de même de la description des lieux-dits et des régions où j'ai passé ma petite enfance. Elles sont inséparables de mes propres souvenirs et viendront plus tard. Ce qui suit immédiatement m'est au contraire en grande partie étranger.

A en croire la chronique locale, la famille de Quartier (le nom s'orthographia ainsi jusqu'au milieu du XVIIe siècle) était fort ancienne dans le pays de Liège. Un certain chevalier Libier de Quartier, marié à une Ide de Hollogne, fut « maître à temps » de la cité de Liége en 1366, ce qui signifie à peu près consul, la ville au XIVᵉ siècle ayant deux « maîtres », l'un pris dans les « lignages » et l'autre dans les « métiers ». Cette famille fit ce que finissent par faire la plupart des vieilles familles : elle s'éteignit, ou l'eût fait, si un certain Jean de Forvie, qui épousa en 1427 une Marie de Quartier, n'en avait repris le nom et les armes. Ainsi entés sur un nouveau tronc, les Quartier continuèrent à prospérer dans cette étrange principauté ecclésiastique relevant du Saint-Empire qu'était Liége avant 1789. Ces gens font dans leur caste de prudents mariages dont la dot consiste à n'en pas douter en bonnes terres, ou en l'appui de pères et d'oncles influents auprès du Prince-Évêque ou dans la Cité. Ils arrondissent leurs biens au soleil : Forvie resta jusqu'à la fin du XVIIIᵉ siècle dans leur nomenclature ; Flémalle y fait son apparition en 1545, mais ce n'est qu'en 1714 que Louis-Joseph de C. (on peut désormais utiliser cette initiale plus décente que la précédente), seigneur aussi de Souxon, d'un lieu-dit appelé Mons et du ban de Kerchrade, acquiert d'une tante les droits seigneuriaux sur Flémalle-Grande, jadis commanderie de l'ordre de Saint-Jean-de-Jérusalem.

On trouve divers membres de la famille installés successivement ou simultanément dans des fonctions officielles : échevin noble, échevin de haute, basse et moyenne justice, haut avoyer, député perpétuel aux États de Liége, secrétaire aux finances, conseiller privé de Monseigneur l'Évêque Maximilien-Henri de Bavière, conseiller privé et trésorier de Monseigneur l'Évêque Joseph-Clément de Bavière, chanoine tréfoncier de la Collégiale de Saint-Jean et de Notre-Dame d'Huy. Cinq d'entre eux furent bourgmestres de Liége au XVIIIᵉ siècle, et trois à deux reprises. Un siècle plus tôt, cet honneur eût comporté des risques : cinq bourgmestres liégeois avaient péri sur l'échafaud au XVIIᵉ siècle et un sixième fut assassiné. Ceux-là appartenaient au parti des réformes. Les ancêtres de Fernande étaient, eux, du côté de la mitre. Même dans ce cas, d'ailleurs, les emplois publics n'étaient pas des sinécures. Vers 1637, un échevin noble supposé avoir participé au meurtre du bourgmestre La Ruelle fut déchiré par la foule qui, dit-on, goûta au sang du malheureux et lacéra sa chair à coups de dents.

Il n'y aurait presque aucun intérêt à évoquer l'histoire d'une famille, si celle-ci n'était pour nous une fenêtre ouverte sur l'histoire d'un petit État de l'ancienne Europe. Cité ecclésiastique fondée, assure-t-on, par le légendaire Saint Hubert, berceau de la famille de ce Charlemagne que nous avons à tort ou à raison naturalisé l'un des nôtres, ardemment mêlée au mouvement si français de la première croisade, enrichissant de ses légendes nos chansons de geste, Liége nous fait d'un peu loin l'effet d'une grande ville de France. Tout nous porte à le croire : ce parler wallon si proche de notre langue d'oïl (des Liégeois eurent tort de s'offusquer quand je leur dis qu'en échangeant quelques mots avec une fermière de la région, je m'étais crue reportée au XIIIᵉ siècle), son « *fol peuple* » dont parle Commynes, colérique et gai, dévot et anticlérical, fier de sa ville « *où il se disait par jour autant de messes qu'à Rome* », mais vivant cinq ans avec aisance sous le coup de l'excommunication prononcée par son évêque, l'ordonnance si française des beaux hôtels du XVIIIᵉ siècle, la musique de Grétry et plus tard celle de César Franck, la flambée d'enthousiasme causée par la

Déclaration des Droits de l'Homme, et jusqu'à l'équipée de Théroigne de Méricourt. Nous sommes dispo-
sés à voir dans les quartiers populaires de Liége un
prolongement du Faubourg Saint-Antoine, et dans
Liége elle-même ce chef-lieu du département de l'Our-
the qu'en fit la Révolution.

C'est là l'un des panneaux du diptyque. L'autre a
pour arrière-plan les régions mosellanes et rhénanes
auxquelles Liége doit sa splendeur précoce aux environs de l'an Mille, ses ivoires, ses émaux, ses évangé-
liaires, suprême efflorescence des Renaissances caro-
lingienne et othonienne. Cet art qui communique avec
l'antique à travers Aix-la-Chapelle, et, par delà,
Byzance, est sans conteste un art impérial. Le grand
style des fonts baptismaux de Saint-Barthélemy, sculptés vers 1110, semble en avance de quatre siècles ou en
retard d'un millénaire. D'une part, il prélude aux
drapés et aux nus savants de Ghiberti ; de l'autre, ce
dos musclé du légendaire philosophe Craton recevant
le baptême nous ramène aux bas-reliefs de la Rome
d'Auguste. Cette œuvre d'un certain Renier de Huy,
qui modelait à l'antique, fait irrésistiblement rêver à un
philosophe du pays de Liége qui pensa à l'antique un
siècle plus tard, et fut de ce fait brûlé à Paris en 1210
sur l'emplacement actuel des Halles pour s'être inspiré
d'Anaximandre et de Sénèque, le panthéiste David de
Dinant. *Quis est Deus ? Mens Universi.* Presque assurément, les lointains ascendants des Quartier n'eurent
rien à voir avec ce sculpteur ou cet hérétique de génie :
ils furent tout au plus émerveillés par le beau travail de
l'un, et indignés, s'ils les connurent, par les idées de
l'autre. J'évoque pourtant cette œuvre et ce destin
exceptionnels, parce qu'on tend trop à ignorer ces

grandes veines venues de l'antiquité circulant dans ce
qui nous paraît à tort le monolithique Moyen Age.
Placé entre le Cologne d'Albert le Grand et le Paris
d'Abélard, en contact avec Rome et Clairvaux par le
va-et-vient des clercs et des hommes d'Église, Liége
reste jusqu'à la fin du XIIIe siècle une étape sur les
routes de l'esprit. Épuisée ensuite par deux cents ans
de luttes civiles, grosse déjà des troubles sociaux de son
XVIIe siècle, la ville rate sa Renaissance, et s'y rattache
surtout par le mince fil de quelques artistes italianisés.
L'influence des élégances françaises marque de bonne
heure les « Grands », comme plus tard celle des
Lumières enflammera la bourgeoisie libérale qui peu à
peu s'est formée. Mais bien que Jean-Louis, Louis-
Joseph, Jean-Arnould et Pierre-Robert parlent à la
cour des Princes-Évêques de la Maison de Bavière le
français de Versailles, non sans une pointe d'accent
wallon, le ton et l'ambiance n'en seront pas moins
jusqu'au bout de l'Ancien Régime ceux, agréablement
archaïques, des petites principautés d'Allemagne.

Ces gens de lignage que déconsidéreraient le commerce ou la banque sont, ou, ce qui compte davantage,
se veulent exclusivement propriétaires terriens, gens
de guerre et gens d'Église : au Moyen Age, leurs
chanoines nobles portant l'épée scandalisaient Commynes. Comme toute noblesse du Saint-Empire, ils sont
infatués de leurs titres, armoiries, arbres généalogiques, beaux hochets également chers, certes, à la
gentilhommerie française, mais dont ils n'ont pas
appris à parler avec un sourire, comme le bon ton y
oblige en France. Nonobstant leurs alliances avec une
bourgeoisie riche qui ne demande qu'à se fondre en
eux, ils forment une caste, liée par intérêt à un certain

statu quo, et manœuvrent en face des « Petits » comme
une armée devant l'adversaire. Dans d'autres villes du
pays belgique, on a l'impression, du reste en partie
fausse, que malgré leurs féroces luttes de partis et de
classe, noblesse, patriciat, bourgeoisie et métiers font
parfois front commun : grands seigneurs rebelles, les
Gueux se sentent soutenus par le petit peuple des
Flandres, et en tirent gloire ; le comte Egmont est
pleuré par la populace de Bruxelles. Ces brefs élans
d'union sacrée n'ont pas lieu chez les Princes-Évêques.
Le perpétuel jeu de bascule entre Grands et Petits,
l'appel constant de part et d'autre à l'allié étranger,
l'intelligence ou l'énergie s'exerçant pour rien ou pour
des fins seulement destructrices font de la chronique
liégeoise un parfait exemple de cette agitation politique
désordonnée qui caractérise les trois quarts de l'histoire politique des États-cités, sans excepter celle,
faussement prestigieuse, de Florence et d'Athènes.

En 1312, les métiers de Liége enferment et brûlent
vifs deux cents chevaliers dans l'église Saint-Martin,
commettant là leur Oradour. En 1408, après diverses
vicissitudes, l'évêque Jean de Bavière jette à la Meuse
les meneurs des métiers, leurs femmes et des prêtres
ayant pris leur parti. Les Grands s'appuient sur les
Ducs de Bourgogne, chez lesquels la féodalité s'enveloppe déjà d'une fantastique splendeur de soleil cou-
chant, dont ils légueront la nostalgie aux Habsbourg.
Les Petits au contraire deviendront pour Louis XI des
pions à faire avancer et au besoin à perdre sur
l'échiquier d'Occident. Quand Charles le Téméraire
força le renard de France à assister au sac de Liége
insurgé, et que les Petits en fuite dans les sauvages
solitudes de l'Ardenne moururent « *de froid, de faim et*

de sommeil », ou y furent égorgés par des seigneurs rebelles soucieux de rentrer en grâce, Libert de Quartier et sa femme Ivette de Rutinghem approuvèrent sans doute cette façon de faire maison nette. Peut-être déplorèrent-ils au contraire que les Bourguignons eussent détruit les profitables « moulins de fer » épars dans la forêt, première forme à cette place des industries lourdes de l'avenir.

Lors des troubles du siècle suivant, la principauté ecclésiastique reste fidèle au maître étranger et fait ainsi de bonnes affaires. Les piques des Gardes Wallonnes furent peut-être forgées à Liége, et conversement celles des soldats de Guillaume d'Orange, la contrebande étant de tout temps une activité quasi officielle des fabricants d'armes. Les Petits fort occupés semblent avoir travaillé sans se mêler d'émuler les soulèvements populaires du reste des Pays-Bas : le sort des Flamands donnait d'ailleurs à penser. La peste hérétique paraît chez ces Liégeois moins virulente qu'ailleurs : on se débarrasse vite de ces trouble-fête que sont les Anabaptistes, dont les doctrines ont partout du charme pour les misérables ; la veuve d'un de ces insurgents s'en va à Strasbourg et y épouse un certain Calvin. Quand en 1585 Jean de Quartier convole avec Barbe du Château, fille d'un commissaire de la Cité, la reprise d'Anvers et de L'Écluse par les troupes espagnoles fut sans doute l'occasion de joyeux commentaires des hommes de la noce ; les femmes, elles, je suppose, s'occupaient surtout de la toilette de la mariée. Quelque trente ans plus tard, au contraire, lorsque le fils de Jean s'allie à Isabelle de Slessin, également fille d'un commissaire de la Cité, la cherté et les intrigues de l'étranger ont provoqué des troubles ; les protestants des Provinces-Unies et le Roi Très Chrétien, dans son souci de faire pièce au Saint-Empire, soudoient les revendications des Petits, mais les meneurs de ces gens de peu finiront mal, et les négociateurs du Traité de Nimègue refuseront de recevoir leurs émissaires. L'Évêque enfin a gagné la partie définitivement, c'est à dire pour un siècle.

Sous la houlette du prince et de ses fonctionnaires, le Liége rococo, enfoncé comme toute l'Europe dans l'absolutisme et la douceur de vivre, coule des jours actifs et relativement tranquilles, même si les élégants « Chiroux » coiffés en queue d'hirondelle et culottés de satin noir se font de temps en temps conspuer par les « Grignoux » en frac ou en bourgeron. La vieille flamme pré-syndicaliste des métiers, qui de toute façon s'entre-dévoraient, est bien morte, et ceux-ci remplacés par un prolétariat qui ne sait pas encore son nom. Les seuls incendies que les bourgmestres de la famille de Fernande eurent à prévenir ou à éteindre furent les conflagrations fort réelles toujours à craindre dans cette ville de batteurs de fer et de fabricants d'armes. C'est ce qui explique sans doute que des seaux de cuir bouilli, estampillés aux armes de la ville et aux leurs, modèles de ceux avec lesquels on faisait la chaîne quand un sinistre ravageait les ateliers et les bicoques et menaçait les hôtels des gens du bel air, fussent regardés comme un emblème de leurs fonctions. On m'en a montré quelques-uns au cours d'une visite à l'un des châteaux de la tribu, mais on peut présumer que Louis-Joseph, François-Denys, Jean-Arnould, Pierre-Robert et Jean-Louis s'employèrent aussi de

leur mieux à étouffer les foyers d'idées nouvelles
venues de France qui s'allumaient chez les Petits.

Le gain, comme partout, oblige d'ailleurs Petits et
Grands à vivre bon gré mal gré en une sorte de
symbiose hostile. L'évêque serait fort petit prince sans
le produit de ses fabriques d'armes, et Jean-Arnould,
son trésorier, ne saurait comment faire rentrer l'argent
dans les coffres. Mais la subsistance des gens de
fabrique dépend également du bon état des affaires,
c'est à dire du monde comme il va, des achats de
mousquets de la Guerre de Sept Ans, des pistolets
d'arçon avec lesquels Cartouche casse la tête aux
voyageurs et dont Werther se sert pour se brûler la
cervelle, ou encore de fines lames à pommeau ciselé
que les gentilshommes brimbalent dans les salons de
Bruxelles. A une époque où le triple accroissement de
la population, des produits manufacturés et des espèces passe déjà pour remédier à tous les maux, et où
Voltaire se fait l'écho de la voix publique en protestant
contre l'Église qui, par ses fêtes chômées, prive
l'ouvrier de jours de travail, les bienfaits de l'industrie,
y compris celle des armes à feu, sont devenus un
dogme laïque qui aura la vie dure : Jean-Arnould et
Pierre-Robert n'y contredisent pas.

Entre temps, et par la force des choses, ces nobles
fonctionnaires diffèrent de moins en moins de bourgeois bien nantis. Le vent venu de France balayera
leurs droits féodaux, mais il y a longtemps que
l'opulence des propriétaires dépend de baux consentis
aux fermiers autant et plus que de redevances déjà d'un
autre âge. Il y a longtemps aussi que les gens du bel air
placent leurs fonds dans le commerce et l'industrie, et
spéculent par l'entremise de leurs banquiers. C'est

l'emploi de la houille, de plus en plus commun à partir du XVIIIe siècle, qui a transformé peu à peu les fabriques encore à demi artisanales en grande industrie. Soyons sûrs que les premiers des gens de lignage qui découvrirent sous leurs idylliques, mais peu productifs, champs et pâturages la richesse houillère en éprouvèrent le même plaisir que le fermier du Texas ou le prince arabe qui s'avèrent de nos jours possesseurs d'un puits de pétrole. Le temps est proche où, dans une Belgique affolée d'affaires, le baron de C. d'Y. se professera industriel, où Monsieur de C. de M. se fera gloire du titre d'ingénieur, et où les distinctions nobiliaires, toujours fort prisées, serviront aux plus habiles à s'assurer une bonne place dans les conseils d'administration.

Durant les toutes premières années du XVIIIe siècle, un de mes lointains grands-oncles, Louis-Joseph de C., secondé par sa femme Marguerite-Pétronille, fille de Gilles Dusart, Grand Greffier des échevins et Souverain Greffier de Liége, transforma en une habitation moderne et plaisante les antiques vestiges d'une commanderie de l'ordre de Saint-Jean-de-Jérusalem à Flémalle. Il est intéressant de les voir s'installer ainsi, comme des animaux dans la tanière déserte d'autres animaux d'une espèce apparentée de loin à la leur, dans l'une des coques vides de ces grands ordres monacaux et militaires dont la période de vigueur appartenait déjà au lointain passé. Thierry de Flémalle, Conrad de Lonchin, Guillaume de Flémalle, dit le Champion, l'ordre de Saint-Jean et le chapitre de Saint-Denys sont plus éloignés de Louis-Joseph qu'il ne l'est lui-même de nous. Ce n'était pas encore tout à fait l'époque où une sorte d'intérêt préromantique pour le Moyen Age allait devenir de vogue, et le mot gothique, naguère terme de dédain, commencer à échauffer les imaginations. Il est douteux que Louis-Joseph et Marguerite-Pétronille aient jamais été dérangés dans leur sommeil par les spectres de chevaliers à croix rouge.

Une vue de Flémalle, coupée par un vandale du beau volume des *Délices du Pays de Liége,* de 1718, et placée dans un vieux cadre de verre doré, faisait partie du lot hétéroclite laissé par Fernande. J'y vois un château à tourelles qui, comme il arrive souvent dans les Pays-Bas, paraît antidater d'un siècle l'époque où il fut bâti : les maçons du lieu retardaient sur ceux de France. Le jardin, au contraire, imite comme tous les jardins du temps les parterres de Versailles. La muraille qui l'enserre au nord, débris peut-être de l'ancienne commanderie, porte encore aux angles ses échauguettes surannées ; ailleurs, il s'étale sur la colline et rejoint la Meuse par la transition rustique des vergers, des champs et des vignes. Une grange massive, une chapelle restée médiévale flanquent le château ou s'y accotent. Une allée toute droite mène au fleuve : deux douzaines de maisons hautes, au toit en pente, et dont certaines sont en colombage, constituent sur la berge le village de Flémalle-Grande. Deux ou trois barquettes amarrées se balancent sur l'eau : on les emprunte pour passer sur l'autre bord quand on veut se rendre à l'Abbaye du Val Saint-Lambert, que n'entoure pas encore, bien entendu, l'immense complexe usinier d'aujourd'hui ; on s'en sert aussi pour pêcher ou tirer les oiseaux de passage le long d'un îlot boisé dit l'Ile aux Corbeaux. Si, d'autre part, on traversait les collines herbues et bocagères qui protègent au nord le château et le village, on atteindrait en quelques lieues Tongres, vieille capitale de la Gaule Belgique, et, plus loin, la frontière limbourgeoise des États du Prince-Évêque.

Examinons un instant ce tas de demeures au bord de

l'eau, qui, pour le graveur du XVIIIe siècle, ne fait qu'ajouter du pittoresque à la scène. Plus vénérable que le château de Louis-Joseph ou que la commanderie qui a précédé celui-ci, il existait déjà, plus bas et coiffé de chaume, au début du second siècle d'une ère qui ne se savait pas encore l'ère chrétienne, quand un vétéran, dont le congé gravé sur bronze est ressorti plus tard de la Meuse, y revint finir ses jours. Ce légionnaire de race tongre avait servi dans une des garnisons de l'île qui devint ensuite l'Angleterre ; son congé date des premiers mois du règne de Trajan. J'aime à croire que son contingent rentré d'outre-mer débarqua à Cologne, centre des troupes de la Germanie Inférieure, vers l'époque où le général reçut la nouvelle de son accession à l'Empire, apportée bride abattue par son neveu Publius Aelius Hadrianus, jeune officier promis à un brillant avenir. On imagine, assis sur la berge, au milieu d'enfants nus vautrés dans les hautes herbes, le vieil homme ressassant la scène, les ovations des troupes échauffées comme il convient par des distributions de bière et d'argent, l'officier encore grisé de vitesse racontant le guet-apens que lui avaient tendu des ennemis apostés près de Trèves, au bord de la Moselle, et qu'il avait déjoué avec son alacrité et sa vigueur de vingt ans... A en croire les voyageurs faisant de temps à autre un détour sur la route de Cologne, ce jeune homme était maintenant l'empereur ; on avait vu son profil sur des monnaies récemment frappées à Rome. Trajan, lui, comblé de victoires, était mort... Ce Tongre avait peut-être visité la Ville, à l'occasion d'un triomphe remporté sur d'autres barbares, adversaires des siens... Dans ce cas, il a décrit, en les exagérant, les hautes maisons à toit plat, les grands temples, les routes encombrées d'attelages, les boutiques où l'on trouve de tout, les belles filles trop chères pour sa paie de soldat, les sauvages jeux entre hommes et bêtes, entre hommes et hommes, entre fauves et fauves, qui sont le plus beau spectacle qu'il ait vu de sa vie. Le vétéran un peu gourd se lève péniblement, en songeant qu'il n'aurait plus aujourd'hui la force de porter le lourd équipement du légionnaire ; il a oublié le peu de latin appris de ses centurions. Il entendra bientôt sur le sol mou du chemin de halage, dans la nuit noire, le galop du Chasseur et les abois de la meute qui entraînent les morts au pays de l'outre-monde...

Je digresse moins qu'on ne pourrait le croire : antiquaires à leurs heures, comme le bel air l'était de leur temps, Louis-Joseph et ses héritiers ont dû scruter avec intérêt les chiches vestiges qu'avait fait sauter du sol la pioche de leurs jardiniers. Ils ont manié révérencieusement ces monnaies rouillées et ces tessons de poterie rouge, aux reliefs stéréotypés, mais exquis, dans laquelle les pauvres du monde gallo-romain mangeaient leurs fèves et leur bouillie d'orge ; ils ont cité à leur propos des vers latins appris au collège, légèrement estropiés par manque de mémoire, en exhalant çà et là un lieu commun sur le passage du temps, la fin des empires, et même celle des principautés. C'est ce qu'à mon tour je fais ici, mais mieux vaut dire des lieux communs sur ces sujets que d'en détourner la tête en fermant les yeux.

Si Marguerite-Pétronille remplit comme il faut ses devoir de châtelaine, elle descend de temps à autre au village porter du vieux linge, deux doigts de vin et un bouillon réconfortant à un malade ou à une accouchée, relevant haut ses jupes dans les boueuses venelles où

les truies dévorent les ordures et où les poules juchent
sur le fumier. Louis-Joseph fait parfois résonner sa
canne à bec d'argent sur le seuil d'un paysan plus
notable que les autres, qui est en petit à Flémalle ce
que ce noble homme est en grand à Liége, et à qui il est
politique de faire cet honneur. La petite industrie a
pris pied à Flémalle en attendant la grande : Jean-
Louis met des fonds dans une fabrique d'aiguilles et
sanctionne l'exploitation d'une carrière. Entre village
et château se tissent des fils de rancune, de haine (nous
en verrons bientôt un exemple), parfois aussi d'intérêt,
de bénévolence, voire d'une sympathie qui passe les
bornes des castes, comme quand Madame confie ses
peines à ses chambrières, ou d'un goût plus vif né de la
chair elle-même, si par hasard Monsieur baise une jolie
fille. On prie ensemble à l'église, quoique bien entendu
Louis-Joseph et sa femme aient leur banc armorié à
part.

On suit ensemble la procession de la Fête-Dieu,
chacun à son rang et à sa place, le long de chemins
couverts d'odorantes jonchées. L'été, verdure et fruit
abondent en bas comme en haut ; puis vient la
vendange et la confection d'une piquette à laquelle
Monsieur préfère le bourgogne. En automne, les
étables du château et celles du village retentissent
pareillement des piaulements de cochons qu'on saigne
et la bonne odeur des jambons monte de l'âtre de
toutes les cuisines. La venaison, produit d'exploits
cynégétiques qui alimentent la conversation, est servie
chez Monsieur dans des plats d'argent ; vaisselle plate à
part, on s'en goberge de même dans les maisons au
bord de l'eau où elle provient du braconnage et fait
aussi le sujet de vanteries et de bonnes histoires. Nous

sommes au pays de Saint Hubert, mais le tueur qui se convertit pour avoir vu s'avancer vers lui le cerf en larmes, portant entre ses bois Jésus crucifié, est devenu, par un renversement dont nul ne sent l'ironie, le patron des chasseurs et de leurs équipages, un peu comme le crucifix prit place au prétoire du côté des juges. Le bel air oblige Monsieur et Madame à faire apprêter leur mangeaille par un cuisinier français ferré sur les sauces, mais les marmitons et les filles de cuisine sont de production locale, et les bons morceaux d'en haut trouvent volontiers le chemin d'en bas. A table, au château, le curé se plaint d'avoir dû faire dissoudre la rustique confrérie de Notre-Dame-de-la-Chandelle, dont les revenus, dépensés tout entiers en gueuletons, n'amenaient plus que débauche et scandale, et Monsieur et Madame s'accordent à déplorer avec lui la goinfrerie villageoise.

Le Prince-Évêque s'est sûrement dérangé plus d'une fois pour rendre visite à son conseiller privé, politesse d'autant plus facile que sa propre résidence d'été, à Seraing, aujourd'hui siège des usines Cockerill, est toute proche ; la première locomotive fabriquée sur le continent européen y naîtra dans un peu moins d'un siècle. Ni Monseigneur, ni ses arbres, ni les oiseaux de son parc, où les hauts fourneaux flamberont bientôt jour et nuit, ne s'en doutent, pas plus qu'ils ne se doutent que les bêtes géantes de la préhistoire ont erré à cette place, laissant leurs empreintes et leurs os dans la boue du fleuve, et à peine plus fossiles de nos jours que cette locomotive de 1835. Les visiteurs distingués abondent d'ailleurs en ce siècle où Spa, Monaco de cette principauté rococo, attire le beau monde par ses cures thermales et surtout par ses salles de jeu, sur lesquelles Monseigneur prélève une dîme. Il est permis de croire que tel passant de marque venant de Paris ou s'y rendant par la route de Namur s'est arrêté à Flémalle pour faire souffler ses chevaux, et a reçu du bourgmestre ou du conseiller privé de ces années-là des rafraîchissements et des compliments.

Les plus illustres de ces passants voyagent incognito, ou presque. Vers 1718, Pierre le Grand, potentat progressif, impérial en dépit de son habit brun sans col ni manchettes et de sa perruque sans poudre, mais le visage démonté de temps à autre par un tic qui lui donne à ces moments l'air égaré et terrible : à celui-là, le bourgmestre aura à montrer sans en rien omettre les ateliers de la ville. Pierre profite de ses voyages pour avancer l'industrialisation de son pays ; ce charpentier-autocrate qui mettra à mort son fils, jugé trop rétrograde, ressemble plus aux hommes de la faucille et du marteau qu'à ses timides héritiers qui périront dans une cave d'Ékatérinenbourg. Vers 1778, le comte de Falkenstein, c'est à dire Joseph II, potentat libéral, autre grand visiteur de fabriques et d'hospices qui dut mettre également ses hôtes sur les dents, mais que préoccupent surtout les incartades de sa sœur Marie-Antoinette et l'inertie de son gros beau-frère. Un peu plus tôt, le comte de Haga, « *chi molto compra e poco paga* », comme le soupirent ses fournisseurs italiens, autrement dit Gustave III, bon connaisseur en art et en plaisir, qui, où qu'il aille, va vers le bal masqué de l'Opéra de Stockholm où il s'effondrera, frappé au ventre à travers son domino par le coup de feu d'Anckarström et soutenu par son favori von Essen. Parmi ces voyageurs qui tout au moins ralentirent à Flémalle pour admirer la belle vue, je voudrais pouvoir

compter, royal à sa manière, un certain chevalier de
Seingalt, *alias* Giacomo Casanova, qui traversa Liége
plusieurs fois, d'abord au grand galop, atteint d'une
maladie vénérienne et soucieux surtout d'aller en
Allemagne trouver un bon médecin, ensuite plus
pressé encore, et cherchant à soustraire aux poursuites
de sa famille sa nouvelle maîtresse, une Bruxelloise de
dix-sept ans.

Mais laissons là ces passants seulement plausibles.
On assure que le château fut occupé à deux reprises par
des troupes étrangères au cours du XVIIIe siècle, sans
préciser si c'était durant la Guerre de la Succession
d'Espagne, celle de la Succession de Pologne, celle de
la Succession d'Autriche, ou pendant la Guerre de Sept
Ans, ni si les occupants étaient Autrichiens, Prussiens,
Hanovriens au service de Sa Majesté Britannique, ou
Français. Mais c'était l'époque de la guerre en dentelles : ces Messieurs logés au château se seront sans
doute bien conduits. Il s'est peut-être trouvé des
Hanovriens pour accompagner au clavecin Madame
déchiffrant du Rameau, ou de galants mousquetaires
gris pour faire danser les demoiselles dans ces allées
qu'un Louis-Joseph ou un Jean-Denys venaient de
tracer et qu'ils s'imaginaient devoir être un jour
séculaires. Quant aux gens d'en bas, à l'époque de
Fanfan La Tulipe, ils avaient l'habitude des rapines et
des filles plus ou moins forcées.

D'un autre Louis-Joseph, ou d'un Jean-Baptiste, fils
ou petit-fils du rebâtisseur de Flémalle (les textes que
j'ai en main se contredisent, et il faudrait pour les
réconcilier plus de recherches que ces précisions n'en
valent), la tradition nous apprend trois choses : veuf, il

prit les ordres et devint chanoine tréfoncier, ce qui
veut dire émargeant aux revenus, de la Collégiale
Saint-Jean ; il était fort lettré ; ses paysans le détes-
taient et s'offrirent à sa mort plusieurs jours de liesse.
Le goût des lettres renseigne moins qu'il ne semble sur
le personnage. Il est aisé, certes, d'essayer de recompo-
ser la bibliothèque de Jean-Baptiste, si ce fut là son
nom, soit à Flémalle, soit dans quelque logis qu'il a dû
avoir en ville plus près de son église. Tous les auteurs
latins et peut-être quelques grecs, bien que ceux-ci
plus probablement dans les traductions de Madame
Dacier ; ce qu'il faut à un chanoine de théologiens et de
Pères de l'Église, Leibniz et Malebranche, si Jean-
Baptiste était un esprit profond, mais sûrement pas
Spinoza, jugé par trop impie ; tous les grands écrivains
du siècle de Louis XIV flanqués de traités d'héraldique
et de quelques relations de voyages. Parmi les contemporains, Fontenelle peut-être et les *Odes* de Jean-
Baptiste Rousseau, les bons ouvrages de Voltaire, tels
que *Le Temple du Goût* ou l'*Histoire de Charles XII*, et à
coup sûr, ses *Tragédies*. Si le chanoine avait du
penchant pour la littérature égrillarde, et si Catulle et
Martial ne lui suffisaient pas, Piron sans doute, et *La
Pucelle* dans quelque belle reliure portant au dos un
titre sérieux, mais probablement pas *Candide,* qui
décidément passe les bornes. Et certes, ces bons
ouvrages, érotiques compris, ont fréquemment formé
des esprits détrompés des préjugés de leur temps,
ayant appris à penser pour soi, et, quand il le faut,
contre soi. On ne fera pas mieux que certains de ces
hommes de goût qui se consolaient de leurs malheurs
avec Sénèque ou s'instruisaient « des finesses du cœur
humain » dans Racine. Mais ces mêmes lectures n'ont

été bien plus souvent que la preuve d'une éducation dans les règles, permettant de citer à table Horace ou Molière, d'accabler une remarque sensée sous une autorité sans appel, et de parler généalogie et histoire locale en homme qui s'y connaît.

La haine inspirée par Jean-Baptiste à ses paysans ne prouve pas non plus grand-chose. Il fut peut-être un maître avaricieux ou brutal, d'une morgue de gentilhomme doublée d'une insolence tranquille d'homme d'Église, ou au contraire un propriétaire honnête homme, mais froid et distant, dénué de cette rondeur qui rend sympathiques de cordiales crapules. Quoi qu'il en soit, une pitié me prend pour ce mourant qui put entendre, par sa fenêtre ouverte, monter les rires et les flonflons occasionnés par sa fin prochaine. Ce Jean-Baptiste semble avoir été aussi brouillé avec ses proches qu'avec ses paysans, car il légua Flémalle à ses deux gouvernantes. Ce mot, prononcé à propos d'un chanoine du XVIIIe siècle, évoque d'aimables créatures en fichus discrètement bâillants et bas bien tirés, portant à leur bon maître le chocolat du matin, mais les demoiselles Pollaert étaient peut-être d'âge plus que canonique et macérées dans la vertu. Leur nom ne figure en tout cas que brièvement dans la liste des propriétaires de Flémalle : les héritiers naturels reprirent d'une manière ou d'une autre possession du château. On aime à croire qu'elles reçurent en échange de quoi acheter une petite maison blanche couverte de chèvrefeuille ou se choisir des maris parmi leurs galants d'autrefois. Cela n'est pas sûr.

Mais le domaine sortit bientôt de la famille. François-Denys, bourgmestre de Liége en 1753, n'eut pas d'enfants de sa femme Jeanne-Josèphe, fille du président au Conseil Souverain du Gueldre. A sa mort, il laissa le château à la *Société de Bienfaisance des Enfants de la Providence et de Saint-Michel,* soit par philanthropie, soit par antipathie pour la branche cadette. La Révolution venait : les biens des *Enfants de la Providence et de Saint-Michel* se fondirent dans ceux des Hospices Civils de Liége ; ceux-ci revendirent la propriété. Elle passa ensuite dans deux familles successives, puis la puissante Compagnie des Charbonnages, désormais suzeraine du pays, racheta ses restes fort diminués. On assure qu'en 1945 des fugitifs des régions de l'Est campèrent tout un hiver dans le château abandonné, dormant sur ses parquets, grelottant devant ses cheminées armoriées, mais sans feu, ou échauffées tout au plus par une poignée de bois mort ramassé dans ce qui subsistait du jardin.

Lors de mon séjour en Belgique en 1956, le souvenir de la gravure restée en ma possession me fit désirer voir Flémalle. Un taxi m'y mena de Liége par une interminable rue de faubourg ouvrier, grise et noire, sans une herbe et sans un arbre, une de ces rues que seules l'habitude et l'indifférence nous font croire habitables (par d'autres que nous) et dont j'avais, bien entendu, connu l'équivalent dans deux douzaines de pays, décor accepté du travail au XXᵉ siècle. La belle vue sur la Meuse était bouchée : l'industrie lourde mettait entre le fleuve et l'agglomération ouvrière sa topographie d'enfer. Le ciel de novembre était un couvercle encrassé. Après conversation avec des gens de la localité, le chauffeur s'arrêta devant la grille bâillante de ce qui subsistait d'un jardin. Des pavés et des moellons s'amoncelaient au milieu, indiquant qu'une maison venait d'être jetée bas. Il n'en restait qu'un seul et surprenant fragment. Posé sur un bout de plancher lui-même en porte à faux sur un croulant mur de soutènement, un gracieux escalier s'élançait vers un premier étage disparu. Des marches manquaient, mais la rampe avec ses ferronneries du XVIIIe siècle était intacte. Le château avait été adjugé quelques semaines plus tôt à un démolisseur ; ce qui pouvait se vendre et s'emporter avait été dispersé ; cette rampe avait évidemment été laissée sur place jusqu'à ce que l'antiquaire qui l'avait acquise en prît livraison. J'arrivais le jour de la clôture, et ce qui m'attendait était ce décor de Piranèse, cet escalier discontinu montant allégrement vers le ciel. Le chanoine, s'il avait l'esprit de son état, y aurait assurément vu un symbole.

La plupart des domaines meurent mal. Privé de ses parterres et de son parc, il en était de celui-ci comme de ces pur-sang qu'on réduit à l'état de haridelles avant de les envoyer à l'équarrisseur. Le jardin, disait-on, serait transformé en square, mais tout square dont l'établissement a été voté par des municipalités de notre époque a une façon à lui de se changer en parking. Je regrettais, non pas la fin d'une maison et des quinconces d'un jardin, mais celle de la terre, tuée par l'industrie comme par les effets d'une guerre d'attrition, la mort de l'eau et de l'air aussi pollués à Flémalle qu'à Pittsburgh, Sydney ou Tokyo. Je pensais aux habitants de l'ancien village, exposés aux crues subites du fleuve qui n'avait pas encore été régularisé dans ses berges. Eux aussi avaient par ignorance souillé la terre et abusé d'elle, mais l'absence d'une technique perfectionnée les avait empêchés d'aller très loin dans cette voie. Ils avaient jeté à la rivière le contenu de leurs pots de chambre, les carcasses du bétail qu'ils assommaient eux-mêmes et les saletés du corroyeur ; ils n'y déversaient pas des tonnes de sous-produits nocifs ou même mortels ; ils avaient à l'excès tué des bêtes sauvages et abattu des arbres ; ces déprédations n'étaient rien auprès des nôtres, qui avons créé un monde où les animaux et les arbres ne pourront plus vivre. Ils souffraient, certes, de maux que les naïfs progressistes du XIXe siècle crurent à jamais révolus : ils manquaient de vivres en temps de disette, quitte à se bourrer en temps d'abondance avec une vigueur que nous imaginons mal ; ils ne se sustentaient pas d'aliments dénaturés à l'intérieur desquels circulent d'insidieux poisons. Ils perdaient un tragique pourcentage d'enfants en bas âge, mais une sorte d'équilibre se maintenait entre le milieu naturel et la population humaine ; ils ne pâtissaient pas d'un pullulement qui produit les guerres totales, déclasse l'individu et pourrit l'espèce. Ils subissaient périodiquement les violences de l'invasion ; ils ne vivaient pas sous la perpétuelle menace atomique. Soumis à la force des choses, ils ne l'étaient pas encore au cycle de la production forcenée et de la consommation imbécile. Il y a cinquante ans ou trente ans à peine, ce passage d'une existence précaire de bêtes des champs à une existence d'insectes s'agitant dans leur termitière semblait à tous un progrès incontestable. Nous commençons aujourd'hui à penser autrement.

En 1971, l'idée me vint d'aller voir dans un musée de Liége le diplôme du vétéran de Flémalle, et de revisiter en même temps cette localité. C'était cette fois un chaud jour de mai anticipant déjà sur l'été. A un quart d'heure de la zone industrielle, le chauffeur conseilla de lever les glaces de la voiture pour éviter l'effet de puants nuages jaunes plafonnant au ciel, qui gênent, comme on sait, quand on n'y est pas habitué. Les travaux de voirie empêchaient de traverser Flémalle, mais on m'apprit qu'un projet de désindustrialisation y était en cours. L'écologie n'y était pour rien, mais bien un de ces fusionnements qui sont à notre époque ce que les grandes concentrations territoriales entre les mains des féodaux furent au Moyen Age. Les dragons crachant le feu sur l'autre rive avaient dévoré ceux, plus faibles, d'en face. Les charbonnages de la Vieille-Montagne, non loin de Flémalle, étaient fermés, et les bâtiments désaffectés ressemblaient au château du noir enchanteur tombant en ruine à la fin d'un acte de *Parsifal*. Vu de loin, ce lieu rongé par la cupidité et l'imprévoyance de quatre ou cinq générations d'hommes d'affaires des XIXe et XXe siècles, restait dans l'ensemble ce qu'il avait été du temps de la vieille gravure des *Délices du Pays de Liége,* et même, sans doute, du temps du vétéran tongre, précaire liséré humain entre le fleuve et les hautes collines, mais les traces à peu près indélébiles de l'attrition industrielle subsistaient.

La décision d'utiliser à fond certaines substances carburantes a, au cours des deux derniers siècles, lancé l'homme sur une voie irréversible en mettant à son service des sources d'énergie dont son avidité et sa violence ont bientôt abusé. C'est le charbon des forêts mortes des millions de siècles avant que l'homme ait commencé à penser, le pétrole né de la décomposition des roches asphaltites ou lentement produit par des microflores et des microfaunes multimillénaires qui ont transformé notre lente aventure en course effrénée de cavaliers de l'Apocalypse. De ces deux dangereux adjuvants, la houille a triomphé la première. Le hasard fait que mon pays paternel, la région lilloise, et les deux sites liés au souvenir de ma famille maternelle, Flémalle-Grande et Marchienne, ont été de bonne heure défigurés par elle. Flémalle, jadis un des « délices du pays de Liége », m'offrait ce jour-là un échantillon de nos erreurs d'apprentis sorciers.

C'est aussi au début du XVIIIe siècle qu'un Jean-Louis de C., né en 1677, mon lointain aïeul, cousin du possesseur de Flémalle, fit un mariage qui lui mit un pied en Hainaut. Il épousait l'héritière d'un Guillaume Bilquin ou de Bilquin (la pierre tombale n'indique pas la particule), seigneur de Marchienne-au-Pont, de Mont-sur-Marchienne et de Bioul, maître de forges, bailli des forêts d'Entre-Sambre-et-Meuse. Cet homme riche est fort beau dans un portrait peut-être flatté, sous l'ample perruque et dans les drapés de satin du Grand Siècle. La légende familiale veut que ses ancêtres aient exercé avant lui les fonctions de maître de forges, métier noble, et que l'un d'eux ait fabriqué une cuirasse ou une épée pour Charles Quint. Il se peut. Charles de Gand se fournissait surtout à Augsbourg, mais il a dû de temps à autre passer commande à des armuriers des Pays-Bas. Marie-Agnès, femme de ce Bilquin, un peu épaisse dans ses brocarts, descendait d'une famille solidement enracinée dans le Hainaut et dans l'Artois depuis le début du Moyen Age. Le nom de ces Baillencourt, seigneurs de Landas, figure depuis le temps de Lothaire sur certains cartulaires ou chartes de fondation d'églises. Un ancêtre plus récent y ajouta le sobriquet de Courcol, reçu, dit-on, sur le champ de bataille de Crécy, petite mare de boue sanglante entrevue par nous dans les lointains de la Guerre de Cent Ans. Ce nom d'un lieu de défaite où les chevaliers français écrasèrent par erreur leur propre piétaille n'est plus guère pour le Français moyen que le nom d'un potage. Ces luttes oubliées reprennent pourtant vie et couleur quand on voit à l'Abbaye de Tewkesbury, en Gloucestershire, la tombe de Sir Hugh Le Despenser, combattant de Crécy, et l'effigie agenouillée de son fils Edward, combattant de Poitiers, aux mains pieusement jointes depuis six cents ans. Avec ses vifs yeux noirs peints sur pierre et sa moustache encadrée par son heaume de mailles, Edward, dont Sacheverell Sitwell a raison de dire que l'image produit sur nous « le choc du passé soudain révélé », a l'alacrité cruelle d'un chat sauvage, si fréquente dans ces physionomies féodales. C'est au milieu de ces hommes de proie qu'il faut imaginer Baudoin de Baillencourt, dit Courcol, que nous nous représentons, lui, plutôt massif et les yeux bleus.

L'héritière des Bilquin et des Baillencourt-Courcol apportait en dot, non seulement d'importants domaines, mais un château à peu près neuf, construit ou reconstruit à Marchienne au XVIIe siècle. Pour Jean-Louis, bourgmestre et conseiller à Liége comme le voulait l'usage familial, ce ne fut sans doute qu'un pied-à-terre. Mais ses descendants s'y installèrent et finirent par en ajouter le nom à leur nom. Le Jean-François-Arnould qui suivit, marié à la fille d'un Premier Juré de Binche, dut avoir toute sa vie pour grande affaire de savoir s'il serait ou non invité à Belœil chez le Prince de Ligne, l'homme le plus exquis des provinces belgiques, et appelé à participer à un carnage d'oiseaux par son Altesse Charles de Lorraine, gouverneur des Pays-Bas, dans sa résidence de Mariemont. Dans ce dernier cas, Jean-François-Arnould serait admis à faire sa cour à la vieille maîtresse du bon Charles, Madame de Meuse, dite la Pelote, qui embellissait Mariemont de sa présence et recevait pour émoluments quarante mille livres à une époque où le salaire annuel d'un maçon était de deux cents. Ce brave homme de prince, cruel seulement envers les cailles et les grives, souffrait d'abcès à la fesse et à la jambe que nous révèle son *Journal* ; l'abcès à la jambe l'emporta, pleuré de tous, en 1780. Cette fin de l'ère rococo dans les Pays-Bas autrichiens laisse le même arrière-goût pâteux que les natures mortes des petits-maîtres flamands de l'époque, avec leurs fruits, leur foie gras en croûte, et leurs cadavres de bêtes sur des plats de vermeil et des tapis turcs.

En 1792, Marchienne avait pour maître Pierre-Louis-Alexandre, quadragénaire marié à Anne-Marie de Philippart, plus jeune que lui, semble-t-il, d'une dizaine d'années, et déjà pourvue de cinq enfants. L'armée de Dumouriez, électrisée par le précédent de Valmy, passa la frontière. Le château, site stratégique, fut immédiatement occupé ; c'est là que Saint-Just, commissaire aux armées du Nord, rédigea la plupart de ses rapports et de ses lettres à Robespierre. Ces sansculottes, bientôt renforcés dans leur civisme par les sévérités du jeune commissaire, ne faisaient que reprendre dans ces plaines et le long de ces rivières le grand mouvement de va-et-vient qui avait été celui des armées des rois de France et de leurs adversaires durant plusieurs siècles, mais l'idéologie républicaine donnait à cette invasion un air de nouveauté. Le vieux monde croulait ; son Altesse Celcissime l'Évêque de Liége avait prudemment quitté son palais en ville pour sa forteresse d'Huy sur la Meuse ; les nouvelles de Paris faisaient pâlir ceux qui restaient liés de cœur ou d'intérêts à l'Ancien Régime ; Pierre-Louis et Anne-Marie vécurent deux ans l'existence harassée de maîtres de maison occupés par l'ennemi. Un panneau de la chapelle masquait la cachette d'un prêtre non assermenté à qui il fallait passer en secret des aliments, vidant du même coup ses eaux sales, et qu'on rejoignait peut-être la nuit pour prier. Le citoyen Decartier a dû de temps à autre se risquer à signaler aux officiers français et au redoutable Commissaire des déprédations commises par la troupe ; Anne-Marie aura eu fort à faire à prévenir les indiscrétions des enfants, à protéger de son mieux les chambrières des entreprises des Français, et peut-être à soigner à la dérobée, aidée d'une seule domestique, quelque Kaiserlick sabré à Jemmapes ou à Fleurus et caché au fond d'une grange.

Comme pas mal de Français et de Françaises de ma génération, j'eus toute jeune un culte pour Saint-Just. J'ai passé bien des moments au Musée Carnavalet à contempler le portrait de l'Ange Exterminateur par un peintre anonyme qui lui prêta le charme un peu mou d'un Greuze. Ce beau visage encadré de boucles flottantes, ce cou féminin enveloppé comme pudiquement d'une abondante cravate de linge fin étaient bien pour quelque chose dans mon admiration pour le farouche ami de Robespierre. J'ai changé depuis : l'admiration a fait place à une pitié tragique pour cet homme corrodé, semble-t-il, avant de s'accomplir. Saint-Just à dix-huit ans fait les classiques fredaines du jeune provincial qui s'émancipe à Paris, et, écroué au Petit-Picpus sur la demande d'une mère alarmée, y produit *L'Organt*, le plus terne ouvrage érotique du siècle, gauche décalque de tous les livres interdits lus en cachette au collège. A vingt-deux ans, dans son trou de Blérancourt, il suit de loin, avec fièvre, les premiers pas de la Révolution ; à vingt-quatre ans, il devient au sens intellectuel du terme l'Époux Infernal de l'Incorruptible, celui qui conseille, exhorte, incite et soutient, la foudre à côté de ce fumeux nuage qu'est Maximilien d'Arras. Ses arguments spécieux et secs aident à faire basculer la tête de Louis XVI ; il pousse au panier celles des Girondins, celles des Dantonistes, celles des Hébertistes ; il supprime Camille Desmoulins, le gamin parisien qui fut son ami et est à bien des points de vue son contraire. Commissaire aux armées du Rhin et à celles du Nord, chargé d'éliminer les douteux et les tièdes, il frappe froidement et efficacement, comme il parle. A vingt-six ans, élégant en dépit de trente-six heures d'agonie, impeccable dans son frac bien pris et sa culotte gris tendre, mais sinistrement dépouillé de ses longues mèches flottantes et de ses anneaux d'oreilles, le beau cou découvert dénué de linge blanc, il attend stoïquement son tour à l'échafaud entre son collègue le paralytique Couthon et son dieu à la mâchoire brisée, Robespierre.

Ces destins démoniques valent qu'on les contemple, mais démonisme ne signifie pas toujours génie ou sublimité humaine. Rien n'indique en ce garçon si doué la moindre ouverture par delà les sectarismes, non pas même du siècle, mais de la décennie. Ses discours bardés de paradoxes éclatants, qui mettent aux faits un corset de formules, font de lui, s'ajoutant à sa beauté, l'image idéale du jeune génie politique pour littérateurs. Ce qu'il préconise est ce que nous avons vu, jusqu'à la nausée, sévir et finalement faillir dans tous les régimes dits forts, l'habile entretien des soupçons que favorise l'état de guerre, indispensable à son tour à la promulgation de mesures extrêmes, qui lui fait cyniquement conseiller à Robespierre « *de ne pas trop faire mousser les victoires* », les méthodes concentrationnaires tendant à l'avilissement et à la perte des ennemis du régime, le retrait des minces garanties qu'une société se donne contre sa propre injustice, accompagné de l'assurance, toujours acceptée des sots, que ces mesures odieuses sont des mesures utiles. Quand l'auteur de *L'Organt,* dînant aux *Frères Provençaux* lors du procès de Marie-Antoinette, laisse tomber qu'après tout les sales accusations portées contre la Reine serviront « *à améliorer les mœurs publiques* », il sort de sa jeune bouche cette odeur de fausse vertu qui est la mauvaise haleine de la Révolution. L'humanité idéale à laquelle il est prêt, aux dires d'un ami, à « *sacrifier cent mille têtes, y compris la sienne* », est vue par lui, certes, d'après les héros républicains de Plutarque, pris de très loin et très en gros, mais aussi d'après les drames antiques de Marie-Joseph Chénier et les romans romains de Monsieur de Florian. Tout homme mort jeune porte devant l'histoire sa jeunesse comme un masque : nul ne peut savoir si l'homme d'État eût émergé en Saint-Just de l'adolescent infecté d'idéologies violentes et de rhétorique conventionnelle ; on ne déduit pas facilement du petit capitaine corse qui tira sur la foule des marches de

Saint-Roch, le 13 vendémiaire, l'homme du Consulat et du Code, l'homme de Tilsit, et l'homme de Sainte-Hélène. Mais Bonaparte à cet âge, malgré les quelques compromissions inévitables, est encore politiquement à peu près intact ; il a devant lui toute l'envergure de son avenir. Saint-Just au contraire meurt brûlé.

Ce qui ne veut pas dire qu'on puisse lui dénier toute grandeur. Du point de vue du mythe, plus profond que celui de l'histoire, il a celle d'incarner la Némésis qui tue, puis détruit l'avatar humain qu'elle s'est choisi pour accomplir ses mises à mort. Sa suprême vertu est le courage, qui n'est sûrement ni la plus rare ni la plus haute des vertus humaines, mais sans quoi toutes les autres s'en vont en bouillie ou tombent en poussière. Son audace de joueur éclate dans la lourde nuit d'été passée au Comité de Salut Public, où il rédige interminablement sous les yeux de ses collègues le discours qui demande leur mise en accusation, et s'en targue sans que nul ne se décide à le poignarder ou à l'assommer d'une chaise. Son intrépidité, qui le faisait s'exposer froidement, commissaire, aux balles autrichiennes, lui vient à point lors de la débandade des robespierristes traqués dans l'Hôtel de Ville ; la mélodramatique gravure qui le montre soutenant Robespierre blessé lui donne probablement un geste authentique. Enfin, et surtout, l'attachement d'un homme à un autre homme est toujours un phénomène noble, même s'il s'agit de l'union de deux fanatismes complémentaires ; il est beau de voir ce garçon brillant, hautain jusqu'à l'insolence, prendre et garder, volontairement semble-t-il, la seconde place au côté de ce Maximilien pointilleux, vacillant et buté, mais qu'entoure le respect qu'inspirent toujours des convictions inébranlables.

« *Vous que je ne connais, comme Dieu, que par des merveilles* », avait-il écrit à Maximilien au début de leur liaison. Saint-Just s'est tu pendant le bref mais interminable intervalle qui sépare leur arrestation de leur mort, et sans doute n'y avait-il plus rien à dire. A-t-il jugé du haut de son silence le petit groupe qui l'entoure, typique dans sa disparité du personnel de toutes les dictatures ? L'infect Simon, ex-savetier et ex-geôlier, l'honnête Lebas, son collègue aux armées du Rhin, déjà mort, évadé par le suicide, Hanriot l'ivrogne, responsable en partie du fiasco final, et dont on ne sait si le coma où il est plongé est dû au vin ou à ses blessures, Couthon, plus infirme que jamais, rudement traîné par les soldats hors du placard où il se cachait ; Augustin de Robespierre, mourant lui aussi, qui enleva à Saint-Just la palme de la loyauté en se faisant délibérément écrouer avec son frère, et les quinze autres comparses qui finiront obscurément à la remorque de ces premiers rôles. « *Vous que je ne connais, comme Dieu, que par des merveilles...* » A-t-il douté de Maximilien, évaluant pour la première fois son idole jetée à terre ? Saint Jean jusqu'au bout de ce brumeux Messie, a-t-il souffert de le voir, couché de guingois sur cette table du Comité de Salut Public d'où ils ont gouverné la France, ramasser maladroitement des carrés de papier et les introduire dans sa bouche pour en retirer des caillots de sang et des dents brisées ? A-t-il regretté un monde dont il a connu les plaisirs, et où ses ambitions et ses vues personnelles l'eussent peut-être un jour opposé à son sec et incorruptible ami ? Saint-Just a écrit quelque part que la mort était le seul asile du républicain véritable, et l'emphase du propos ne doit pas nous cacher l'intensité du sentiment qu'il avait fait sien. Il ne s'exceptait pas de ces solutions sanglantes qu'il préférait, et dont le goût l'assimile à Sade plus qu'à Robespierre. On l'imagine au milieu de la pitoyable troupe, raffermi et muré dans ce mépris des hommes qui perce chez lui sous les déclamations révolutionnaires, ménageant froidement son courage, refusant l'une après l'autre toute idée ou toute émotion qui l'empêcherait de tenir jusqu'au bout.

A coup sûr, à l'âge où l'on est romanesque, il ne m'eût pas déplu d'imaginer un sentiment tendre entre le beau Saint-Just et Anne-Marie, ma trisaïeule. Un rudiment de bon goût m'empêcha de le faire. Non que j'accepte aujourd'hui si aisément la légende de la chasteté de Saint-Just, chère de tout temps aux idéalistes de gauche : on ne se débarrasse pas si facilement du plaisir, quand on en a été une fois l'adepte ; dans sa vie violemment agitée, le jeune proconsul a pu chercher çà et là la relaxation de l'amour physique comme il recherchait celle du cheval. Mais, même si Anne-Marie a eu d'assez beaux yeux pour des yeux de province, il est douteux que cette femme d'un ci-devant des Pays-Bas autrichiens lui ait fait éprouver cet émoi voluptueux qu'une jeune mère entourée de ses enfants inspirait conventionnellement aux roués de l'époque. A Anne-Marie, d'autre part, cet élégant en écharpe tricolore a dû sembler éclaboussé de sang, comme il le fut en réalité dans la charrette, quand de hideux farceurs allèrent remplir un seau chez un boucher de la rue Saint-Honoré pour asperger Robespierre. Si ma trisaïeule a eu quelque velléité de tromper son Pierre-Louis, ç'aura été plutôt avec un uniforme blanc. Mais Saint-Just est plus proche de moi à Marchienne que mes vagues progéniteurs et progénitrices. J'aime à

l'imaginer usant à galoper sur une monture réquisition-
née au citoyen Decartier l'énergie illimitée de sa
jeunesse, comme il le fera au Bois de Boulogne le matin
du 9 Thermidor pour se remettre d'une nuit d'insomnie, avec en poche les feuilles pliées du discours sur
lequel il va jouer son va-tout, et sans songer, ou
songeant au contraire, qu'il sera peut-être demain
couché en deux tronçons au cimetière des Errancis.

Sitôt la fin des années troublées, Anne-Marie reprit le cours interrompu de ses maternités. Cette parenthèse tendrait à me faire croire que Pierre-Louis avait éloigné sa femme du château occupé, et que le peu que j'ai essayé de reconstruire de la vie de mon aïeule au milieu des sans-culottes n'est qu'invention pure et simple. Quoi qu'il en soit, quatre enfants s'ajoutèrent aux cinq qu'elle avait déjà; l'un d'eux, Joseph-Ghislain, né en 1799, fut mon arrière-grand-père. Son fils aîné, mon grand-père, quitta définitivement Marchienne vers 1855, mais des enfants d'un second lit y restèrent, et leurs descendants l'occupaient encore vers la fin de la Seconde Guerre mondiale.

Enfant, j'ai une seule fois visité Marchienne, et ne me souviens que de plates-bandes et de paons criards. J'y revins en 1929, durant une longue visite en Belgique où je n'étais pas retournée depuis vingt ans, et où je repris contact avec ma famille maternelle, qui n'était pour moi qu'une légende. Ma grand-tante Louise me reçut avec une bonne grâce quelque peu timide qui caractérisait souvent les Anglaises bien élevées de son temps. Née à Londres, Louise Brown

O'Meara était tout ou partie d'ascendance irlandaise ; ceux qui l'aimaient la disaient de bonne famille ; les malveillants assuraient, assertion qui d'ailleurs ne réfute pas nécessairement la première, qu'Émile-Paul-Ghislain, mon grand-oncle, avait rencontré et épousé Louise à Brighton, à l'époque où celle-ci n'était qu'une jeune gouvernante. Les dates de l'état civil, à moins qu'elles n'aient été fort incorrectement transcrites pour les besoins de la cause, infirment d'autres insinuations, qui se voulaient plus malignes encore, concernant la naissance de leur premier enfant. « *Homme d'honneur, il avait épousé celle qu'il aimait* », dit, s'avançant presque aussi loin, un naïf biographe de la famille. Les premières années de cette union romanesque se passèrent dans une propriété qu'Émile avait en Hollande, et d'où, momentanément éloigné des siens, il envoyait des lettres célébrant le bonheur conjugal à son cousin quelque peu misogyne, Octave Pirmez.

Son fils Émile fit carrière dans la Carrière. Conservateur par tempérament, sans même avoir besoin d'étayer de principes politiques son conservatisme, vieux de la Vieille du Protocole, homme du monde fort goûté dans la bonne société de Washington, il y fit successivement deux brillants mariages, tous deux sans enfants. J'ai l'air de faire le portrait d'un Norpois, mais il y avait chez ce Wallon mâtiné d'Irlandais un goût de la vie qui ne perce pas à travers les bonnes manières du diplomate de Proust. Il aimait les jolies filles, la bonne cuisine et la bonne peinture. Ces deux dernières qualités firent de sa maison à Londres un agréable refuge pour les membres du Gouvernement belge en exil, entre 1940 et 1945. Assez bourru, peu goûté au moins d'une partie de la famille, il avait des lubies d'homme qui n'en fait qu'à son bon plaisir. Il était ministre en Chine sitôt après la Guerre des Boxers, et lorsque le gouvernement de Tzu Hsi consentit à verser des réparations pour les légations endommagées ou détruites, obtint que la sienne serait construite à l'instar de Marchienne ; non seulement des plans, mais des briques et des ardoises arrivèrent de Belgique par colis numérotés. Ce curieux édifice existe encore, et est, paraît-il, loué pour le moment par la Belgique à l'ambassade de Birmanie, en attendant l'heure où l'État chinois en reprendra possession. A l'intérieur, cette curiosité était fort moderne. Émile de C. de M. ayant réussi à faire agréer une invitation à dîner par deux jeunes princesses de sang impérial, jamais sorties jusque-là de la Cité Interdite, il y eut un moment d'inquiétude, au café, quand ces personnes de haut rang s'éclipsèrent discrètement et ne revinrent plus. On se mit à leur recherche : elles ne se lassaient pas de tirer la chasse d'eau d'une installation des plus perfectionnées, déclenchant chaque fois de bruyantes petites cascades auxquelles s'harmonisaient leurs éclats de rire. Cette soirée fut l'un des triomphes mondains de l'Oncle Émile.

Cet homme si comblé mourut à Londres vers 1950, doyen du corps diplomatique, et y reçut d'impressionnantes funérailles qui honoraient à la fois un type humain en voie d'extinction et le pays déchiré par deux guerres qu'il avait représenté si longtemps. Je tiens d'un de ses collègues que durant les mois qui précédèrent sa fin il fut hanté par d'amers regrets ; il lui semblait n'avoir été toute sa vie qu'un pantin officiel, un fantoche fort décoré dont le Protocole avait tiré les fils, silhouetté sur des décors qui bientôt n'existeraient plus. Ce regret même prouve qu'il avait été plus que cela.

Son cadet Arnold, qui n'aspira jamais à rien qu'à administrer avec nonchalance la terre de Marchienne et celle qu'il possédait aux Pays-Bas, était un aimable homme du monde. Il était séparé d'une femme de son milieu, douée ou atteinte de voyance. Jean, leur fils, plus jeune que moi de quelques années, m'enchanta par son goût des bêtes sauvages. Il avait apprivoisé un renard qu'il menait en laisse, le cou orné d'un collier de velours bleu ; la bête aux yeux intelligents, à l'abondante toison couleur érable-en-automne, l'accompagnait docilement, mais en gardant cette démarche oblique et ventre-à-terre qu'ont aussi les chiots qu'on dresse à suivre à l'attache.

Le Baedeker de 1907 assure au voyageur que la belle collection de peinture de Marchienne mérite bien une visite. Elle n'était plus au château en 1929, et j'imagine qu'elle ornait en ce temps-là l'ambassade d'Émile. De vastes portraits de famille d'un réalisme très romantique, à la Courbet, décoraient les murs du salon Second Empire : messieurs à badine errant dans des allées forestières, amazones gracieusement appuyées au flanc de leur monture. Un Baillencourt-Courcol du XVIIIᵉ siècle, évêque de Bruges, mettait dans un coin une note d'Ancien Régime. La tante Louise posa sur mes genoux une boîte de carton pleine de miniatures. Je fus retenue par l'image d'une jeune femme en robe de mousseline blanche, à taille courte, d'une pâleur portugaise ou brésilienne, les noirs cheveux frisés pris sous un transparent bonnet blanc. L'envers portait en caractères fanés le nom du modèle : Maria de Lisboa. Mon hôtesse ne savait rien d'elle, sinon qu'il s'agissait

d'une personne point située dans mon ascendance
directe, mais, semble-t-il, dans celle du second lit. Si je
la mentionne ici, c'est que j'ai parfois songé à mettre
son nom et son visage dans un roman ou dans un
poème.

La tante Louise servait le thé sur la terrasse, avec des
raffinements qui rappelaient l'Angleterre. Les paons et
les rosiers vus dans mon enfance étaient encore là. Je
ne me propose pas de reprendre ici le thème orchestré à
Flémalle, celui de l'air sali, de l'eau souillée et de la
terre corrodée par ce que nos ancêtres crurent honnête-
ment être le progrès, excuse que nous n'avons plus.
Mais le destin de Flémalle-Grande menaçait Marchienne. De l'autre côté de l'étang, par delà les
perspectives déjà diminuées du parc, des cheminées
d'usines vomissaient leur offrande aux puissances
industrielles, dont les parts de fondateur garnissaient
probablement le portefeuille d'Émile et d'Arnold.
Discrètement, avant de verser le thé, la tante Louise
essuyait, d'un coin de sa serviette brodée, la tasse de
Sèvres où venaient de se poser quelques molécules
noires.

En 1956, Marchienne fut inscrite sur ma liste de
sites à revoir en Belgique. Le parc, devenu public, me
parut s'être quelque peu rétréci, mais il faut toujours
compter avec les boursouflures du souvenir. Il était
bien tenu, avec une nuance de froideur administrative.
Le château jouissait d'un des plus beaux sorts qui
puisse échoir à une demeure désaffectée : il servait
depuis peu de bibliothèque communale. Les pièces du
rez-de-chaussée avaient cet aspect chichement entre-
tenu habituel aux lieux dont prend soin une municipa-

lité, mais les fichiers et les rayons chargés de livres
étiquetés les déparaient peut-être un peu moins que
naguère le beau mobilier Second Empire. Je ne revis ni
le boudoir chinois, tout ormoulu et vernis Martin, ni la
chapelle où Jean m'avait autrefois ouvert la cachette du
prêtre, déplaçant pour ce faire des pierres tombales
descellées rangées le long du mur. Ces gisants gravés
ou sculptés étaient maintenant entreposés dans l'église
paroissiale ; ils y avaient rejoint d'autres monuments
plus récents, encore encastrés à leur place : j'aperçus
celui de Guillaume Bilquin et de la douairière, née
Baillencourt-Courcol, dans leur sèche élégance du
XVIIIᵉ siècle, ornés de colonnettes et d'urnes blanches
sur fond noir. Une ou deux lames échouées là étaient
du grand style sévère du début du XVᵉ siècle ; d'autres,
d'un gothique tardif et fleuri, ou d'un Renaissance
imitant le gothique. Les petits chiens couchés sous les
pieds des dames rendaient aimables ces espèces d'épaves. Une inscription sur la tombe d'une Ide de C. me
fit croire qu'elle provenait de l'ancienne chapelle de
Flémalle, mais mon savoir héraldique était trop mince
pour me permettre de me débrouiller parmi ces
banderoles et ces écus érodés.

Une personne d'âge mûr venue à la bibliothèque
rendre un livre me reconnut ou entendit prononcer
mon nom. C'était l'ancienne femme de chambre de la
tante Louise. J'appris d'elle les dernières nouvelles de
la famille au sens plein du terme. Madame était morte
avant la guerre, et je me gardai de mentionner les
quelques informations que les malveillants, qui décidément s'acharnaient contre l'Irlandaise, m'avaient four-
nies sur son déclin. La tante Louise, à les en croire, se
serait prise d'un goût nostalgique pour le whisky de

son pays natal. Surveillée par Arnold et Jean, quand ils se trouvaient là, et le reste du temps par de vieilles bonnes qui interceptaient les achats non autorisés, elle se serait tournée vers des stimulants plus discrets, l'alcool de menthe et la vanille, dont on trouva, paraît-il, d'innombrables flacons vides dans sa chambre. Mon interlocutrice eût sans doute rejeté avec indignation ces on-dit. A les supposer vrais, il faudrait être sottement rigoriste pour se scandaliser qu'une vieille femme qui sent la vie la quitter se réconforte comme elle le peut, même si le moyen choisi n'est pas médicalement le meilleur. L'alcool de menthe, glacial comme la lame d'un couteau, la noire essence de vanille, et même l'âcre whisky, pour mon palais le plus désagréable des trois, deviennent alors des talismans contre la mort, inefficaces comme ils le sont tous.

Assise avec moi sur un banc du parc, mon informatrice continua son récit, d'ailleurs court. Monsieur Jean avait quitté le poste diplomatique qu'il occupait en 1940 pour s'engager dans la *Royal Air Force,* biais souvent pris par des Belges patriotes à ce moment où leur pays était déchiré entre le neutralisme et la participation à la guerre. Entré ensuite dans un groupe de résistants, il avait été tué en 1944 par une balle perdue. Sa fille en bas âge avait survécu. J'appris plus tard qu'elle s'était mariée vers l'époque, je crois, où se situe cette conversation, et qu'elle était morte d'un accident d'automobile survenu peu après. Le rameau et le nom eussent été éteints par la mort de Jean, si l'oncle Émile avant de mourir n'avait obtenu la substitution de ce nom à des parents éloignés. Les noms courent toujours.

Peu avant sa fin, Arnold assez désemparé avait repris

la vie commune avec la mère de Jean. Celle-ci, dans l'intervalle, avait glissé à la voyance professionnelle. Elle y revint après son veuvage, et l'on put, me dit-on, voir circuler des cartes où elle annonçait en bas et à gauche ses heures de consultation. Ce dernier détail me fut donné, au cours d'une réception dans une grande ville belge, par un jeune littérateur « dans le vent » que ce dénouement faisait pouffer de rire. Quant à moi, qui me demandais si une Banshee venue d'Irlande n'avait pas été entendue pleurer, ces années-là, au pied des murs de Marchienne, je plaignais cette mère douée de voyance d'avoir peut-être participé au sort de toutes les prophétesses, qui est de savoir, sans pouvoir l'empêcher, l'avenir.

Mon arrière-grand-père, Joseph-Ghislain, âgé de vingt-cinq ans, obtint en 1824 confirmation de ses lettres de noblesse par Guillaume Iᵉʳ de Hollande, à qui le Congrès de Vienne avait confié la Belgique pour mieux la protéger des éternelles visées françaises. Pas mal de Belges prirent à l'époque ce soin rendu nécessaire par les nombreux changements de régime. Six ans plus tard, quand la révolution de 1830 eut divorcé la Belgique d'avec la Hollande, nous retrouvons Joseph-Ghislain colonel de la garde bourgeoise et bourgmestre de Marchienne où il mourut quadragénaire après deux mariages dont seul le premier nous importe ici. Au début de cette tumultueuse année 1830, il avait épousé au château de la Boverie, à Suarlée, non loin de Namur, une héritière de vingt ans, Flore Drion. De cette union vite rompue par la mort naquit mon grand-père Arthur.

C'est tout récemment seulement que j'ai quelque peu compulsé l'histoire des Drion, bonne famille mi-aristocratique, mi-bourgeoise, du patriciat local. « *Notre lignée manque d'hommes de guerre* », me dit l'actuel représentant de la famille, qui est homme de

plume. On y trouve pourtant quatre ou cinq lieute-
nants ou porte-étendard au service de l'Espagne. On y
rencontre aussi un Récollet, missionnaire délégué par
Clément XI pour la Chine, où, comme son habit l'y
obligeait, il prit parti pour les Franciscains dans la
querelle des Rites, et fut, dit-on, assassiné à l'instiga-
tion des Jésuites. En 1692, quand Louis XIV se rendit
en grande pompe au siège de Namur, platement
célébré par Boileau, le Drion de l'époque eut l'honneur
de l'héberger une nuit dans sa propriété de Gilly. L'ère
des nationalismes acharnés ne s'était pas encore
ouverte : ce loyal sujet de Charles II trouvait naturel de
recevoir avec déférence un monarque ennemi. Le roi
de France, qui ne se souciait probablement pas de tenir
cercle au milieu d'invités de province, demanda que
seuls les membres de la famille assistassent au repas du
soir. Descendu au salon, il vit une foule. « Sire, ce ne
sont là que mes enfants et mes petits-enfants », dit
l'hôte patriarche. Son petit-fils Adrien, autre patriarche, eut la distinction plus cuisante d'être compté
parmi les six personnes de Charleroi sommées de payer
chacune, et dans les deux heures, une contribution de
dix mille livres aux Jacobins qui occupèrent la ville en
1793, obligation presque aussi pénible que d'en passer
par la guillotine.

Un peu plus tard — et la tradition veut qu'un
membre de la famille ait donné à dîner à Ney la veille
de Waterloo — une petite fille assise ce soir-là au bout
de la grande table crut toute sa vie se rappeler des
estafettes suantes sur des chevaux harassés portant
d'impatients messages de Napoléon au maréchal. Le
Drion d'aujourd'hui, qui a des scrupules d'historien,
fait remarquer que Napoléon à ce moment croyait à la

victoire, et n'avait aucune raison d'envoyer des ordres
et des contre-ordres à Ney ; pour moi, toujours dispo-
sée à faire confiance aux souvenirs d'enfant, j'admet-
trais volontiers que l'empereur, même sûr du lendemain, lui ait dépêché quelques-uns de ces billets
impériaux dont il avait l'habitude. Encore moins
l'érudit Drion de nos jours admet-il que les fumées du
vin de son ancêtre aient pu quelque peu obnubiler Ney
le jour du combat. Mais ces histoires ont leur prix :
elles aident à nous faire sentir combien chaque famille,
de siècle en siècle, s'est sentie mêlée aux vicissitudes de
la guerre dans ce pays sans cesse traversé.

Ces vieilles lignées eurent presque toutes une politique, avouée ou tacite, à l'égard des mariages. Les plus
ambitieuses prennent femme, si possible, au-dessus de
leur niveau social, facilitant ainsi l'ascension de la
génération suivante ; d'autres, comme les Quartier,
paraissent avoir choisi dans un cercle étroit où se
coupaient et se recoupaient les mêmes lignées. Les fils
Drion semblent avoir souvent jeté leur dévolu sur des
accordées bourgeoises ou quasi rustiques, mais sans
doute bien dotées, et douées peut-être d'un sang chaud
et de quelque vigueur populaire : la longévité de la race
fait en tout cas contraste avec l'existence assez courte
des Quartier. Par ces Marie ou Marie-Catherine, filles
de Pierre Georgy et de Marguerite Delport, ou de
Nicolas Thibaut et d'Isabelle Maître-Pierre, ces Barbe
Le Verger et ces Jeanne Masure, j'ai l'impression de
toucher à un solide Hainaut villageois.

Le goût des lettres et des sciences était fréquent dans
ce milieu, et aussi, dit-on, une certaine indépendance
d'esprit. « *Tout ce qu'il y a de mauvais chez les Pirmez
vient des Drion* », assurait naguère un membre de la

première famille à un membre de la deuxième, au cours d'une partie de chasse où évidemment la cordialité ne régnait pas. S'il pensait au dangereux amour des arts et des lettres, il exagérait quelque peu. Mon arrière-grand-tante Irénée Drion, mère du romantique Octave Pirmez et de son frère Fernand, dit Rémo, qui vécut son radicalisme et en mourut au sein d'une famille traditionaliste, fut réputée toute sa vie pour la roideur de ses principes, et on trouve d'autre part dans l'ascendance paternelle d'Octave et de Rémo de bons esprits ouverts aux lumières, et même quelques âmes inquiètes penchées sur les sutras hindous et sur Swedenborg.

En 1829, un Ferdinand Drion, veuf depuis une quinzaine d'années, et possesseur de verreries, de clouteries et de houillères, mourut vers la soixantaine dans sa propriété de Suarlée. Peu avant sa fin, ce bon père avait pris soin de partager lui-même ses diamants entre ses quatre filles étagées de dix-sept à vingt-deux ans. Une Madame de Robeaulx, sœur du défunt, mariée successivement à trois Français, dont le dernier, âgé de vingt-cinq ans, la prit déjà sexagénaire, servit de mentor aux jeunes filles. Cette femme assurément douée d'agréments avait fait élever ses nièces à Bruxelles, à l'Hôtel de Marnix, où s'était installé un pensionnat de Dames françaises chassées de Paris par la Révolution. Ces pieuses éducatrices, qui appartenaient presque toutes au monde des ci-devant, et dont plusieurs avaient eu des parents morts sur l'échafaud, inculquèrent aux jeunes filles leurs bonnes manières d'Ancien Régime. Les demoiselles Drion passaient pour des partis désirables, chacune apportant en dot un charbonnage. On dut parler beaucoup toilettes cet

automne et ce début d'hiver-là à Suarlée où les quatre
jeunes personnes vécurent chaperonnées par Madame
de Robeaulx. Il s'agissait en effet de se faire confectionner, non seulement des vêtements de deuil, Papa étant
mort en octobre, mais aussi des robes de mariées ou de
demoiselles d'honneur. Dès février, Flore épousait à
Suarlée Joseph-Ghislain de C. de M. En juin, elle
dansa sûrement au mariage de sa sœur Amélie, qui
convolait avec Victor Pirmez, ancien garde d'honneur
du roi Guillaume, fils de grands propriétaires de la
région. En avril, l'année suivante, Irénée à son tour se
maria ; elle épousait Benjamin Pirmez, frère du précédent, et se disposait ainsi à entrer dans l'histoire
littéraire belge, moins par quelques essais qui parurent
plus tard sous son nom que par deux de ses fils. Flore
cette fois ne dansa pas au mariage. Quatre jours plus
tôt, elle avait accouché à Marchienne de son fils
Arthur, mon futur grand-père. Elle mourut trois jours
plus tard. Irénée, en voyage de noces à Paris, eut cette
nuit-là un cauchemar qui lui annonçait cette fin.

L'automne suivant, en novembre, Zoé, la cadette, à
peine sortie des six mois de deuil requis pour une sœur,
prit pour mari un jeune juge de paix, Louis Troye, fils
d'un Charles-Stanislas député naguère aux États Géné-
raux des Pays-Bas, et qui avait devant lui une belle
carrière administrative. Il fut gouverneur du Hainaut
entre 1849 et 1870. L'une des filles du couple,
Mathilde, épousa une vingtaine d'années plus tard son
cousin germain Arthur, ce qui me donne deux des
sœurs Drion comme arrière-grand-mères.

Au printemps ou au début de l'été 1856, Arthur de
C. de M., après avoir, semble-t-il, passé quelques mois
à Mons auprès de son beau-père, le gouverneur Troye,
vint s'installer définitivement à Suarlée avec sa femme
Mathilde et leur première-née, la petite Isabelle.
Mathilde était de nouveau enceinte ; elle accoucha à
Suarlée en novembre d'un garçon baptisé Ferdinand
qui mourut en bas âge. Si je me réfère aux coutumes
qui existaient encore à l'époque de mon enfance,
Monsieur Arthur et Madame Mathilde franchirent la
grille sous une arche décorée de feuillages et de
banderoles de bienvenue : ainsi, du moins, en faisait-
on dans la Flandre française vers 1910, même quand il
ne s'agissait que d'un retour après trois mois d'absence. D'Arthur, très dandy, il existe de cette époque
un portrait d'apparat, en frac et cravate de linge fin,
qui, pas plus que son pendant, une mince Mathilde en
crinoline et grand décolleté, ne nous apprend sur eux
quelque chose. Une assez bonne peinture de Mathilde
faite quelques années plus tard montre avec moins de
pompe une agréable jeune femme au teint blanc et
rose, aux abondantes torsades d'un blond roux qui

m'ont permis d'identifier celles des bracelets de cheveux dont je m'étais débarrassée autrefois. Le visage est gai et quelque peu espiègle. Ce soir-là, les jeunes époux durent se diriger de bonne heure vers la chambre des maîtres où l'on avait probablement fait du feu, malgré la saison, pour combattre le froid glacial des maisons longtemps inhabitées : Arthur tenait Suarlée de sa mère Flore, et le logis n'avait sans doute pas été occupé depuis les noces de celle-ci, en tout cas depuis sa mort. La domesticité s'attarda sûrement à ouvrir des cartons à chapeaux et des sacs de nuit, ou à déballer des provisions de bouche, dans cette atmosphère de pique-nique qui est celle de tout emménagement ; la petite Isabelle dormit d'un bon somme. Monsieur Arthur allait vivre à Suarlée trente-quatre ans. Mathilde y mourrait dix-sept ans plus tard, quatorze mois après la naissance de son dixième enfant.

Suarlée, ou plutôt ce château de la Boverie, où s'écoula la vie de mes grands-parents, n'existe plus depuis trois quarts de siècle. Une photographie fanée m'a montré son corps de logis flanqué de tourelles et ses communs faisant angle droit. Au dedans, d'après les quelques reliques qui en subsistent encore, Arthur et Mathilde l'avaient abondamment garni d'un mobilier moderne, paravents de palissandre et meubles d'ébène exagérément chantournés. Mais toute vieille demeure réserve des surprises : quand je montai, il y a une quinzaine d'années, les marches de ciment de la villa style bains de mer qui a remplacé la gentilhommière d'autrefois, la fille du propriétaire, qui m'y reçut, aimable personne qui déplorait le mauvais goût de la fin du XIXᵉ siècle, alla chercher dans un album l'image des combles de la vieille maison, prise à l'époque de leur destruction. Ces madriers rappelaient ceux du faîtage d'une cathédrale. Sous ces solives enchevêtrées comme des branchages, restes de chênaies où s'étaient promenés les troupeaux de porcs du Moyen Age, les enfants de Monsieur Arthur et de Madame Mathilde, ou, avant eux les petites Drion en pantalons de dentelle avaient sans doute joué, les jours de pluie, à se cacher des bonnes, à se faire peur, à faire semblant d'être perdus dans la forêt où leurs cris se répondaient comme ceux des oiseaux. Je rendis l'album à Mademoiselle de D., en regrettant avec elle la démolition de cette belle charpente.

Tâchons d'évoquer cette maison entre 1856 et 1873, non seulement pour mener à bien l'expérience, toujours valable, qui consiste à réoccuper pour ainsi dire un coin de passé, mais surtout pour essayer de distinguer dans ce monsieur en redingote et cette dame en crinoline, qui ne sont plus guère à nos yeux que des spécimens de l'humanité de leur temps, ce qui diffère de nous ou ce qui, en dépit des apparences, nous ressemble, le jeu compliqué de causes dont nous ressentons encore les effets. Tout d'abord, Arthur et Mathilde sont bons catholiques, tels que ceux-ci se définissent sous la longue papauté de Pie IX, dans ce pays où continue à fleurir une piété jésuite et rococo, caractérisée à la fois par les roideurs dogmatiques et les aménités quasi mondaines de la Contre-Réforme. Le journal qu'on reçoit est un journal catholique ; Avent et Carême, Noël et Pâques, Toussaint et Jour des Morts rythment la ronde des saisons et celle des fêtes de famille. La grand-messe le matin, les vêpres l'après-midi, le salut le soir à l'église du village, et les préparatifs de toilette faits pour s'y rendre, occupent une bonne partie des dimanches, à moins que l'annonce d'une belle cérémonie en musique n'ait fait atteler pour Namur. Ce catholicisme n'est pas encore tout à fait pour les classes possédantes le signe de ralliement et parfois l'arme offensive qu'il sera plus tard ; néanmoins, on est catholique comme on est conservateur, et les deux termes ne se séparent pas. L'accomplissement des devoirs religieux se confond chez les hommes avec le respect dû aux institutions établies, et se greffe souvent sur l'indifférence ou sur un discret ou vague scepticisme. Il est convenu qu'on décède pieusement muni des sacrements de Notre Mère la Sainte Église, et les familles l'entendent si bien ainsi que la formule figure sur les faire-part mortuaires, même si le défunt est mort de mort subite sans qu'on ait eu le temps d'appeler un prêtre, ou, scandale d'ailleurs fort rare, s'il a refusé les derniers rites. Les femmes, comme nous le verrons, sont plus constamment sensibles à la douceur de prier.

Mais l'instruction religieuse et les connaissances théologiques sont au plus bas, ces dernières d'ailleurs aussi peu encouragées par le clergé que les élans mystiques. Monsieur Arthur et Madame Mathilde n'ont probablement jamais rencontré un protestant ou un juif, espèces humaines regardées de loin avec méfiance. Il en va de même du libre penseur, personnage jugé encore plus vulgaire qu'impie. On suppose (tant l'incroyance totale est inacceptable) que cet individu n'est du reste qu'un fanfaron qui se repentira à l'article de la mort. On lit peu l'Évangile, dont on ne connaît guère que les passages débités, souvent inintelligiblement, à l'autel, mais les ouvrages de dévotion fadasse abondent, et sont presque le seul aliment spirituel de Mathilde. On parle beaucoup du Bon Dieu, rarement de Dieu. Ce Bon Dieu composé de souvenirs de la chambre d'enfant et de traces de la famille primitive, où le vieux de la Tribu a droit de vie et de mort sur ses fils, menace quand il tonne ; il prend soin des bons et punit les méchants, encore que l'expérience prouve tout le contraire ; sa volonté, d'autre part, sert d'explication aux petits malheurs domestiques et aux catastrophes. Il a fait le monde tel qu'il est, ce qui élimine presque chez ces chrétiens bourgeois toute velléité de progrès social ou de réformes. A mi-chemin entre le folklore et le mythe, un peu effrayant et un peu bonasse, il se distingue mal aux yeux des enfants du Saint Nicolas également houppelandé, tiaré et barbu, qui le six décembre leur apporte des bonbons s'ils ont été sages.

Jésus est vu presque exclusivement sous deux aspects : le gentil bambin dans la crèche et le Christ d'argent ou d'ivoire des crucifix, en qui ne subsiste presque rien des stigmates de la douleur physique qui bouleverse chez les crucifiés du Moyen Age. Supplicié bien propre, sans traînées de sang ni spasmes d'agonie, on sait qu'il est mort pour le salut du monde, mais seules quelques âmes très pieuses, douées pour la méditation et surveillées de près par leurs directeurs de conscience, s'efforcent d'entrevoir ce que signifie le tragique sacrifice du Christ. On rappelle sans cesse aux enfants l'existence de l'Ange Gardien qui veille sur leur sommeil, déplore leurs incartades et pleure si par hasard les petits garçons « se touchent », mais il en va de cette grande forme de lumière et de blancheur comme des dents de lait, des bavettes, et des tabliers d'écolier : il n'en est plus question pour l'adulte que ne préoccupe guère, près de lui, cette présence silencieuse de plus pur que soi. Il est convenu que les enfants morts de Madame Mathilde sont de petits anges, mais on la croirait folle si elle s'imaginait trop sérieusement consolée par leur apparition ou protégée par leur intervention au ciel. La Sainte Vierge est la plus chère, la plus continuellement invoquée des figures célestes ; on parle beaucoup, vers ces années-là, de son immaculée conception, mais pour quatre-vingt-dix-neuf sur cent des croyants ce dogme atteste sans plus la virginité physique de Marie, et peu de prêtres éclairés prennent la peine d'essayer d'expliquer qu'il s'agit d'autre chose, d'une immunité contre le mal inclus ou virtuel dans le seul fait d'exister. Un prosaïque bon sens, un niais littéralisme ravalent peu à peu ces grandes notions comme ailleurs l'épais scepticisme ou la gouaille l'ont fait. Les familles donnent volontiers leurs filles à Dieu (on ne peut les marier toutes), mais l'entrée d'un fils dans les ordres est presque toujours ressentie comme un lourd sacrifice. C'est chez les petites gens qu'un prêtre dans la famille est considéré comme un avantage spirituel et aussi comme une forme d'ascension sociale ; les séminaires contiennent, toutes proportions gardées, plus de fils de fermiers que de grands propriétaires. Le curé du village occupe dans la hiérarchie une position équivoque, à peine plus élevée que celle du docteur, et quelquefois moindre ; on l'invite régulièrement à dîner le dimanche, mais on manifeste à l'égard de cet homme, de la main de qui l'on reçoit Dieu, une certaine condescendance : son père n'était après tout que le père Un Tel.

Mais les vrais dieux sont ceux que l'on sert instinctivement, compulsivement, de jour et de nuit, sans avoir la faculté d'enfreindre leurs lois, et même sans qu'il soit besoin de leur rendre un culte ou de croire en eux. Ces vrais dieux sont Plutus, prince des coffres-forts, le Dieu Terme, seigneur du cadastre, qui prend soin des bornes, le roide Priape, dieu secret des épousées, légitimement dressé dans l'exercice de ses fonctions, la bonne Lucine qui règne sur les chambres d'accouchées, et enfin, repoussée le plus loin possible, mais sans cesse présente dans les deuils de famille et les dévolutions d'héritage, Libitine, qui ferme la marche, déesse des enterrements. Madame Mathilde est la servante de Lucine. Si l'on réfléchit que quelques fausses couches s'intercalent d'ordinaire, dans ces familles nombreuses, dans la série des naissances, si l'on songe d'autre part que les relevailles d'une dame signifient à l'époque six semaines de chaise longue (les paysannes seules retournent au travail au bout de quelques jours, ce qui prouve la rudesse de ces femmes du peuple), c'est plus de dix ans de ces dix-huit années de mariage que Madame Mathilde a passé au service des divinités génitrices. Dix ans écoulés à compter les jours en se demandant si oui ou non elle était « prise », à subir ces petits inconvénients de la grossesse que la Dolly d'*Anna Karénine,* sa contemporaine dans la Russie d'alors, trouvait plus pénible que les douleurs de l'enfantement, à préparer la layette du nouveau venu en réutilisant celle de ceux qui, morts ou vivants, l'ont précédé, et, plus discrètement, à assembler chaque fois dans un de ses tiroirs les éléments de sa propre toilette mortuaire, portant épinglées de timides dernières volontés, pour le cas où Dieu voudrait à cette occasion la rappeler à lui; puis, l'épreuve terminée, à attendre de nouveau de « voir quelque chose », et à escompter avec crainte ou désir, ou peut-être l'un et l'autre, la nouvelle intimité conjugale qui la ramènera au commencement du cycle. La force qui crée les mondes a pris possession de cette dame à volants et à ombrelle pour ne la quitter qu'après l'avoir vidée.

La chambre à coucher du XIXe siècle est l'antre aux Mystères. De nuit, la cire des bougies, l'huile des lampes l'éclairent de leurs flammes qui vibrent et vacillent comme la vie elle-même, et n'atteignent pas plus les recoins d'ombre que la lueur de notre cerveau n'élucide tout l'inconnu et tout l'inexpliqué. Des vitres tendues de tulle et drapées de velours ne laissent que parcimonieusement entrer la lumière du jour, et pas du tout les brises et les senteurs nocturnes : l'usage anglais d'ouvrir de nuit les fenêtres est considéré comme malsain, et l'est peut-être dans ces régions humides pour des bronches fragiles; Arthur et Mathilde dorment calfeutrés dans leur chambre à haut plafond comme leurs ancêtres dans leurs huttes surbaissées. Des substances vivantes, ou qui l'ont été, la rembourrent : la vraie laine, la vraie soie, le crin qui rend les fauteuils résilients aux fesses humaines. Ses bassins et ses seaux contiennent « les eaux » comme disent tout court les femmes de chambre; les exsudations et les résidus de la peau, les graisses animales du savon y flottent ou s'y déposent. Les discrètes tables de nuit d'acajou recèlent jusqu'au matin les urines colorées ou pâles, claires ou troubles; sur leur tablette trône le flacon de fleur d'oranger. Des parcelles humaines, dents enfantines serties dans des bagues, boucles de cheveux dans des médaillons, passent la nuit dans des

vide-poches. Des bibelots, cadeaux et « souvenirs »,
encombrent les étagères, concrétisent des bouts de vie
passée, fleurs séchées, presse-papiers achetés en Suisse
où se déclenche à volonté une tempête de neige,
coquillages ramassés un jour d'été sur la plage d'Ostende, et où continue, dit-on, à gronder la mer. L'eau
propre du pot à eau, les bûches prêtes pour la flambée
du soir y maintiennent des présences élémentaires ;
l'eau et le brin de buis du bénitier y mettent le sacré ;
on sait que cette commode au ventre rond, recouverte
d'une nappe blanche, servira d'autel à l'heure de
l'extrême-onction. Le lit si bien bordé a connu le sang
des déflorations et des accouchements et la sueur des
agonies, la mode des voyages de noces étant de date
récente et celle d'aller naître et mourir à l'hôpital ou à
la clinique encore à venir. Il n'est pas surprenant que
l'atmosphère surchargée de cette pièce soit favorable
aux fantômes. On y fait l'amour ; on y rêve, emporté en
d'autres mondes où même le conjoint n'entre pas ; on y
prie, surveillé par l'œil fixe des absents ou des chers
défunts des daguerréotypes ; les jours de dispute, le
son des ripostes acrimonieuses s'y étouffe sous les
épaisses tentures. Et certes, Arthur et Mathilde n'ana-
lysent pas plus les éléments de leur chambre que nous
ceux de la nôtre, garage à dormir, envahie par les fracas
du dehors et les braillements de la radio, meublée de
métal, d'étoffes synthétiques et de contreplaqué,
concurrencée pour l'amour par les plages et les parcs
publics ou la banquette des automobiles. Mais ces
époux sentent vaguement ce qu'a de solennel cette
retraite où les enfants ne pénètrent guère, où l'on ne
reçoit de visiteurs qu'alité et aux heures graves, et qu'il

serait indécent et presque obscène de montrer si le lit n'était pas fait.

Madame Mathilde n'a pas l'air d'une femme qui n'aime pas l'amour. Aime-t-elle, ce qui n'est pas tout à fait la même chose, son Arthur ? Peut-être ne s'est-elle jamais posé la question. L'a-t-elle reçu avec ardeur, avec une innocente sensualité, avec un honnête contentement d'épouse, avec résignation, parfois avec dégoût ou fatigue, ou simplement avec l'indifférence d'une longue habitude ? Il est probable qu'au cours de dix-huit années de nuits communes elle aura fait tout cela tour à tour. En tout cas, si l'hostilité ou la crainte l'ont par moment emporté, Mathilde est sans recours. Le prêtre, consulté à demi-mot, l'aura sermonnée au nom de la loi naturelle, ou de la volonté de Dieu, ou des deux à la fois. On aura même assuré Mathilde que cette forme de mortification des sens en vaut bien une autre. Zoé, sa tendre mère, a pu avoir quelques inquiétudes au sujet des fécondités trop nombreuses de sa chère petite, mais ces problèmes sont de ceux qu'on laisse se résoudre entre époux, et le Bon Dieu d'ailleurs bénit les belles familles. Quant aux incompatibilités sensuelles, ni la loi, ni l'Église, ni les parents ne veulent les connaître : si elle avouait à sa mère que la façon de faire l'amour d'Arthur lui déplaît, Mathilde semblerait à la fois éhontée et un peu ridicule, comme si elle se plaignait de sa façon de ronfler.

Mais sans doute l'aime-t-elle, et il est sûr que, comme presque toutes les femmes, elle aime les enfants, et que les siens, les premiers surtout, lui auront procuré ces joies souvent plus délicieuses pour son sexe que la volupté elle-même, plaisir de laver, de peigner, d'embrasser ces petits corps qui contentent ses besoins de tendresse et ses notions de la beauté. Elle aura goûté les langueurs et les paresses de la grossesse, et reçu avec gratitude les petits soins de sa mère venue l'assister dans ses couches. Le dimanche, elle s'est félicitée d'avoir près d'elle ses chéris à peu près sagement assis sur le banc armorié à gauche du chœur. A moins de la supposer très sotte, ce qui est toujours possible, elle a dû pourtant avoir ses inquiétudes pour l'avenir : tant d'éducations à faire, tant de mariages à négocier, tant de places à trouver dans l'administration, comme Papa, ou dans la Carrière, tant de bonnes dots à donner aux filles et à recevoir des brus comme celle qu'elle-même a apportée à son Arthur. Mais tout cela est bien loin : Isabelle, son aînée, n'est qu'une grande fillette aux longues boucles. Le Bon Dieu pourvoira. Et puis, elle a trente-sept ans : l'enfant qui vient sera peut-être son dernier ; à tout mettre au mieux, ou au pis, elle ne peut guère en avoir qu'un ou deux de plus. Et elle s'endort une prière aux lèvres.

Les réflexions de Monsieur Arthur sur le sujet, à supposer qu'il en fît, sont moins faciles à conjecturer. Crut-il que ses devoirs de chrétien et d'homme bien né étaient de donner l'exemple d'une nombreuse famille ? Conjoint modèle, n'a-t-il jamais cessé au cours de dix-huit ans de désirer Mathilde, en qui se résumaient pour lui toutes les femmes ? Ou, si sa liaison avec « une personne de Namur », ou toute autre, n'a pas commencé qu'après la mort de Mathilde, a-t-il pris soin d'occuper celle-ci en l'installant pendant des années dans ce tumulte de maternités ? Cet homme pour qui rien n'est plus sacré que le *statu quo* familial et social n'a sans doute jamais trouvé quelqu'un pour lui dire qu'il en compromet l'équilibre. *Proles :* le peu de latin qu'il a appris ne l'a pas fait réfléchir au sens originel du mot prolétaire. Ni Arthur ni Mathilde ne prévoient qu'en moins de cent ans cette production humaine en série, pour ne pas dire à la chaîne, aura transformé la planète en une termitière, et cela en dépit de massacres tels qu'on n'en trouve que dans l'Histoire Sainte. Quelques esprits plus perspicaces que Monsieur Arthur ont pourtant prédit cet aboutissement sans toutefois en envisager toute l'horreur, mais Malthus n'est pour Arthur qu'un mot obscène : il ne sait d'ailleurs pas trop qui c'est. N'a-t-il pas pour lui les bonnes mœurs et les traditions de famille ? Son grand-père, le citoyen Decartier, aux temps révolutionnaires, a eu neuf enfants. Quant à Mathilde, elle n'a sans doute jamais rencontré, comme la Dolly de Tolstoï, à laquelle décidément elle me fait penser, une Anna Karénine pour lui expliquer comment se limitent les naissances. Une telle rencontre eût-elle eu lieu, que, comme Dolly, elle eût sans doute eu un mouvement de recul embarrassé, en se disant que « c'est mal ». Et quelque chose en nous lui fait écho. Mais il y a plus mal encore, qui est d'encombrer le monde. Et puisque leur religion leur interdit toutes les pauvres astuces dont l'homme a appris à user pour restreindre sa progéniture, il ne resterait plus que la chasteté, dont Arthur, et peut-être même Mathilde, ne veulent pas.

La vie passée est une feuille sèche, craquelée, sans sève ni chlorophylle, criblée de trous, éraillée de déchirures, qui, mise à contre-jour, offre tout au plus le réseau squelettique de ses nervures minces et cassantes. Il faut certains efforts pour lui rendre son aspect charnu et vert de feuille fraîche, pour restituer aux événements ou aux incidents cette plénitude qui comble ceux qui les vivent et les garde d'imaginer autre chose. La vie d'Arthur et de Mathilde est pleine à crever. Arthur a ses baux à débattre avec les fermiers (ils sont si demandants), les réparations à refuser ou à consentir, les machines agricoles à fournir ou à remplacer (ils sont si négligents), si le bail stipule que ce soin revient au propriétaire. Les embellissements du jardin, l'achat et l'entretien des chevaux, des harnais et des voitures réclament l'œil du maître, sans parler de celui du château et de l'achat judicieux des vins pour la cave : Arthur rougirait d'offrir à ses hôtes un bourgogne plus médiocre que celui qui vieillit dans les fûts de la propriété voisine. Le maître des lieux est connu pour le luxe de ses équipages de chasses : il ne se considérerait pas comme un homme bien né si des hécatombes ne se perpétraient en automne sur ses terres : l'élevage des couvées, le choix des gardes-chasse et leur connivence avec les braconniers lui donnent du tintouin. La tenue à jour de son portefeuille, les coupons qu'il détache méticuleusement chaque semestre lui donnent également fort à faire ; le soutien du candidat le mieux pensant dans les élections locales n'est pas non plus un mince souci.

Madame Mathilde, en plus des travaux physiologiques qui s'accomplissent en elle, a des préoccupations plus variées encore. Elle descend rarement dans la sombre cuisine dont les marches d'escalier sont dangereuses pour cette femme si souvent enceinte, mais elle « fait » les menus et vérifie « le livre » de la cuisinière ; elle arrange les bouquets ; d'elle dépend le choix ou le renvoi des domestiques, congédiés d'ailleurs le plus rarement possible ; les maux de dents et de ventre des enfants, leurs grands petits crimes qu'on cache, quand on le peut, à leur père, lui créent de constants problèmes. Par bonheur, cette reine abeille s'est trouvé une admirable auxiliaire. La jeune Fraulein, engagée pour servir de gouvernante aux fillettes, fait preuve de remarquables capacités d'intendante ; elle excelle, de plus, dans la confection de fines coquilles de beurre posées dans des raviers sur des feuilles, et dans celle des serviettes en bonnet d'évêque des repas priés, qui font toujours l'objet d'une plaisanterie bon enfant de Monseigneur, quand il déplie la sienne au dîner qui suit les confirmations. Il y a aussi la couturière venue de Namur avec ses cartons ; les énormes efforts pour « assortir » la nuance d'une étoffe, et l'anxieux débat au sujet d'une robe dont il s'agit de savoir si elle est trop habillée ou non.

On reçoit relativement peu à Suarlée. C'est le mérite de ces milieux très rassis que l'arrivisme social et mondain y soit à peu près nul. L'idée de se lier d'intimité avec le prince de C. ou le duc d'A., qu'on invite et chez qui l'on se rend aux grandes occasions, ne vient pas plus à l'esprit que celle de déjeuner avec le jardinier. Une indifférence presque égale règne encore (elle cessera bientôt) en matière d'affaires ; Arthur thésaurise, mais ne se lancerait pas dans des spéculations hasardeuses ; l'acquisivité n'est féroce qu'en ce qui concerne la terre. Mais les relations familiales sont ce qui compte le plus. Chaque oncle, grand-oncle, beau-frère, demi-frère, cousin issu de germain est quelqu'un qu'on connaît, fréquente et honore au degré exact que prescrit le lien de parenté, tout comme un jour on s'endeuillera pour lui dans de justes limites, pas plus et pas moins. En présence d'un défaut quelconque d'un membre du groupe, d'une maladie qui jetterait des doutes sur la santé de ses proches, empêchant ainsi des mariages, d'une indélicatesse ou d'un vice, la réaction commune est de s'en taire ou de nier, si le silence et la dénégation sont possibles ; s'il y a scandale, d'abandonner l'individu en question, atteint pour ainsi dire de subite non-existence. La même ligne de conduite vaut pour une « liaison » ou un sot mariage, qui, s'il est par trop sot, précipite dans le noir celui ou celle qui l'a contracté. Les visites en famille sont des événements qui remplacent les voyages d'agrément, dont il n'est pas question pour Mathilde. Elle séjourne parfois longuement chez ses bons parents ; elle s'y trouve en tout cas lors de la naissance d'une première Jeanne, morte en bas âge, ce qui semble indiquer qu'on avait cette année-là passé l'hiver à Mons. Les messieurs se déplacent en majestueux arroi pour les grandes battues.

Dans les salons et les salles à manger qu'on fréquente, tout est connu et catalogué, les moindres meubles, les portraits des communs ancêtres, les convives autour des tables et les spécialités de chaque cuisinière. La gastrite de la tante Amélie, les intéressants malaises de Mathilde, le mariage inopiné du demi-frère d'Arthur avec son Irlandaise sont des sujets qu'on n'épuise pas. La bonne éducation et la prudence sont d'ailleurs si grandes qu'on médit fort peu, même entre soi : une commisération discrète ou l'étonnement choqué devant un ragot qu'on colporte, tout en en déniant l'authenticité, trahissent seuls certaines animosités ou certaines rancunes. Ces gens qui se donnent du cousin jusqu'à la sixième génération ne se caractérisent les uns pour les autres que par d'anodines manies ou des détails tout extérieurs : l'oncle Un Tel aime les plats sucrés ; la cousine Une Telle a une belle voix. On ne va pas plus loin : le tempérament sensuel, si on en a un, les objections aux coutumes et aux opinions du groupe, s'il s'en trouve chez quelqu'un, sont aussi bien cachés que de nos jours la dissidence politique en pays totalitaire ; l'indépendance d'esprit ne se porte pas. On est d'accord sur tout : les différends n'éclatent que sur des questions d'héritage laissé indivis ou de droits de chasse.

Il s'ensuit qu'une odeur de stagnation se dégage de ces milieux où pourtant la vie, pas pire qu'ailleurs, est même sur quelques points plus sensée que la nôtre. Ces classes dirigeantes, qui déjà ne dirigent plus guère, cessent de plus en plus d'être des classes éclairées, ou de prétendre l'être. Artiste est un terme de dédain ; Arthur en sait moins sur un vitrail ou un tableau d'église que le moindre antiquaire juif ou critique d'art anglican. *Minuit, chrétiens,* est le plus beau moment de la messe de minuit. On ne retient de Musset que l'allusion au « hideux sourire » de Voltaire. Victor Hugo est un dangereux révolutionnaire qui mésuse de l'hospitalité belge : tant pis s'il s'est fait quelque peu lapider Place des Barricades à Bruxelles. On s'étonne que le vieil ami du gouverneur Troye, le bouillant Gendebien, ancien membre du gouvernement provisoire, invite chez soi ces exilés français dont ni les ressources ni les principes ne sont clairs. Après chaque visite à Acoz, Arthur mentionne avec quelque agacement le radicalisme du jeune cousin Fernand, et même le libéralisme à l'eau de rose du cousin Octave. La tante Irénée a tort, pour complaire à ses deux fils,

d'inviter le proscrit français Bancel à faire une confé-
rence littéraire : du moins a-t-elle stipulé qu'il parlera
de Bossuet.

L'esprit public, encore vif dans ce milieu chez
certains membres de la génération précédente, s'est
rapidement émoussé : l'État est senti comme l'ennemi
du patrimoine des familles. La charité est une vertu
que les éloges mortuaires prêtent sans exception à tous
les défunts, ce qui est déjà suspect. En fait, les beaux
temps de la charité chrétienne ont pris fin dans ce
milieu : le soin des prisonniers (qu'on aurait tort
d'ailleurs de trop bien traiter), des enfants trouvés et
des fous regarde désormais les institutions publiques, à
qui on les laisse sans se demander comment elles
remplissent leurs fonctions. La Croix-Rouge que s'efforce de fonder un Suisse idéaliste est une innovation
encore assez mal vue, ne serait-ce qu'à cause de ses
origines protestantes : il faudra la guerre de 1914 pour
qu'une petite-fille, encore à naître, de Madame
Mathilde, y consacre une partie de sa vie. Les deux
époux donnent avec une générosité soigneusement
dosée aux œuvres catholiques, mais si Mathilde outre-
passait la somme que son Arthur lui alloue pour la
société de bienfaisance du village, elle s'entendrait
rappeler par où commence charité bien ordonnée, et ne
pourrait qu'acquiescer. Par les durs hivers, on distribue aux bons pauvres des bûches et des couvertures ;
les mauvais pauvres n'ont rien. Les catastrophes de la
mine bouleversent tout le monde, mais Arthur ne
songe pas à user de l'influence que pourraient lui
donner ses parts de fondateur pour obtenir de moins
chiches pensions pour les familles des victimes et la
pose de moins rudimentaires dispositifs de sécurité :

c'est affaire aux directeurs de compagnies, qui doivent avant tout penser à faire fructifier les capitaux de leurs actionnaires. Un assez louche individu, un Français qui a écrit des poèmes condamnés pour outrage aux bonnes mœurs, a décrit avec horreur les sansonnets aux yeux crevés qui lancent un peu partout dans les cages des boutiques et des arrière-cours belges leurs trilles d'aveugles. Si la cuisinière de Suarlée a, comme il est fort probable, une cage de ce genre sur l'appui de fenêtre de la cuisine, Madame Mathilde, qui pourtant a le cœur tendre, n'a sans doute jamais protesté : tels sont les odieux effets de l'habitude.

Arthur et Mathilde sont des privilégiés qui s'ignorent : l'idée ne leur vient même pas de se féliciter d'une situation de fortune qui leur est due et où la volonté de Dieu les a mis. Les conjoints de Suarlée sont encore moins conscients du privilège de vivre à une époque et dans un pays où pour le moment rien ne menace leur sécurité. Leurs ancêtres n'ont pas eu tant de chance ; leurs descendants seront infiniment moins fortunés. Ils frémissent au contraire à la menace de vagues révolutions qui pourraient se produire ici comme en France, et qu'on n'est jamais sûr de juguler à temps. Il ne se passe guère de jour où l'on ne fasse pas allusion au mauvais esprit des campagnes. L'époque, il est vrai, a son quota de guerres : juste ce qu'il faut pour remplir les gazettes et fournir des sujets dramatiques aux dessinateurs de *L'Illustration*. La guerre du Piémont semble à distance une fringante promenade militaire ; à Solférino, cette boucherie, le rouge des culottes de zouaves fait plus d'effet que celui du sang versé. Le canon de la Guerre de Sécession tonne dans un continent où personne parmi les connaissances d'Arthur n'est allé, ni n'a envie de se rendre : règlement de comptes entre Américains protestants. L'expédition du Mexique se réduit à une tragédie romanesque : le bel archiduc exécuté et sa femme Charlotte, fille du roi des Belges, devenue folle, émeut tout le monde à Suarlée, depuis les maîtres de maison jusqu'à la fille de cuisine. La guerre du Schleswig-Holstein est un incident local qui n'intéresse pas. Sadowa inquiète davantage : il est affreux que la catholique Autriche soit vaincue par la Prusse, mais la Fraulein ne cache pas sa joie à l'établissement de la Confédération allemande.

Cette joie croîtra encore lors de la proclamation de l'Empire allemand dans la Galerie des Glaces de Versailles ; Fraulein a suspendu dans la salle d'étude une gravure de l'Empereur cravatée de noir-blanc-rouge ; on n'a pas le cœur de la lui faire enlever ; ses maîtres après tout ne sont pas des Français. La neutralité de la Belgique, garantie par les Puissances, donne le sentiment rassurant d'être hors de jeu. Mais, cette fois, les réalités terribles ont été bien proches ; Arthur frémit à des histoires de propriétaires fusillés comme otages ; Mathilde a pitié des Parisiens qui ont froid et faim. La Commune ensuite fait horreur, mais on se calme en songeant que ce genre de violence est fréquent chez les turbulents voisins du sud. Le crépitement des fusillades de Versailles, juste rappel à l'ordre, est à peine perçu à Suarlée, par ces beaux soirs de mai 1871 où Mathilde conçoit son dernier enfant, Fernande. A la même époque, dans un collège de jésuites de Lille ou d'Arras, un garçon de dix-sept ans, qui un jour épousera Fernande, compose en pleurant d'indignation une ode aux morts de la Commune, et manque de peu de se faire expulser.

J'ai dit que dans ce milieu la dévotion est surtout
l'apanage des femmes. Chaque jour, quand son état le
lui permet, à cinq heures et demie l'été, à six heures
l'hiver, Mathilde se glisse discrètement hors du lit pour
ne pas déranger Arthur, et s'apprête pour la messe
basse à l'église du village. Une bonne, levée plus tôt
qu'elle, a déposé dans le cabinet de toilette un broc
d'eau chaude. En enfonçant ses dernières épingles à
cheveux, Mathilde jette à peine un coup d'œil au
miroir encore gris dans le clair-obscur de l'aube. Bien
que son intérêt pour la mode ait beaucoup baissé, un
regret lui vient en passant sa robe : quel dommage que
les crinolines ne se portent plus ; leur ampleur était si
avantageuse à de certains moments... Elle prend sur un
guéridon son livre de prières et sort sans bruit de la
maison livrée aux domestiques qui « font » les poussiè-
res et brossent les tapis à l'aide d'une infusion de thé.

L'église n'est séparée du château que par une
prairie : Mathilde préfère ce raccourci à la route.
L'hiver, elle pose avec soin ses galoches sur l'herbe
brune et tassée, évitant de son mieux les plaques de
glace ou la neige. L'été, le court trajet est un délice,
mais Mathilde ne s'avoue pas tout à fait qu'à l'attrait de
la messe matinale s'ajoute celui de cette libre promenade à travers champs. Souvent, mais pas tous les
jours, avant d'entrer à l'église, elle donne un regard à
l'enclos où sont ses deux chers petits. Par humilité, elle
évite de s'installer au banc du château, et prend place
dans la nef. Il y a d'ailleurs peu de monde. Mathilde,
comme tant de fidèles à l'époque, ne lit pas dans son
missel les traductions des prières latines, qu'elle sait du

reste par cœur ; son corps qui s'agenouille ou se relève suit la messe pour elle. Elle prie d'abondance, s'adressant peut-être à une des statues de plâtre qui ornent la pauvre et laide église. Elle prie pour qu'il fasse beau dimanche, quand viendra la tante Irénée, afin qu'on puisse dresser la table sous les marronniers de la terrasse, et qu'Arthur approuve ses arrangements de fruits et de fleurs ; pour sa santé à elle, qui est fragile, et pour qu'il lui soit accordé de porter jusqu'au bout son fardeau ; pour qu'elle ait la force de remplir ses obligations journalières, et que, si la force lui fait défaut, ses manquements lui soient pardonnés. Les suppliques futiles et les suppliques profondes se mélangent comme les émotions futiles et les émotions profondes dans la vie. Les premières tombent d'elles-mêmes, humbles vœux vite oubliés. Les secondes s'exaucent en partie à mesure qu'elles sont faites : Mathilde sort de sa prière plus paisible qu'elle n'y est entrée.

Elle prie pour les siens, ce qui est à peu près la même chose que prier pour soi-même. Elle prie pour que ses filles trouvent de bons maris et soient pour eux d'excellentes femmes ; pour que son cher Papa guérisse vite au bon air de La Pasture ; pour la Fraulein qui vient d'avoir un gros chagrin sentimental ; pour que le Bon Dieu éclaire le cousin Fernand, qu'on dit libre penseur (mais il ne se peut pas qu'un jeune homme si doué s'égare de la sorte). Elle prie pour que sa petite Jeanne sache un jour marcher ; pour que son Gaston, qui a treize ans, apprenne enfin à lire. Elle prie pour qu'Arthur ne soit pas puni d'une infidélité, qu'elle a apprise dernièrement avec indignation et horreur, mais qui sait après tout si elle n'est pas responsable ? Depuis ses dernières couches, elle s'est parfois montrée si lasse de tout cela... Et enfin, comme tant d'autres pieux catholiques de l'époque, elle prie à l'intention du Saint-Père, prisonnier volontaire, assure-t-on, mais en réalité forcé par les Francs-Maçons à se séquestrer ainsi dans son Vatican. Captées ou non, ces ondes de bonne volonté émanent d'elle, et l'on n'oserait dire qu'elles ne servent à rien, même si le train du monde n'en paraît nullement changé. Mathilde en tout cas gagne à les répandre : on aime davantage les gens pour lesquels on a prié.

La messe s'achève, quelque peu bousculée par le curé qui pense aux travaux des champs de ses ouailles, et un peu aussi aux soins que réclament son potager et son jardin. Madame Mathilde met deux sous dans le tronc des pauvres, dit bonjour à l'enfant de chœur qui est le petit du cocher de Suarlée. Elle retraverse la prairie, plaçant ses pas dans ses pas, car il faut se garder de trop piétiner le foin. Sa halte à l'église, qui a comporté sans qu'elle le sache une descente en soi-même, lui a momentanément rendu sa jeunesse, qu'elle croit finie : la vie coule en elle comme à dix-huit ans. De temps à autre, elle s'arrête pour détacher un épi barbelé qui s'accroche à sa jupe, et en fait glisser les graines entre ses doigts, comme font les enfants. Elle se risque même à ôter son chapeau, en dépit des convenances, pour sentir sur ses cheveux la caresse du vent. Le bétail qui donne son nom au petit château de la Boverie paît ou dort dans l'herbage, séparé d'elle par une simple haie. La Belle Vaque, comme l'appelle le fermier, la meilleure laitière du troupeau, se frotte doucement contre la clôture d'épines ; il y a huit jours à peine, elle a meuglé désespérément quand la charrette du boucher est venue prendre son petit veau ; mais elle a oublié ; elle mastique de nouveau avec contentement la bonne herbe. Mathilde retrouve pour la flatter les gestes et les intonations des Isabelle Maître-Pierre, des Jeanne Masure et des Barbe Le Verger, ses lointaines aïeules. Quelques pas de plus, et elle s'arrête devant le cocher astiquant une gourmette au seuil de l'écurie ; elle le félicite (elle a remis son chapeau) pour la façon dont son petit a servi la messe.

Une odeur de café chaud et de pain frais sort de la salle à manger. Mathilde pose son livre sur la table du vestibule, suspend avec soin ses effets à la patère. Ils sont tous là. La Fraulein parle allemand avec les trois fillettes, à mi-voix, pour ne pas déranger Monsieur qui lit son journal. Mathilde jette un coup d'œil un peu anxieux sur Gaston : il mange tranquillement sans gêner personne. La bonne, à l'autre bout de la table, fait absorber sa bouillie à la petite Jeanne assise dans sa haute chaise d'enfant. Le petit Octave, voyant entrer sa mère, se précipite vers elle, étouffant de rire, expliquant on ne sait quoi d'incompréhensible ; Mathilde le rabroue doucement, le renvoie s'asseoir à côté de son frère Théobald, qui, lui, est sage. En passant derrière la chaise d'Arthur, peut-être effleure-t-elle timidement l'épaule de cet homme sec, de cœur un peu parcimonieux ; cette modeste caresse le remercie pour un mot ou pour un geste obligeant qu'il aura eu pour elle la nuit précédente. Mais il y a un temps pour tout : Arthur lit son journal. Il se sent d'ailleurs frustré lui aussi : il vient d'achever la lecture d'un remarquable article sur le régime des douanes allemandes ; il aimerait à en faire part à quelqu'un, mais les femmes ne s'intéressent pas à ces choses-là.

Mathilde s'assied à sa place, attire à elle la cafetière et le pot de lait chaud. Mais une catastrophe se produit : une timbale de métal tombe sur le parquet, y roule, et n'en finit pas de résonner avant de s'arrêter contre le pied de la table. Mathilde regarde du côté d'Arthur : il fait celui qui n'a rien entendu. La bonne devenue très rouge éponge de son mieux le lait qui dégouline le long de la nappe. Cette fille a encore une fois laissé l'enfant prendre elle-même la timbale, et, comme toujours, une convulsion a précipité à terre la belle tasse d'argent... Mais la petite est encore si jeune : cela passera peut-être. On dit qu'il y a de bons spécialistes à Bruxelles. Ou, sinon, Lourdes... Oui, Lourdes. Mathilde soulève le couvercle du sucrier. Par mortification, d'ordinaire, elle ne prend pas de sucre, mais il faut bien nourrir l'enfant qu'elle porte. Un morceau, puis un second, tombent dans le crémeux liquide. Mathilde prononce en silence un *benedicite*, choisit une tranche de pain bis, la beurre, et s'adonne sérieusement à la douceur de manger.

Le moment me paraît venu de présenter ces dix enfants de Mathilde, non plus tels qu'elle les connut, sous la forme de « têtes blondes », comme les eût appelés la mauvaise poésie de leur temps, mais adultes et installés dans les circonstances de leur vie. Le portrait de quelques-uns d'entre eux a déjà été esquissé dans les premières pages de ce livre, mais une présentation en groupe m'aidera peut-être, sinon à montrer certains aboutissements, ou l'absence de ceux-ci (car rien n'aboutit dans un monde où tout bouge), du moins à discerner chez ces personnes certains traits que je pourrais retrouver en moi. J'anticipe certes, puisque les quelques pages qui décrivent ces gens-là sortent du cadre de Suarlée, mais ces oncles et ces tantes un peu fantômes ont vite disparu de ma propre vie, et n'ont même joué qu'un rôle assez mince dans celle de ma mère : je ne saurais trop où les mettre, si je ne les mets ici.

Je ne donne que quelques lignes pour mémoire aux deux enfants morts en bas âge, la première Jeanne, à un an, Ferdinand à quatre ans et demi, dont seule Mathilde avait sans doute gardé de façon à peu près

précise le souvenir. De chacune des cinq filles ayant
vécu, un cadre en accordéon contient une image,
soigneusement isolée par sa bordure de cuir des images
voisines. En fait, chacune de ces femmes semble vivre
dans un monde à soi, marqué par ses caractéristiques
bien à elle ; leurs physionomies diffèrent à tel point
qu'on ne les prendrait pas pour des sœurs. Laissant là
Jeanne, tranquille et un peu froide, comme à son
ordinaire, et dont il a été et sera parlé ailleurs, et une
Fernande assez ingrate, photographiée, dirait-on, dans
un de ses mauvais jours, je m'applique ici à détacher de
leur cadre les portraits des trois aînées. Isabelle, dite
Isa, la première-née, est avant tout et éminemment une
dame. Elle nous est montrée déjà vieillie. Une légère
mantille drape le mince et fin visage, recouvre des
cheveux dont on ne peut décider s'ils sont blonds ou
déjà gris. Les yeux très clairs sourient avec une
bienveillance un peu triste. C'est sous cet aspect que
j'aperçus une ou deux fois la tante Isabelle dans ma
petite enfance, souffrant déjà d'une faiblesse cardiaque
dont elle devait mourir quelques années plus tard, et si
vite fatiguée que j'avais à peine le temps de m'asseoir
au salon, balançant mes petites jambes, avant qu'on
m'enjoignît de me lever pour aller dire au revoir à la
tante.

Isabelle avait épousé son cousin, le baron de C. d'Y.,
que nous avons vu signer mon acte de naissance. Elle
eut trois enfants dont l'aîné continua la lignée et les
traditions de famille ; une fille, très maladive, mourut
vers la vingtième année ; la plus jeune, la vigoureuse
Louise, adonnée dès ses premières années aux bonnes
œuvres, fut l'une des héroïques infirmières de la
Grande Guerre. Brusque, joviale, autoritaire, cette

forte blonde aux yeux bleus était adorée de ses blessés, et redoutée, mais vénérée, par le personnel de son hôpital. L'Armistice venu, le reste de sa vie se passa à diriger un service de radiographie dans une institution catholique pour cancéreux. Elle mourut des rayons dangereux qu'elle avait maniés. En 1954, je la vis brièvement, allongée dans une cellule de son propre hospice, entourée comme une reine de parents et d'amis venus faire leur cour ; des chants d'église diffusés dans les couloirs servaient de fond sonore. Son infirmière préférée la soignait, aide de camp assistant jusqu'au bout son chef. Le succès récent d'un de mes livres, qu'elle ne lut jamais, enchanta Louise, parce qu'à l'en croire il honorait la famille. Elle en eût dit autant, et pas plus, de ses médailles et de ses croix.

La seconde sœur, Georgine, se présente sous l'aspect d'une majestueuse jeune femme au corselet étroitement lacé et à l'ample décolletage ; elle porte la coiffure en boucles courtes et tassées, serrant de près les contours de la tête, qui donne un faux air de statue antique aux contemporaines de la reine Alexandra. Son visage aux traits réguliers n'exprime rien. Cette photographie fut prise à Vienne du temps des valses, pendant un séjour que Georgine y fit avec son mari, fils d'un banquier de Namur, descendu, dit-on, d'une vieille famille d'hommes d'affaires des Pays-Bas. Il était libre penseur, et accompagnait chaque dimanche sa femme jusqu'au seuil de l'église, pour venir ensuite la chercher, la messe finie. On ajoutait, ce qui scandalisait encore davantage, qu'il lui arrivait parfois de passer l'intervalle au café.

Cette belle personne vers l'âge de quarante-huit ans n'était plus qu'une ruine. Une femme de chambre

conduisait cette visiteuse un peu voûtée, un peu
aveugle, dévorée par le diabète, vers l'un des fauteuils
de rotin du petit jardin d'hiver où recevait Jeanne. Les
dents ébranlées de Georgine pouvaient à peine croquer
la plus friable des biscottes ; ses cheveux encore noirs
encadraient de maigres bandeaux son visage jauni. Elle
était moins pour moi une malade que le symbole
terrible de la Maladie. Seuls, ses yeux marrons, si figés
sur le portrait du photographe de Vienne, brillaient
d'un éclat à la fois doux et vif, se posaient sur les gens
et les choses avec une sorte de coquetterie quelque peu
fureteuse. Je ne me souviens plus d'un seul mot
échangé entre les deux sœurs, et ne sachant rien du
tempérament ni de la vie intime de Georgine, il ne me
reste d'elle que ce regard encore chaud dans une
physionomie ravagée.

Jean, son fils, s'installa avec elle aux environs de
Bruges, pour donner à sa mère malade la chance de
respirer un air plus vivifiant que celui de Namur. Il y
épousa une femme de la bonne société locale, aujour-
d'hui aussi chargée de croix et de rubans, mais d'une
autre guerre, que la cousine Louise après 1914. Il eût
vécu de l'existence tranquille d'un grand bourgeois de
Bruges, sans deux occupations ennemies, dont la
première le jeta en kaki sur les routes de France. Il
assista à la seconde de son lit de malade et mourut vers
1950 sans laisser de descendance.

J'ai fréquenté davantage sa sœur Suzanne, jeune
Cybèle un peu lourde, dotée des yeux bruns de sa
mère, que je revois en visite dans le décor de sapinières
du Mont-Noir ; le beau setter qui la suivait est pour
beaucoup dans ce souvenir. Une vingtaine d'années
après, je retrouvai Suzanne, mariée sur le tard et mère

d'une petite fille, dans une propriété ardennaise. Elle n'y venait que l'été, passant le reste du temps avec son mari en Afrique du Nord, où Monsieur de S. avait une exploitation agricole. Suzanne me parut durcie ; quelque chose de l'âpreté et du laisser-aller colonial se faisait sentir dans cette maison d'Ardenne. Une hyène ramenée d'Afrique allait et venait dans une énorme cage, suivant de ses yeux méfiants les gestes des humains, et jappant sauvagement toute la nuit.

Les portraits de Zoé, la sœur préférée de Fernande, m'intéressent d'autant plus que je n'ai jamais vu leur modèle. Le premier me montre une jeune femme en robe de tissu écossais, les mains fermes tenant un objet quelconque, peut-être un livre. L'abondante chevelure coiffée en coup de vent donne l'impression, probablement erronée, que Zoé a les cheveux coupés. Elle regarde hors du cadre, comme si elle attendait quelqu'un, un Monsieur D., sans doute, qu'elle épousa en 1883, et qui semble avoir été de ceux qu'on a tort d'attendre. Le visage aux méplats et aux rehauts fortement structurés a quelque chose de cette étrangeté de proportions par quoi Léonard définit la beauté. Une photographie plus tardive est celle d'une femme d'une quarantaine d'années, d'apparence nerveuse et contrainte, avec dans l'œil cet éclat un peu vitreux qu'avaient parfois aussi celui de Jeanne et celui de Théobald. Nous verrons plus loin comment la vie l'avait traitée.

Aucune photographie ne me vient en aide pour décrire les trois garçons dans leur jeune âge. Je ne tenterai donc pas de faire d'imagination le portrait de l'aîné de mes oncles, mort seize ans avant ma naissance. Gaston est une énigme comme il s'en rencontre assez souvent dans les recoins des familles. Né à Suarlée en 1858, mort à Suarlée en 1887, âgé de vingt-neuf ans, il en est de lui comme s'il n'avait pas été. Et cependant, ce Gaston qui n'est même pas un fantôme était devenu, presque au berceau, de par la disparition d'un frère à peine plus âgé, l'aîné d'une famille traditionaliste ; on a dû, comme tel, l'entourer de soins particuliers ; il a dû susciter des espérances et des projets d'avenir. Rien n'en reste dans les quelques lettres et les nombreux témoignages oraux qui me sont parvenus de ces années-là. Pas un souvenir d'enfance ou de collège, pas de mention d'une amourette ou d'une fiancée, ou de plans de mariage élaborés et rompus, pas la moindre indication de la carrière à laquelle il se préparait ou des occupations de cet homme qui ne mourut, comme on l'a vu, qu'aux abords de la trentaine. Ses frères et ses sœurs, qui ne pouvaient se trouver réunis une heure de suite sans parler de leur jeunesse, la Fraulein, si insupportablement prolixe quand il s'agissait d'évoquer ce qui à distance lui semblait le bon temps, ne faisaient jamais la moindre allusion à lui, exception faite d'un détail assez sombre, vrai ou faux, concernant sa mort, que Fernande confia à mon père. Ce silence paraît plus singulier encore quand on songe que Jeanne et Fernande avaient respectivement dix-neuf et quinze ans à l'époque de cette fin, qui semble avoir été assez pitoyable, et à quel point un grand frère compte d'ordinaire pour de jeunes sœurs, qu'il soit détesté ou aimé. Si Gaston avait été, comme Jeanne, un infirme, on nous l'eût sûrement rapporté. On s'est tu, et cette hypothèse m'a été confirmée plus tard de bonne source, parce qu'il était simple d'esprit.

Théobald et Octave m'ont laissé des souvenirs distincts. Le premier rendait assez souvent visite à sa sœur Jeanne ; je l'y vis une douzaine de fois, mais ce monsieur épais et grondeur n'était pas fait pour plaire à une petite fille de six ans. J'ai parlé ailleurs de la vie douillette qu'il avait su se faire à Bruxelles. Dans ses dernières années, il s'installa chez l'ancien maître d'hôtel de son club ; ce parfait domestique et la femme de celui-ci étaient aux petits soins pour leur locataire. Ce fut vers cette époque que Théobald, qui décidément aimait ses aises, s'avisa que la confortable fortune héritée de son père le laissait quand même à l'étroit, et qu'il y aurait avantage à détacher annuellement de son capital une tranche chaque année un peu plus importante que la précédente, pour compenser les intérêts ainsi proportionnellement diminués. Il s'enfonça dans de longs calculs, tels qu'il n'en avait plus fait, sans doute, depuis le temps où il préparait son examen d'ingénieur, et parvint à la conclusion qu'avec un peu de prudence il pourrait arriver à la fois à la fin de sa vie et au chiffre *néant* sur la colonne avoir.

C'est ce qu'il fit. Il y fut sans doute aidé par le pronostic de sa maladie, une paralysie progressive, dont il avait noté l'insidieuse avance depuis quelque temps déjà. Vers ma vingtième année, et vivant depuis plus de dix ans fort éloignée de ma famille maternelle, l'idée me vint un beau soir d'entre la Noël et le Nouvel An qu'il serait poli d'envoyer des vœux à cet oncle dont je venais de retrouver l'adresse. Il me répondit en m'envoyant les siens sur une carte de visite, et ce commerce laconique, mais cérémonieux, dura quelques années. Une formule toujours à peu près la même, tracée d'une écriture grêle, se trouvait chaque fois en haut et à gauche. « *Réciprocités. État paraplégique invariable.* » Une fois, la notation, d'une écriture devenue presque illisible, accusa une variation : « *Paralysie parvenue à son dernier état.* » Je ne reçus plus d'autre communication, pas même un faire-part.

Mais, quelques mois plus tard, une lettre du maître d'hôtel et de sa femme m'apprit que ce couple fidèle était allé rendre visite à Monsieur au cimetière de Suarlée. C'était l'été ; sur sa tombe, ils avaient remarqué un papillon blanc battant des ailes. Cette revivescence toute spontanée du mythe de Psyché m'émerveilla, à propos d'un vieux célibataire de Bruxelles.

Octave fit avec moins de succès le même calcul que son frère. Entre deux voyages, il venait souvent boire le thé faible de sa sœur Jeanne. Cet homme de taille moyenne, aux traits fins, au pli de pantalon impeccable, des gants beurre-frais posés sur le bras de son fauteuil, me plaisait davantage que son frère aîné, mais la petite fille un peu farouche que j'étais alors ne faisait pourtant tout à fait confiance à aucune grande personne. Ma tante et son frère commentaient les nouvelles de la famille, parlaient du temps qu'il faisait, évoquaient surtout de communs souvenirs. Si je ne me trompe, il ne fut jamais question en ma présence des voyages d'Octave, si platement narrés par lui dans le petit volume qu'il consacra à quelques-uns d'entre eux. Le monde n'espérait plus grand-chose de cet inconséquent globe-trotter, pâle décalque de son oncle et homonyme Octave Pirmez, qui, lui, s'était fait une réputation en publiant ses journaux d'Italie et d'Allemagne et ses méditations sur la vie. Mais, pour Jeanne et la Fraulein, cet anodin visiteur était du sang ; on lui accordait l'énorme importance et l'affection inconditionnelle due à tout ce qui était de Suarlée ; l'absence de mérite littéraire n'était pas d'ailleurs ce qui eût gêné les deux femmes.

Qu'y avait-il sous ce visage blanc à barbiche noire, sans une ride, qui me rappelait les masques du Musée Grévin ? La passion du dépaysement, qui, dans le vocabulaire familial, devenait amicalement sa bougeotte, une fantaisie un peu hurluberlue, un mot drôle entendu dans un bar de Londres, un peu trop risqué pour être répété à Jeanne, des filles accostées dans le promenoir d'un café-concert parisien, des amours de hasard dans un garni ou au creux d'une meule, des dettes à coup sûr, que Jeanne n'ignorait sans doute pas, la sourde angoisse de je ne sais quoi qu'il n'eût pu nommer, et qui allait l'engloutir un jour, ou simplement rien du tout ? L'immense écart entre ce que se disent deux personnes bien élevées causant devant une table à thé et la vie secrète des sens, des glandes, des viscères, la masse des soucis, des expériences et des idées tus, a toujours été pour moi un sujet d'ébahissement. Il ne l'était pas encore à l'époque où, assise par terre sur un coussin, je contemplais les bottines étroites et luisantes de l'oncle Octave. Mais l'oreille d'un enfant est fort sensible : je percevais çà et là des silences, ou des bouts de conversation par trop soigneusement prolongés. Bientôt, d'ailleurs, avec un mot courtois pour tout le monde, l'oncle un peu falot s'en allait.

Les voyages coûtant cher, ce fut vers ce temps-là

qu'Octave adopta pour sortir d'embarras la méthode
de son frère Théobald, mais il se trompa sur l'époque
de son définitif départ. Vers 1920, on le trouva sur les
deux heures du matin dans les petites ruelles qui
avoisinent la Grand-Place de Bruxelles, minable, et
incertain de ce qu'il faisait et qui il était. Conduit au
poste de police, il y déclina son nom, mais ne se
souvenait plus de son adresse, qui était celle d'un
médiocre hôtel. On lui demanda s'il avait de la
famille : il répondit que non ; tous ces gens-là étaient
morts. Ils l'étaient évidemment pour lui. Mais, dès le
surlendemain, un fonctionnaire, muni du rapport du
médecin qui avait examiné ce monsieur atteint d'alié-
nation mentale, se présenta chez Jeanne, dont le nom
et l'adresse avaient été repérés dans l'annuaire ; elle
alerta Théobald et ce qui restait de neveux et de nièces.
On se mit d'accord pour constituer un fonds grâce
auquel le malencontreux Octave prendrait place dans
l'asile d'aliénés de Geel, antique institution sanctifiée
par de pieuses et poétiques légendes, à la lisière de ce
qui fut jadis la pittoresque Campine. Les fous non
dangereux résident traditionnellement à Geel chez
l'habitant dont ils partagent la vie et les travaux. Je ne
sais combien de temps l'inoffensif Octave y passa à
faire l'herbe pour les vaches ou à sarcler les pommes de
terre. Il s'y complut peut-être ; il se peut qu'il y ait
trouvé cette sécurité qui lui avait sans doute cruellement fait défaut. Je m'étais promis, si jamais je
revisitais la Belgique, d'aller voir Octave dans sa
retraite de Geel. Lors de mon recensement de ma
famille belge en 1929, je ne le fis pourtant pas. Cette
omission, qui ne pouvait guère être un total oubli,
semble indiquer chez moi, à cette époque, une certaine

crainte d'engager la conversation avec l'insensé. Je l'ai souvent regretté depuis.

Un critique a observé que les personnages de mes livres sont de préférence présentés dans la perspective de la mort approchante, et que celle-ci dénie toute signification à la vie. Mais toute vie signifie, fût-ce celle d'un insecte, et le sentiment de son importance, énorme en tout cas pour celui qui l'a vécue, ou du moins de son unique singularité, augmente au lieu de diminuer quand on a vu la parabole boucler sa boucle, ou, dans des cas plus rares, l'hyperbole enflammée décrire sa courbe et passer sous l'horizon. Sans comparer le moins du monde mes oncles et mes tantes maternels à des météores, la trajectoire de leur vie m'apprend quelque chose. Mais il va sans dire que je n'ai pas trouvé les communs dénominateurs cherchés entre ces personnes et moi. Les similitudes que çà et là je crois découvrir s'effilochent dès que je m'efforce de les préciser, cessent d'être autre chose que des ressemblances telles qu'il y en a entre toutes les créatures ayant existé. Je me hâte de dire, d'ores et déjà, que l'étude de ma famille paternelle ne m'a guère, sur ce point, apporté davantage. Ce qui surnage comme toujours, c'est l'infinie pitié pour le peu que nous sommes, et, contradictoirement, le respect et la curiosité de ces fragiles et complexes structures, posées comme sur pilotis à la surface de l'abîme, et dont aucune n'est tout à fait pareille à aucune autre.

Mais le portrait des frères et des sœurs de Suarlée m'oblige aussi à quelques remarques plus circonstanciées. Je m'aperçois tout d'abord que l'abondante fécondité de Mathilde ne fut plus de mise pour la génération suivante : des huit enfants vivants qu'elle avait laissés, seules quatre filles en eurent à leur tour, totalisant en tout neuf enfants, et trois seulement de ceux-ci, sauf erreur, eurent des descendants. Il faut à coup sûr se féliciter de ce retour à la modération, quelle qu'en soit la cause. Il m'est pourtant impossible de ne pas noter ici une défaite et là une lacune. La fertilité de Mathilde, vue sous un certain angle, fait penser à la floraison surabondante d'arbres fruitiers attaqués par la rouille ou par des parasites invisibles, ou qu'un sol appauvri n'alimente plus. La même métaphore s'applique peut-être à l'indue expansion de l'humanité d'aujourd'hui.

Quatorze mois après la naissance de Fernande,
Mathilde mourut subitement après une foudroyante
agonie. Quelques lignes inédites d'Octave Pirmez,
obtenues récemment, m'apprennent que la pauvre
femme, atteinte du croup, eut à subir une laryngoto-
mie. Une fausse couche suivit, à laquelle l'infortunée
ne survécut pas. Le *Souvenir Pieux* se contente de faire
allusion à « *une maladie courte et cruelle* ». Tout détail
sur les circonstances physiques de la maladie et de la
mort étant rare dans cette sorte de document, ces
quelques mots suffisent à nous montrer combien la fin
rapide de Mathilde avait ému ou frappé les siens. Sur le
feuillet bordé de noir qu'Arthur ou la Fraulein durent
aller commander chez un papetier-graveur de Namur
figure l'Agneau de Dieu lugubrement couché parmi les
instruments de la Passion. On ne sait si le veuf ou la
gouvernante éplorée jugèrent cette image particulièrement appropriée à l'innocente disparue.

Le même *Souvenir Pieux* prête à la mourante de
solennelles dernières paroles, qu'on espère avoir été
empruntées à quelque pieux roman décrivant la mort
d'une mère de famille, plutôt que prononcées par

l'expirante Mathilde : « *Adieu, cher époux, chers enfants, que j'ai tant aimés, adieu ! Mon départ est bien brusque, bien précipité ; Dieu l'a voulu ; que sa sainte volonté soit faite. Priez pour moi. Je vous laisse en mourant deux grandes choses auxquelles je tiens beaucoup : l'esprit de foi et l'esprit de famille... Conservez et augmentez ces deux esprits... Adieu, je prierai pour vous.* »

A supposer que ces adieux guindés aient été faits par Mathilde, Arthur, d'ailleurs, eût sans doute été seul à les recueillir. Par ce début du beau mois de mai, Isabelle, Georgine, Zoé, les trois filles aînées, étaient probablement dans leur pensionnat de Bruxelles ou chez les Dames Anglaises d'Auteuil, occupées à collectionner avec ou sans zèle les bonnes notes en vue des distributions de prix de la fin juin. Étant donné la disparition presque subite de leur mère, il est douteux que les jeunes filles aient pu être ramenées à Suarlée à temps pour recevoir ces admonitions. Gaston le Simple n'y eût rien compris. Théobald et Octave, âgés respectivement de neuf et sept ans, étaient peut-être déjà au collège de Notre-Dame-de-la-Paix, à Namur ; s'ils se trouvaient au château en mai, on leur aura enjoint de ne pas faire trop de bruit pour ne pas déranger Maman qui était malade. On veut croire que ce n'est pas à eux que ce discours s'adressait. Jeanne était sans doute dans sa voiture d'enfant au bord de la pelouse, bien attachée par des courroies, vu son habileté à ramper hors de l'endroit où on l'avait mise, avec l'ingénieuse ténacité des enfants infirmes. Quant à Fernande, elle dormait dans son berceau, comme sa fille à elle l'allait faire dans une circonstance analogue. Louis et Zoé Troye, les tendres parents de Mathilde, n'assistèrent

sans doute pas aux derniers moments de leur fille ; l'ex-
gouverneur, miné par le mal qui devait avoir raison de
lui quelque deux ans plus tard, aurait eu quelque peine
à faire si précipitamment la distance assez considérable
qui séparait Suarlée de sa propriété de La Pasture, et il
est peu probable que Zoé fût venue sans lui. Arthur et
la Fraulein furent presque sûrement les seuls témoins
de cette agonie, ainsi que les domestiques du château et
ces deux personnages professionnellement associés aux
fins dernières, le médecin et le curé du lieu, qui
formaient avec le notaire au chevet des mourants du
xixe siècle un trio funèbre. Mais il est douteux que le
notaire ait eu à officier pour Mathilde : tout ce qu'elle
avait appartenait à Arthur.

Il dut y avoir, au contraire, pas mal de monde à
l'enterrement. Le père et la mère de la morte eurent
cette fois le temps de faire le petit voyage ; il est
probable que sa sœur Alix et le mari de celle-ci, Jean
T'serstevens, vinrent de Bruxelles. La tante Irénée et
son fils Octave, tous deux encore en deuil de leur fils et
frère bien-aimé, Fernand, dit Rémo, arrivèrent
d'Acoz ; l'autre fils d'Irénée, Émile, retenu d'ordinaire
dans la capitale par la politique et la vie mondaine, vint
peut-être avec sa jeune femme. Il ne semble pas
qu'Arthur entretînt des relations très suivies avec les
habitants du château de Marchienne, qu'il avait quitté
pour s'installer à Suarlée dix-huit ans plus tôt, mais son
demi-frère Émile-Paul fit sans doute acte de présence,
accompagné par sa jeune femme irlandaise. Délestée
de ses épaisses torsades rousses, dévolues à Fernande,
Mathilde fit une fois de plus le chemin qui la menait du
petit château à l'église du village, mais cette fois le
cortège l'y conduisit par la route ; on n'emprunta pas le

sentier familier traversant l'herbage. La Fraulein prit pour la vie le deuil de Madame.

Nous ne savons rien des sentiments d'Arthur, mais il est toujours bouleversant de perdre de façon si soudaine une compagne avec laquelle on vit depuis vingt ans. Il lui restait huit enfants. Le remariage ne s'imposait pas, comme il s'était imposé à son père. Peut-être « la Dame de Namur », personnage quasi mythologique, que la Fraulein vitupéra jusqu'au dernier souffle, existait-elle déjà, discrètement entretenue, dans une modeste maison d'une rue convenable de cette ville de province. Sinon, cette liaison ne fut pas longue à s'établir. Dans la vie décidément assez terne que mon grand-père avait menée depuis son mariage, cette aventure sans éclat fut probablement la seule part de fantaisie, le seul choix librement fait. Moins rigoriste que la Fraulein, je n'ai pas le cœur de le lui reprocher.

Deux voyageurs en route
vers la région immuable

Octave Pirmez, confiant pour un jour sa mère indisposée aux soins de son frère Émile, venu passer quelques semaines d'automne à Acoz avec sa femme, elle-même souffrante, fit de bon matin seller son cheval. Il se proposait de se rendre à La Pasture, aux environ de Thuin, pour revoir pendant qu'il en était temps encore son oncle Louis Troye gravement malade.

Dans des pages dont je me sers ici, il a lui-même décrit cette journée. Je tâche de compléter les lacunes de ses brèves notations à l'aide de fragments tirés de ses autres ouvrages, d'entrer dans l'esprit de cet homme auquel je suis, d'assez loin, apparentée, pour vivre avec lui un certain jour d'il y a quatre-vingt-dix-sept ans. Cette visite à mon arrière-grand-père mourant est pour Octave un de ces devoirs de famille auxquels il s'oblige ; elle répond aussi à son goût passionné de méditer sur la fin des choses. Pour ce voyageur en ce moment sédentaire, ces quelque quinze lieues représentent, qu'il le veuille ou non, un bris à la routine dans laquelle il s'enferme de plus en plus ; il les remplira d'autant d'impressions et d'images qu'il le

ferait d'une randonnée dans le Tyrol ou d'une promenade le long de la corniche d'Amalfi.

Évitant Charleroi et ses fumées, il prend la route de
la vallée de la Sambre. Marchienne, où il a plusieurs
fois séjourné jadis avec son cousin Arthur, lui fait
penser avec apitoiement à l'existence du veuf de
Mathilde, seul à Suarlée avec de jeunes enfants. Mais il
se force un peu : il n'a jamais eu pour le mari de
Mathilde de sympathie véritable. Les ruines d'une
abbaye, murs écroulés au milieu des champs nus
d'octobre, le ramènent à ce Moyen Age religieux et
poétique dont l'attendrissent les moindres légendes. A
cette place, Rémo... Le souvenir de son jeune frère
mort de mort violente, âgé de vingt-huit ans, il y a déjà
trois années, n'est jamais loin de lui, mais sous le soleil
d'automne l'Ombre pâle se dore, ressemble à nouveau
au Rémo magnifiquement hâlé qui lui revenait de ses
voyages en Orient... Trois ans... Mais des colchiques
dans l'herbe, une touffe bleue d'asters parmi ces
harmonies grises et brunes, l'angle aigu là-haut d'un
vol d'oiseaux migrateurs distraient malgré lui cet esprit
mobile qui bouge au moindre souffle. Il cherche les
mots qu'il emploiera pour les décrire dans sa lettre de
ce soir à José de Coppin, ce jeune voisin de campagne
dont il s'est fait un confident et un compagnon. Dans
une cour d'auberge où il s'arrête pour abreuver son
cheval, un beau visage l'émeut (il n'en dira rien à
José) ; une femme à qui il demande sa route l'intéresse
par son savoureux parler local, où il retrouve des tours
de l'ancien français ; des petites filles qui ramassent du
bois mort lui rappellent l'hiver tout proche, si dur pour
les pauvres. Comme toujours, chaque fois qu'il se
tourne vers le monde extérieur, la vie est là, avec son

imprévu, sa foncière tristesse, sa décevante douceur, et sa presque insupportable plénitude.

Mais il s'oblige à retracer étape par étape la carrière de Louis Troye, puisque c'est pour le revoir une dernière fois qu'il s'est mis en route. Octave, qui a perdu son père vers la vingtième année, a reporté sur son oncle (qui est en plus son parrain) une partie de ses sentiments filiaux ; il a pour lui une affection déférente et un peu distante, telle qu'elle est de mise dans la famille. Il tâche d'imaginer l'enfance de l'oncle Louis, puis son adolescence studieuse, au bord de cette même rivière, dans ces mêmes paysages, peu après la fin des canonnades de Waterloo. Le père de Louis, Stanislas Troye, administrateur du département de Jemmapes, sous Napoléon, puis député des États des Pays-Bas, a été de ces fonctionnaires qui, en temps troublés, assument au jour le jour la charge des affaires publiques, plus importantes que les successifs régimes... Mais c'est de sa mère, Isabelle Du Wooz, qu'il a, paraît-il, hérité ces manières parfaites, qui ne sont que le signe extérieur d'une aménité et d'une élévation d'esprit véritables... Octave est moins à l'aise quand il s'agit d'évoquer les âcres luttes parlementaires qui sévissaient à Bruxelles, à l'époque où la Belgique, nouvellement scindée d'avec la Hollande, était encore un pays neuf sur la carte d'Europe : Louis Troye, jeune député de l'arrondissement de Thuin, a participé à ces contestations oubliées... Octave revoit en gros l'existence de magistrat et d'administrateur qui fut ensuite celle de son oncle, et en particulier pendant les vingt et un ans passés à Mons en qualité de gouverneur du Hainaut. Rémo admirait moins cette carrière de grand commis : il a toujours senti l'injustice qui s'embusque au fond de ce qui est pour nous la justice, et, dans les routines les plus légitimes de l'État, un ordre superficiel qui cache le chaos. Un monde où les enfants de douze ans font dans les mines du Borinage des journées de douze heures, et ne voient que le dimanche la lumière du jour, ne l'intéressait pas. Mais Louis Troye, au contraire, était de ces hommes qui choisissent de faire de leur mieux dans la société telle qu'elle est.

Et certes, il a fallu au gouverneur du Hainaut pas mal de doigté, en ces temps où tout acte était encore un précédent, et où l'industrialisation toute récente exaspérait les conflits d'intérêts toujours vifs dans ce pays de têtes chaudes. Le voisinage de la France exposait le Hainaut aux visées annexionnistes, réelles ou supposées, de Napoléon le Petit, qui semblait de temps à autre chercher aux Belges de mauvaises querelles. Des bruits circulaient en haut lieu : l'empereur des Français avait secrètement offert à la Hollande le partage de la Belgique en deux zones dont il occuperait l'une ; il s'était par trop soigneusement informé des effectifs dans les forts de la frontière. Napoléon III n'en était pas moins en France le garant de l'ordre établi, et ce pays dangereux un pays ami : il y avait donc un milieu à tenir entre la méfiance et une bienveillance excessive envers les libéraux français en exil. Que Louis Troye ait su naviguer dans tout cela est prouvé par sa cravate de la Légion d'Honneur.

Il y a eu aussi les échauffourées toutes locales ; ce jour à Mons où les Radicaux ont assiégé un couvent ; les affres causées dans les campagnes par les crimes de la Bande Noire, et la répression presque trop dure qui a suivi. Louis Troye passe dans ces occasions pour avoir été à la fois habile et humain. Il a su également être ferme. C'est à Mons qu'eut lieu le procès le plus scandaleux du régime, celui du comte et de la comtesse de Bocarmé convaincus d'avoir assassiné un beau-frère infirme dont ils escomptaient l'héritage. Lachaud est venu de Paris plaider leur cause, et les séances du tribunal ont été si houleuses que le gouverneur du Hainaut, le président de la Chambre et un général en uniforme ont cru devoir siéger sur l'estrade à côté des juges. La noblesse du pays a réagi comme le fit autrefois celle de France et des Pays-Bas lors du retentissant procès d'un certain comte de Horn, à Paris, un peu plus d'un siècle plus tôt : il ne s'agissait pas de sauver ce misérable, mais d'obtenir la commutation d'une peine jugée infamante pour toutes les grandes familles qui lui étaient apparentées. Le gouverneur a tenu bon, comme aussi les autorités à Bruxelles. Il se peut que ce grand bourgeois ait trouvé un certain plaisir à résister à ce déferlement de passions encore féodales. Le comte a été exécuté sur la place publique de Mons, devant les fenêtres closes et les volets fermés du Cercle Noble et des hôtels des gens titrés. Rémo n'était alors qu'un enfant : par la suite, en dépit de son horreur de la peine de mort, il a, sans nul doute, donné raison à son oncle.

A Marbaix-la-Tour, petit village tout voisin de La Pasture, tout le monde connaît Monsieur Octave. Les nouvelles qu'on lui donne du gouverneur sont mauvaises. En arrivant au château, une angoisse l'étreint : les persiennes de la chambre de son oncle, au premier étage, sont baissées : serait-il arrivé trop tard ? Mais Zoé l'a vu venir de la fenêtre du petit salon où elle s'est retirée pour prendre quelque repos ; elle vient elle-même lui ouvrir. Son pauvre Louis est très bas, mais il a, Dieu merci, toutes ses facultés : il sera content de revoir son neveu. Zoé, qui a eu de la beauté, semble amollie et comme boursouflée par l'âge, le chagrin, la fatigue ; son charme ne consiste plus qu'en une grande douceur. Depuis la mort de sa fille Mathilde (il y a eu deux ans le mois de mai dernier), elle porte le grand deuil, ce qui lui donne d'avance l'air d'une veuve. Elle informe le visiteur que son Louis, la semaine dernière, a reçu avec la plus grande piété les Saintes Huiles ; on a même espéré un mieux qui ne s'est pas produit. Le Bon Dieu veut assurément rappeler à lui le pauvre malade. Octave, qui croit, ou s'efforce de croire, l'écoute respectueusement, mais se demande à part soi si les sentiments de l'oncle Louis étaient ou non au diapason de ceux de sa femme. Il se souvient d'avoir écrit quelque part qu'il n'y avait devant la vie et la mort que deux attitudes valables, le christianisme et le stoïcisme. C'est surtout pour son stoïcisme qu'il admire son oncle.

Zoé le confie à Bouvard, valet de chambre de Louis Troye depuis quarante ans. Ils montent ensemble à l'étage. Octave, qu'émeut toute fidélité d'homme à homme, remarque la figure ravinée du vieux domestique, qui depuis des mois passe les nuits à soigner son maître. Ce vieux serviteur lui paraît presque plus proche de Louis que la bonne Zoé elle-même.

Sans bruit, Bouvard rouvre les persiennes d'une des fenêtres, aide Monsieur à se redresser sur ses oreillers. Il quitte ensuite discrètement la chambre. Le malade s'écrie avec une sorte de vivacité :

— *Quelle joie, mon cher Octave, de vous revoir avant*

de mourir ! Oui, reprend-il plus faiblement, *je ne doutais pas que le cœur chez vous n'égalât l'intelligence... De toute façon, je vous aurais fait appeler... Mais peut-être eût-ce été présomptueux de ma part...*

Octave embarrassé se cherche des excuses. Comment se fait-il qu'il ait attendu si longtemps pour rendre visite à ce mourant, qui pourtant lui est cher, et qui veut bien lui montrer de l'affection ? Son oncle avait-il pour lui une dernière recommandation, qu'il n'aura peut-être plus la force de faire ? Louis Troye, qui aime les belles-lettres, et apprécie en son neveu un écrivain distingué, se rend compte que sa phrase d'accueil pouvait sembler contenir un reproche et poursuit avec cette touche de solennité qui semble avoir été obligatoire au XIXe siècle :

— *Votre visite, mon cher neveu, me flatte infiniment. Tout comme les soins affectueux dont on m'entoure ici, elle m'émeut plus que tous les honneurs reçus dans ma vie...*

Il s'interrompt, réfléchit, ajoute avec hésitation :

— *Car il me semble avoir reçu des honneurs...*

Octave a dû être frappé par ces mots, puisqu'il prit la peine de les consigner par écrit. J'aime assez, à mon tour, qu'un mourant jugé éminent par ses proches soit déjà assez éloigné, ou assez détaché, de son passé, pour se demander s'il a reçu des honneurs ou non.

— *Depuis que je suis couché dans ce lit,* reprend Louis Troye d'un ton redevenu plus familier, *la mort a cessé d'avoir pour moi des surprises... Elle ne m'effraie plus... Mais j'aurais bien aimé passer encore quelques années en compagnie des miens.*

Le visiteur s'entend répondre de rassurantes platitudes. Son oncle l'interrompt.

— *Non,* dit-il, *mes douleurs ne se relâchent un instant*

que pour recommencer, pires encore. La mort sera une délivrance. Et puis, peut-être reverrai-je ainsi ma chère fille...

Ni la fillette avec laquelle il jouait dans les allées bien ratissées, ni la jeune femme, presque toujours épaissie par une maternité, qui rendait visite avec son mari à la tante Irénée (et il prétextait pour s'esquiver du salon d'aller lui composer un bouquet), n'ont beaucoup retenu l'attention d'Octave. Mais l'insignifiante Mathilde s'ennoblit tout à coup, puisque l'espoir de la revoir au ciel console cet homme qui meurt. Octave, qui s'est si souvent demandé s'il reverra Rémo, va-t-il affirmer à l'oncle Louis qu'il a foi dans les rencontres de l'autre vie ? « *Nous croyons à l'immortalité,* a-t-il dit dans l'un de ses livres. *Si nous n'y croyions point, nous nous endormirions en paix en songeant que Dieu l'a voulu.* » Phrase typique de l'homme qui l'a écrite, en ce qu'elle affirme, avec peut-être plus de conviction qu'il n'en a, l'opinion qu'on attend de lui, puis se replie comme timidement sur l'hypothèse qui est sans doute de son choix. Si mourir, c'est dormir, se pourrait-il que la réunion avec les êtres chers ne soit que le rêve du dernier sommeil ? Heureusement, Louis Troye n'attend pas que son neveu confirme ou infirme sa supposition : il a fermé les yeux.

Octave, qui a toujours admiré la belle prestance de son oncle, lève les yeux vers le portrait d'apparat du gouverneur, placé dans une encoignure de la grande chambre, comme une psyché qui le refléterait tel qu'il a été. Louis Troye y est montré jeune encore dans l'uniforme chamarré de sa fonction. Le visage aux traits purs est d'une sérénité presque grecque. Remontant en pensée quelque trente années de plus, le visiteur songe avec tendresse au beau dessin que Navez, le meilleur élève du vieux David exilé à Bruxelles, fit autrefois du gracieux Louis, pareil à un enfant de bas-relief antique, serrant contre soi son chevreau familier... Tout cela pour en arriver là... Mais le poète, ému par cette dernière forme douloureusement assumée par un homme qui meurt, trouve beaux aussi ce torse décharné dans la chemise, déjà moite, que Louis a mise pour recevoir son neveu, ce visage réduit au strict essentiel, ce front osseux et ces tempes creuses, forteresse d'un esprit qui ne se rend pas. Louis Troye, qui a rouvert les yeux, s'informe avec politesse des migraines de sa belle-sœur Irénée, et des maux chroniques de sa nièce, la femme d'Émile, venue passer à Acoz quelques jours d'automne. Le visiteur se rend bien compte que ces minces indispositions ne peuvent guère intéresser ce malade au bord de l'agonie. Louis Troye simplement reste fidèle à son principe, qui est de s'occuper des autres plus que de soi-même. Octave songe, avec une sorte de poignante amertume, que son intimité avec son oncle se réduit presque à rien. Il a bien peu profité des occasions, elles-mêmes fort rares, de causer avec lui à cœur ouvert, de comparer l'expérience de cet homme qui a beaucoup vécu à la sienne. Jamais il ne lui a fait part des appréhensions, des doutes, des angoisses, des scrupules personnels qui sont le tissu même de sa vie. Serait-il trop tard pour obtenir de lui un conseil ? S'il pouvait au moins lui parler un moment du livre qu'il écrit sur Rémo... Mais quel droit a-t-il d'importuner le malade de problèmes qu'il n'ose pas toujours lui-même regarder en face ? De toute façon, Zoé entre en ce

moment, craignant que cette conversation ait déjà trop
duré. Elle engage son neveu à faire avec elle le tour du
parc.

— « *Consilium abeundi* », fait en souriant Louis
Troye, latiniste jusqu'au bout. *On vous conseille le
départ, mon cher Octave. Faites ce que vous propose votre
tante. Vous reviendrez ensuite me voir avant de partir.*

Octave et Zoé font le tour de l'étang, sur les bords
duquel s'amassent en ce moment des paquets de
feuilles mortes. Zoé parle intarissablement. Elle évoque ses deux enfants, Alix et Mathilde, poursuivant
avec Octave leurs cerceaux sur cette berge. Elle revoit
ces jours houleux de 1848, à Bruxelles, peu avant que
Louis ait été prendre possession à Mons de son poste
de gouverneur ; Octave s'était réfugié chez son oncle,
les bons prêtres de l'Institution Saint-Michel ayant
jugé préférable, en cas de troubles, de rendre leurs
élèves à leurs familles. Mais heureusement, les masses
populaires ne se sont pas laissé égarer comme celles de
Paris par les mauvais meneurs... Un souvenir amène
l'autre : elle raconte une fois de plus les journées
émouvantes de 1830, qu'elle a vécues avec sa sœur
Irénée, alors nouvellement fiancée au père d'Octave.
Les deux demoiselles se promenant dans le parc de
Suarlée avaient entendu tonner le canon du côté de
Namur ; bravant les dangers de la route encombrée
d'hommes en blouse agitant des piques, elles s'étaient
décidées à prendre refuge chez leur sœur Amélie,
mariée depuis peu, mon cher Octave, à votre oncle
Victor. Sait-on jamais à quoi s'attendre quand la
populace se mêle de politique ? D'affreuses images de
jacquerie flottent devant les yeux des demoiselles...

Arrivées chez les Pirmez, quelle surprise de découvrir que Victor lui-même, l'ancien garde du corps du roi Guillaume, fabrique des cartouches pour les insurgés... Peu après, l'ordre étant rétabli, c'est Joseph de C. de M., le père de cet Arthur qui n'a peut-être pas toujours su rendre heureuse notre pauvre Mathilde, qui conduisit galamment les demoiselles à Bruxelles, pour assister à l'intronisation du roi des Belges... Notre Flore, déjà dans une situation intéressante, était restée à Marchienne... L'excellente femme énumère mélancoliquement ses chers morts : Flore la belle et la bonne, que le Bon Dieu a rappelée à lui à vingt et un ans, Amélie et son Victor, le bon Benjamin, votre père, si grand chasseur et si bon musicien... Et enfin, subitement enlevée à nous tous, notre chère Mathilde...

La douce voix de la vieille dame fatigue Octave, qui a entendu bien des fois ces mêmes propos, tenus, avec une précision plus aiguë, par sa mère Irénée. Il se demande si Zoé prendra sur elle de mentionner aussi Rémo. Mais non : elle s'abstient, comme il s'y attendait. Ils rentrent au château. La tante Zoé parle maintenant de Poléon, le chat des quatre demoiselles ; elle rappelle avec attendrissement que celles-ci, chaque année, cassaient leur tirelire pour habiller de pied en cap une petite pauvresse de Suarlée. Sur le perron, Zoé se félicite d'avoir eu avec son neveu cette bonne conversation. Elle lui offre une collation qu'il accepte. Un peu plus tard, il monte prendre congé du malade.

Mais cette fois Louis Troye n'essaie même plus de se soulever sur ses oreillers. Il se contente de presser longuement la main de son neveu dans la sienne, et il semble à Octave que cette pression a tout signifié, et qu'il n'importe pas que certaines choses aient été dites ou non. Il reprend le chemin d'Acoz.

La route est la même que celle du matin, mais la froide et venteuse fin de journée semble avoir changé le paysage. Les arbres, tantôt si beaux sous leur parure d'or, ne sont plus que des mendiants à qui la bise qui souffle maintenant par saccades arrache leurs derniers haillons. L'ombre des nuages assombrit les champs. Rémo de nouveau accompagne son frère, mais ce n'est plus le bel Hermès funéraire de ce matin, un sourire sur ses lèvres pâles, mais le spectre sanglant des ballades allemandes. Comme si l'agonie de son oncle l'avait ramené d'un seul coup au centre de cette autre agonie, Octave revoit, tels qu'il les connaît par les dires des domestiques, les derniers moments de son frère. C'était à Liége, dans une maison située près des quais, à une extrémité de la ville ; on voyait du balcon le beau moutonnement des collines. Dans le salon, un objet que Rémo avait rapporté d'Allemagne était posé sur une table : une boîte à musique perfectionnée qui rendait avec fidélité un des morceaux favoris du jeune homme, un air de *Tannhäuser*. Ce matin-là, au retour d'une longue promenade, Rémo remonta soigneusement le mécanisme, puis passa dans la chambre à coucher voisine, laissant la porte ouverte pour ne rien perdre des notes qui délicatement s'égrenaient. Un instant plus tard, le bruit brutal d'une détonation les recouvrit. Les domestiques accourus trouvèrent leur maître couvert de sang, debout devant le miroir auquel il s'appuyait et s'y regardant pâlir. La balle avait traversé le cœur : il tomba avant les dernières notes de l'air qui s'achevait.

Pour Octave, Rémo est un martyr. Quel malheur accablait ce jeune être comblé, grisé de voyages et de lectures, plus violemment libre qu'Octave n'a jamais su le devenir, cette « *âme radieuse* » qu'il compare silencieusement à son âme à lui, doucement crépusculaire ? « *Le malheur qu'éprouvent toutes les grandes âmes meurtries aux bornes de ce misérable monde.* » L'indignation et la pitié se sont de bonne heure partagé Rémo. L'étudiant de Weimar et d'Iéna, enthousiaste de Fichte et de Hegel, l'ardent lecteur de Darwin, d'Auguste Comte et de Proudhon, l'adolescent passionné qui discutait des heures durant, avec un jeune médecin de ses amis, les philosophes de l'Inde et Swedenborg, s'était aussi enivré de Schopenhauer. « *Je n'étais plus qu'une pensée vivante* », disait-il évoquant lui-même son court passé. « *Il me semblait que j'étais un voyageur gravissant une montagne. Quand je me retournais, j'apercevais la vaste mer de larmes qu'ont versées tant de malheureux qui ne sont plus.* » C'est le besoin de servir, pendant qu'il en est temps encore, ceux qui vivent, qui l'avait jeté dans l'action politique. Dès l'enfance, Rémo a violemment pris parti en faveur du faible, de l'opprimé et de l'insulté. Plus tard, il n'a pas été de ceux qui voyagent pour pressurer la beauté des choses, jouissant des lieux et des êtres entre deux diligences ou deux traversées. La riante Alger et les majestueuses Pyramides l'ont moins frappé en Afrique que les misères de l'esclavage ; à Acoz, les portraits de Wilberforce et de Lincoln décoraient sa chambre. En Italie, dans ce pays où Octave s'est grisé de vivre, et surtout de rêver, l'avilissement des régions méridionales, la crainte et l'astuce lisibles sur les visages dans la Terre de Labour, la nuée vorace des mendiants, tout ce pourrissement sur place entre la bataille d'Aspromonte et la bataille de Mentana ont pris le dessus sur ce qui pourtant lui était cher, la recherche des sites et des paysages de Virgile. « *Il semble que tu as vu la Terre de Labour sous son seul aspect poétique*, écrit-il sévèrement à son frère, *et que tu y as pris pour seul guide l'auteur des* Géorgiques. *Tacite t'aurait mieux guidé.* » Dans ce pays ensoleillé « *tout était lumineux, sauf l'homme* ».

En Grèce où il est allé comme on va en Terre Sainte, il a retrouvé les grands hommes de Plutarque et les Palikares dont les exploits, lus dans les sous-bois d'Acoz, le grisaient naguère. Mais une piraterie d'un patron de barque, de qui il a tenu à ce que justice soit faite, appréhendant lui-même le bandit dans une auberge isolée de l'une des Cyclades, lui a fait prendre contact avec l'éternelle pègre méditerranéenne, aussi bien qu'avec les restes des héros et les vestiges des dieux. Revenu au pays natal, il dénonçait les exploiteurs « *d'enfers construits de la main des hommes* », les employeurs d'enfants « *qui réprouvent l'instruction obligatoire, mais qui n'ont pas un mot de blâme pour la guerre obligatoire* ». Après coup, mais après coup seulement, Octave a compris que cette « *haine vengeresse* », que Rémo éprouvait désormais pour le monde, naissait « *de*

la fermentation de son besoin de justice », était « *le revers
d'un violent amour* ».

Octave se souvient des jours où il a le plus fortement
senti brûler cette sombre flamme. C'était à Paris, où de
nouveau les deux frères s'étaient rejoints. Rémo aimait
peu « *cette grande ville luxueuse* », où il avait plusieurs
fois séjourné longuement. Il lui arrivait pourtant de
plonger avec délices dans cette multitude, comme on
prend un bain de vagues, mais seules les chances
d'entendre de bonne musique compensaient pour lui
ce qu'avaient vite d'insupportable ce bruit et ces
foules. Wagner déjà l'avait conquis ; plus jeune, il avait
été du petit groupe de ceux qui défendaient passionnément le musicien de *Tannhäuser,* que les membres du
Jockey Club s'étaient donné le mot pour aller siffler, se
distribuant pour cette tâche agréable des sifflets d'argent marqués au nom de l'opéra détesté. « *On s'embête
aux morceaux d'orchestre et on se tanne aux airs.* »
« *C'était presque ne pas être Français que ne pas rire.* »
Bêtise au front d'airain... Dans son appartement de la
rue des Mathurins-Saint-Jacques, près de ces ruines
gallo-romaines dont Octave s'est laissé dire qu'elles
sont celles du palais de Julien l'Apostat, autre étudiant
orageux, Rémo annotait ces partitions chéries avant de
profiter des rares occasions d'entendre l'œuvre du
Maître. L'air de *Tannhäuser* martèle une fois de plus le
cerveau d'Octave. Mais Rémo, il s'en souvient avec
tristesse, avait fini par extirper de soi cette passion
considérée par lui comme « *un sentiment de luxe* ».
« *Ignores-tu,* remontrait-il à son frère, *quel sacrifice ce
fut pour moi de me détourner de la poésie et des arts ?... Je
crois parfois m'apaiser par la vue du beau, mais cette vue*

me pénètre d'une âcre douleur; je l'emporte avec moi
jusqu'à ce qu'elle s'épanche en larmes. »

1869... Août 1869... Deux étrangers de plus déambulent, presque sans les voir, le long des quais et des colonnades du Louvre, puis sous les arbres des Tuileries encore barrées à l'époque par le corps de logis du palais qui sera bientôt cendre. Ils sont enfoncés dans un de ces immenses débats métaphysiques qui ne laissent derrière eux qu'une courbature de l'esprit et le sentiment d'une ardeur retombée. Ces Wallons perdus dans la grande ville s'intègrent à leur insu à un Paris éternel, sans cesse renouvelé depuis les clercs du Moyen Age discutant des universaux (et David de Dinant n'est pas loin, criant dans les flammes) jusqu'aux jeunes hommes de nos jours échangeant leurs réflexions sur Heidegger ou sur Mao; ils sont à titre temporaire citoyens d'une ville où l'on a peut-être plus disputé des idées que dans toute autre.

Le Paris plus visible de la Païva, d'Hortense Schneider et de la tonitruante Thérésa, la trinité sacro-sainte du trottoir, de l'opérette et du café-concert ne leur est rien, au contraire, et rien non plus les fastes du Second Empire en proie à l'euphorie. Leur promenade les conduit aux Champs-Élysées brillamment éclairés, bleus encore d'un reste de soir d'été, emplis par une foule qui flâne ou prend des glaces, et qu'attendent à quelques mois de distance l'humiliation de Sedan et les pâtés de rat du siège. Octave, soucieux peut-être d'apaiser ce jeune tourmenté, lui fait remarquer l'atmosphère de bonheur répandue sur la scène, ce mélange de vivacité et de facilité ainsi unies nulle part ailleurs, ces aises d'une civilisation aux ressorts bien huilés, à la surface comme recouverte d'une exquise

patine, qui constituent à proprement parler la douceur
de vivre. Rémo secoue la tête. Ce bonheur n'est pour
lui qu'insolence et lâche inertie qui ne veulent rien
savoir des maux du monde, ni rien pressentir des
inévitables lendemains. Il fait observer à son aîné l'air
d'arrogance ou de sottise de tel inconnu attablé devant
son absinthe ou son café glacé, la malignité de certains
fins sourires, la futilité de ces gens qui jugent sur
l'apparence, et, selon les cas, se rengorgent, ou font de
leur mieux pour cacher ce qu'ils sont. Soudain, Octave
le voit amicalement suivre des yeux dans cette foule un
quelconque passant à l'œil sombre, un bohème amer et
dépenaillé, sale et pauvre, mais qui lui paraît moins
loin de la réalité que ces satisfaits.

« *Cela m'est nécessaire, pour vivre, de me sentir utile.* »
Sachant ses vues trop libérales pour que les feuilles
existantes acceptent ses articles, Rémo avait fondé en
Belgique, avec l'aide d'un compagnon de lutte, un
journal hebdomadaire « *pour défendre la cause du
peuple* ». « *Ne pas périr sans avoir contribué à la
diminution des souffrances humaines...* » Bien entendu, il
est criblé de grosses ironies. De bons apôtres que n'ont
jamais inquiété les malheurs d'autrui, où qu'ils soient,
et qui bondiraient si une réforme menaçait en Hainaut
leurs intérêts propres, lui reprochent de s'attendrir sur
le sort des Caraïbes ou des Cafres, au lieu d'être tout
aux affaires locales. « *Notre âme est assez vaste pour
contenir le monde des infortunés, les noirs et les blancs ;
notre esprit est assez vigilant pour chercher le moyen de
leur porter secours* », proteste le jeune idéaliste affamé
d'action. Le même besoin de servir a fait de Rémo l'un
des fondateurs de la *Ligue de la Paix*, petit groupe

isolé, un peu ridicule, qui s'efforce de retenir cette Europe de 1869 sur la pente savonnée de la guerre. Ni l'astucieux Piémont de Cavour, ni la France prise au piège de sa propre politique de prestige, ni la Prusse du coup de poing bismarckien n'ont d'oreille pour ces quelques hurluberlus. Dépensant pour sa cause une partie de son héritage paternel, Rémo fait traduire et imprimer par milliers des manifestes pacifistes qu'il répand au cours de ses voyages. Autant, bien entendu, en emporte le vent. L'Empire Libéral a représenté ensuite une bouffée d'espoir, et l'élection triomphale de son ami le républicain Bancel, exilé du 2 Décembre, une brève flambée de joie. La catastrophe de 1870 n'en a été sitôt après que plus tragique, et plus hideux le cauchemar des deux cent mille morts épars sur les champs de bataille.

Le jeune homme rougit de voir ceux des Belges qui désapprouvaient naguère la brutalité prussienne, sinon voler au secours de la victoire, du moins donner raison au vainqueur. La mort de Bancel, épuisé jeune encore par « *sa vie d'opposition et de revendication* », durant l'hiver de l'Année Terrible, lui ôte un de ses rares appuis humains. Puis, en mai 1871, c'est l'exécution de Gustave Flourens, le jeune biologiste déjà célèbre, démis à vingt-sept ans de sa chaire au Collège de France pour athéisme et insultes à l'autorité impériale. C'est avec Gustave que Rémo a fait le voyage de Bucarest à Constantinople, d'où le tempétueux jeune Français est parti pour se mettre au service de l'insurrection crétoise. Octave songe avec une pointe d'envie à ce qu'ont dû être les conversations passionnées des deux compagnons de route. Nommé général des remparts, Gustave a été abattu par les Versaillais sur le seuil d'une auberge de Chatou, au moment où il essayait de protéger la retraite des troupes fédérées. Rémo a souffert d'autant plus qu'il n'imagine pas comment sera jamais réhabilité cet homme avec qui il a fait un moment espoir commun. Aucun des membres de sa famille ne comprend, ni même ne tolère ce désarroi subversif : « *Entre eux et toi,* murmure mélancoliquement Octave, *le rapport était brisé. Ils te croyaient révolté quand tu n'étais que noblement indigné, impitoyable quand tu refusais de dévier de l'étroit sentier de la justice.* » Et Rémo lui-même, devançant les constatations tardives de son frère : « *Ainsi que des mouches s'abattant par nuées sur un corps blessé, les mauvais propos pleuvent sur moi.* » Il se débat cependant, pense à fonder une revue qui prendra la suite du journal allé à vau-l'eau, compose pour des quotidiens de province des articles nécrologiques pour ses amis morts. Témoin discret de ce combat solitaire qui fait penser à celui que le Peer Gynt d'Ibsen engage à la même époque avec le Grand Courbe, Octave résume comme à voix basse la situation de son jeune frère : « *On préférerait la mort à l'insuccès des efforts tentés.* »

Dans cette dernière année de sa vie, Rémo pourtant s'était tourné aussi vers des occupations moins faites pour déplaire : la philosophie, les sciences naturelles déjà abordées à Iéna. Mais là aussi se cache le danger. Ses études sur les plantes sont orientées vers le scandaleux darwinisme ; le lecteur d'Hegel et de Schopenhauer n'est plus l'adolescent qui priait dans la chapelle d'Acoz et communiait dévotement à Saint-Germain-l'Auxerrois. Octave et Madame Irénée, qui ont des lettres, ont senti de bonne heure se glisser près d'eux l'ombre inquiétante de l'Apostat penché sur ses livres. Perdre la foi n'est pas seulement une catastrophe spirituelle, mais un crime social, une perverse rébellion contre les traditions instillées dès le berceau. « *Ce fut le tort de ceux qui entouraient cet être bouleversé par la plus noble passion d'étaler à ses yeux leur sagesse. Ils exaspérèrent par des conseils et des reproches cette sensibilité nerveuse qu'il fallait calmer; ils irritèrent inutilement cette âme souffrante en lui montrant ses torts; ils lui firent mieux sentir son malheur par le spectacle d'un jugement inflexible.* » « *Si j'ai un reproche à me faire* », poursuit assez confusément Octave, comme toujours s'accusant et s'excusant tout ensemble, « *c'est d'avoir discuté les raisons de Rémo; c'est par le chemin du cœur que j'aurais dû tenter de relever son courage. Il avait espéré qu'il pourrait s'appuyer sur moi dans ses luttes sociales... Il ressentit un profond chagrin en s'apercevant que je l'abandonnais par l'appréhension que me causaient ses nouvelles théories, ma nature ne me portant pas à une action téméraire dont je ne vois pas clairement le terme.* »

Donnant jusqu'au bout des gages au conformisme, l'aîné veut croire qu'il eût suffi, pour opérer un revirement chez Rémo, « *de la rencontre d'une personne pieuse qu'on puisse à la fois estimer et chérir* », sentiments qu'Octave, humblement conscient, comme il l'est, de ses propres faiblesses, n'espérait plus inspirer lui-même à son brûlant cadet. Leur mère, à coup sûr, ne les lui inspirait pas non plus. Peu philosophe, ou n'osant l'être, Octave voit mal à quelle profondeur se situait chez Rémo ce drame des idées, ne perçoit guère qu'une sorte de déchirement viscéral contre lequel des soins familiaux plus tendres eussent pu quelque chose. Les théories matérialistes et les utopies radicales du jeune homme restent pour la mère bien-pensante et le prudent frère aîné les symptômes d'une maladie dont ils n'ont pas su opérer la cure. Combien de fois, pendant les années qui ont suivi, Octave et Madame Irénée n'ont-ils pas repassé en esprit sur les mêmes incidents, ne se sont-ils pas demandé ce qu'il aurait fallu faire pour sauver Rémo et le ramener aux sains principes ? De temps à autre, il est vrai, « *l'âme radieuse* » avait laissé entrevoir à Octave d'éblouissantes clartés venues d'un autre horizon. « *Il avait aperçu un nouvel anneau à la chaîne qui, dans l'unité infinie, relie entre elles toutes les créatures.* » (« *Quis est Deus ? Mens Universi* », murmure six cents ans plus tôt David de Dinant brûlant dans les flammes.) Et l'aîné avait reçu en prévoyant le pire les confidences parfois illuminées du cadet : « *C'est quand je cesse de sentir ma personnalité, c'est, en un mot, quand je ne suis plus, que je suis vraiment satisfait. Mais ces instants de joie sont des éclairs ; ils font mieux apparaître l'obscurité de mon existence quotidienne.* » Ce mysticisme impersonnel reste une énigme pour Octave, soutenu, ou plutôt bercé par son catholicisme de type romantique. Celui-ci à son tour exaspère Rémo, passé en d'autres règnes : « *Tu crois t'élever vers le ciel sur les ailes de la beauté, alors que peut-être tu es plongé dans la vapeur délétère de ton idéalisme.* » Les deux frères continuent à correspondre, mais, durant les deux brefs séjours que Rémo a faits cette année-là dans l'ermitage qu'il s'est ménagé sur une terre de la famille, il n'a pas fait signe. L'aîné intelligent et timide s'est rangé du côté de la famille réprobatrice. Rémo poursuit seul son combat avec les terribles anges. « *Il n'a été ni humainement, ni divinement soutenu.* »

Octave s'arrête net, repris par son débat de conscience : oui, c'est bien ainsi qu'il tente de présen-

ter la situation dans son livre... Il dresse à son frère une
petite stèle de marbre blanc... Tombeau de Rémo...
Mais l'hypocrisie, contre laquelle Rémo a cru devoir
lutter jusqu'au dernier souffle, ne brouille-t-elle pas
déjà les lettres de l'inscription tombale ? Dès la première page, cette formule « *l'accident fatal...* » Et, plus
bas, « *l'arme chargée à son insu...* » Assurément, ce fin
lettré n'ignore pas qu'en français d'autrefois toute
occurrence désastreuse peut noblement être désignée
par le mot accident, et pas seulement un coup de feu
parti au hasard. Madame Irénée, en dépit des essais
qu'elle a composés sur quelques femmes du Grand
Siècle, n'y regardera pas de si près, et jugera que son
Octave se conforme à ce qui est devenu l'article de foi
de la famille : Rémo est mort d'avoir manié un revolver
qu'il ne savait pas chargé, et qu'il a distraitement
tourné contre sa poitrine. Et certes, la mention de
« *l'arme chargée à son insu* » réitère, explicitement cette
fois, le pieux mensonge. Mais est-il croyable qu'un
jeune homme épris de Wagner, ayant remonté le
fragile et coûteux jouet musical qu'il a rapporté
d'Allemagne, soit passé aussitôt dans la chambre
voisine pour y faire des rangements ? Cette phrase
grotesque, qu'Octave s'en veut peut-être d'avoir écrite,
mais qu'il ne raturera pas : « *Les mélodies l'emportant
dans le monde des esprits lui avaient fait oublier l'arme
terrible qu'il maniait...* » N'est-ce pas plutôt que ce
frère si musicien a voulu franchir, accompagné de « *ces
airs étranges et tristes* », le suprême passage ? Ce Rémo
qui, appuyé au miroir, s'y regarde mourir, ce jeune
lettré, latiniste lui aussi jusqu'au bout, qui accueille un
voisin que les domestiques effarés sont allés chercher
par la mélancolique exclamation virgilienne : « *En*

morior ! », exhalée avec son dernier souffle, exhibe-t-il les symptômes de stupeur et d'horreur d'un homme inopinément frappé, et espérant encore un matériel ou un spirituel secours ?... Non, certes... Et néanmoins, Rémo venait d'annoncer aux siens qu'il irait passer quelques jours chez eux... Le suicide est-il compatible avec ce projet qui signifiait un rapprochement, peut-être un changement de vues ? Quelque chose au tréfonds d'Octave lui murmure que précisément la perspective des reproches et des discussions habituelles a pu avancer l'acte vers lequel tout convergeait chez Rémo, et que « *l'élan de repentir* » qu'il prête au mourant « *précipité dans l'abîme* » est également une hypothèse sans fondement.

Rémo n'a laissé aucun mot d'adieu, mais chacune de ces conversations brûlantes entre frère et frère, chaque ligne des lettres du jeune homme avaient crié son dégoût de vivre : « *Tu me connais mal, Cosimo... Tout le bagage de ma vie est perdu, si toi, le confident de mes travaux, tu n'en apprécies pas la valeur. Tu m'accuses de matérialisme : est-ce parce que je ne veux vivre que de la vie de l'esprit ? Et de misanthropie : est-ce parce que j'ai reconnu la vérité de cette parole biblique, sépulcres blanchis, chaque fois que je me suis trouvé parmi les heureux de ce monde ? Il y a un instant, je venais te demander un conseil, un appui. Au souvenir du passé, ma douleur se ravive, et c'est moi maintenant qui tente de faire prévaloir mes opinions sur les tiennes ; ce faisant, je montre mon âme dans sa nudité, tu pourrais panser ses blessures ou la cribler de traits nouveaux... Je me résigne. Combien de fois, après m'être promené tout le jour la tête pleine de pensées, suis-je rentré dans ma chambre sans y trouver la moindre consolation. Je ne regrette rien cependant ! Si*

j'avais à recommencer ma jeunesse, je la consumerais
comme je l'ai fait : je ne crois pas cette vie digne d'une
plainte. Sans doute, je ne vaux que dans la proportion de
la souffrance qui m'est départie. Il est difficile, je l'avoue,
d'avoir toujours devant l'esprit " la sérénité sombre des
constellations ". Il est cruel de mourir méconnu. »

Cette ardente trajectoire qui s'enfonce dans la nuit,
Octave ne lui enlève-t-il pas toute beauté en déniant à
Rémo sa résolution suprême, et en y substituant une
maladresse, une fin de fait divers ? Ne l'a-t-il pas ainsi
définitivement et cruellement trahi ? N'endommage-
t-il pas du même coup son propre ouvrage, qui perdra
tout le sens qu'il avait voulu lui donner ? Il avait si
soigneusement choisi les citations, les anecdotes, les
formules appropriées pour montrer ce cheminement
vers la zone d'ombre : « *Rémo avait méconnu la vie pour*
lui avoir trop demandé » ; « *cette âme perdait le goût de*
l'existence » ; « *on préférerait la mort à l'insuccès des*
efforts tentés... » ... Mais précisément : il a tout dit
pour qui sait entendre. Le mot suicide dans son milieu
est un mot obscène. Habitué qu'il est de longue date à
la litote et aux précautions oratoires, l'écrivain en lui se
rassure, songe que les deux ou trois réajustements
auxquels la décence l'oblige sont peu de chose compa-
rés à cette longue élégie pour une âme héroïque... De
quel droit, d'ailleurs, contredire une mère en deuil, qui
ne supporterait pas l'idée que ce fils, objet de tant
d'inquiétudes, soit mort en état de péché mortel ? Il
pense à tout ce qu'a représenté pour lui, dans la
chapelle d'Acoz, la veillée funèbre du corps couché
sous les fleurs et parmi les cierges, entouré par un
groupe de Sœurs Noires en prière, tandis que « *le*
village, plongé dans un silence plein de rumeurs, se livrait

à des commentaires sur le tragique événement que chacun
interprétait à sa guise ». Ce sombre bonheur, cette
espèce de réhabilitation éclatante de l'enfant prodigue
de l'esprit eût été impossible, si la famille n'avait pas
nié la mort volontaire. Le tempérament d'Octave ne le
porte pas à prendre le contrepied de l'opinion publique, et encore moins à ébranler les pieuses et touchantes fictions des siens. Où qu'on aille et quoi qu'on
fasse, ne se heurte-t-on pas, d'ailleurs, à des vérités
qu'il faut taire, ou tout au moins n'insinuer que
prudemment et à voix basse, et qu'il serait criminel de
ne pas savoir garder pour soi ? Octave se rassure.
L'oncle Troye, si judicieux, n'aurait pas tranché
autrement.

La nuit est tombée et la fatigue venue, mais le fait de se retrouver maintenant sur ses terres, dans ses bois, apaise cet homme-dryade pour qui rien ne compte autant que l'épaisse douceur des mousses et la rampante beauté des racines. Le château d'Acoz, enclavé dans les domaines de la famille, n'a été acheté et rendu habitable par la mère d'Octave qu'il y a une vingtaine d'années, mais ces futaies coupées de landes marécageuses ont été de tout temps le lieu des jeux enfantins d'Octave et de ses rêveries de jeune mélancolique. Les voyages d'Italie furent ensuite de beaux songes, mais sa prédilection essentielle est là. « *Que le sol du Midi me paraît pauvre !... J'aime l'épaisseur, l'humidité, le demi-jour d'une forêt vigoureuse ; les chemins glissants qui se bronzent, les formes bizarres des fonges et des morilles, le ruisseau contournant la racine, les corbeaux qui bataillent sur les cimes des chênes, l'impatience du pivert interrogeant une écorce vermoulue, et tous les cris indistincts qui éclatent dans la solitude...* » C'est ici qu'adolescent, possédé d'une passion dont il n'a ni nommé ni décrit l'objet, il traçait sur le tronc des arbres les initiales aimées ; c'est ici qu'il s'est réfugié avec ses livres, poursuivant seul

ses études, lorsqu'il n'a plus pu supporter la grande
ville où on l'avait envoyé parfaire son éducation. Il y a
vu grandir Rémo ; il lui a enseigné dans ces sentiers le
nom des plantes et des arbres. L'enfant avait onze ans,
et lui vingt-deux, à la mort de leur père, dont il n'a pas
que de bons souvenirs. Pour Benjamin Pirmez « *la
chasse comblait le vide d'une existence inoccupée. Il avait
une meute, et parfois il arrivait qu'on dût détruire des
portées de jeunes chiens. Le pauvre Rémo était alors dans
une mortelle inquiétude, car il voulait arracher à la mort
ces petits êtres condamnés. Il s'en emparait, à l'insu de
tous, leur donnait des noms, et courait les cacher dans des
terriers qu'il creusait au fond des taillis et remplissait de
foin. Quel n'était pas son désespoir quand la ruse était
découverte ! C'était des cris de douleur et des larmes
intarissables... Il écrivait alors en cachette la relation du
sort cruel de ses petits protégés, dont il dépeignait la robe et
les qualités que sa jeune imagination leur attribuait. Ces
manuscrits, touchants dans leur naïveté, que je retrouvai
sous un meuble, il les avait intitulés :* Du malheureux sort
des chiens que j'aimais. »

Octave sait trop ses classiques pour ne pas se voir,
lui, si beau à cette époque, sous l'aspect du jeune
Hermès portant dans ses bras Dionysos enfant. Quand
le temps et la précocité de Rémo eurent presque
éliminé entre eux la différence d'âge, c'est encore dans
ces bois qu'ils ont passionnément lu ensemble leurs
poètes et leurs philosophes préférés ; ils ont trouvé au
cours de ces lectures les noms qu'ils choisirent de se
donner l'un à l'autre, et qui leur paraissaient mieux
exprimer que ceux du baptême leur personnalité
véritable. Fernand y est à jamais devenu Rémo ; il a
aussi été Argyros, Slavoï ; Octave s'est appelé Cosimo,

Zaboï, et surtout Héribert. Dans une clairière, ils ont sorti du sol des glaives de bronze, des casques, des framées rouillées, emmêlés à des ossements anonymes, et ont pieusement réenterré ces morts d'un cimetière barbare qui contenait peut-être des ancêtres. A certains jours, devant la colline où fut brûlée au Moyen Age une sorcière, Rémo éclate contre le fanatisme, dénie que l'ignorance où ces siècles étaient plongés servît d'excuse à ce genre de crimes, puisqu'il y eut de tout temps des esprits raisonnables et compatissants qui s'en indignèrent ; il compare la férocité des dévots à celle des Jacobins fanatiques de 93. Octave alors tâchait d'interrompre ces propos où Madame Irénée n'eût perçu qu'impudence et arrogance de l'esprit.

Plus tard, il y a trois ans et un mois à peine, par un temps venteux qui faisait pleuvoir autour d'Octave « *la pâle multitude des feuilles* », c'est ici qu'un enfant du village lui a remis la dépêche foudroyante : « *Arrivez vite. Grand malheur.* » Et il s'est précipité vers les écuries pour faire seller un cheval ; il est parti à toute bride vers la station prochaine, à Châtelineau, où, pendant trois mortelles heures, il a attendu le passage d'un train, devinant déjà tout, craignant que Rémo, au lieu de mort, ne fût défiguré... Quelques jours de plus, c'est le long de ces allées qu'un cortège funèbre a passé aux lueurs mouvantes de torches de résine... Mais ces souvenirs, pourtant destinés, croit-il, à l'accompagner dans la mort, s'effacent déjà sous la continuité de ses randonnées matinales avec ses chiens, de ses promenades nocturnes dans ces sentiers si connus de lui qu'il peut s'y aventurer même par les nuits sans lune. C'est ici, par les jours ensoleillés, ou doucement brumeux, que le sort lui accorde encore, qu'il erre avec le jeune

José, fils d'un grand propriétaire du voisinage, auprès
de qui il aime à jouer le rôle de frère aîné. Ici, surtout,
il est seul.

La bise qui sur la route cinglait le voyageur s'amortit
dans ces sous-bois presque oppressivement calmes.
Mais des branches craquent et grincent là-haut comme
du fer ; les faîtes ploient sous ce vent venu de l'Est à
travers un continent tout entier, et qui, quelque cent
lieues plus loin, rebrousse à l'extrême bord de l'Europe
le sable des dunes et l'écume des vagues. En des nuits
pareilles, ce Benjamin Pirmez, dont Octave vient
d'évoquer les côtés odieux, disait avec une sorte de
peureuse pitié : « *Il y a en ce moment des naufrages en
mer.* » Et, ensuite, il tombait dans un long silence.
Mais on ne meurt pas qu'en mer. Octave, qui tient
peut-être de son père le don de souffrir à distance, se
dit que Louis Troye suant dans son lit a vécu sans
doute quelques heures de plus d'agonie ; çà et là,
d'autres mourants moins cossus s'agitent sous leur
maigre couverture dans les masures de Châtelineau ou
de Gerpinnes. Une trouée dans la masse forestière
laisse passer une lueur rougeâtre, celle des hauts
fourneaux qui peut-être un jour dévoreront ces arbres.
Quand ce faible passant qu'Octave se sent être ne sera
plus là pour le défendre, ce sol tapissé de milliards de
créatures que nous appelons l'herbe et la mousse sera
peut-être corrodé, couvert de scories. Les dieux verts
puissamment enracinés dans l'humus dont ils tirent
leur force n'ont pas comme les animaux ou l'homme la
ressource de combattre ou de fuir ; ils sont sans défense
contre la hache ou la scie. Octave croit voir dans
l'ombre autour de lui une assemblée de condamnés.

Cet homme qui ne se laisse pas prendre aux fanfares et aux splendeurs des saisons n'ignore pas que l'automne, durant lequel les bois dépouillés n'offrent plus d'abri aux bêtes, est le temps de la mise à mort, l'hiver le temps de la faim. Il pense aux animaux à fourrure voyant fondre sur eux l'épervier, aux souris mordillant les dures racines. Qui sait même si son absence d'un jour n'a pas attiré ici les maraudeurs ? Sous ces tas de feuilles mortes que fait craqueler la première gelée, une bête peut-être agonise entre les dents d'un piège ; noué à cette souche, un lacet... Le garde est sans doute allé jouer aux boules au village. Un coup de feu entendu de loin en cette saison n'inquiéterait personne... Que ferait-il, s'il rencontrait un rôdeur traînant précautionneusement dans la nuit une biche aux babines sanglantes ? Il se souvient subitement que, contrairement à son habitude, il n'est pas armé. L'angoisse qui s'empare de lui est moins la peur physique qu'une sorte d'horreur mystique de la violence, assez forte pour vaincre ses propres instincts héréditaires de chasseur, auxquels il ne lui arrive plus que rarement de céder, moins la haine du propriétaire pour le braconnier que celle du desservant du temple à l'égard du profanateur. Il laisse son cheval, qui lui aussi connaît la route, trotter vers la bonne écurie chaude.

Au détour d'une allée, le château se dessine, noir sur noir, éteint comme si ses habitants l'avaient subitement quitté. Une lueur jaunâtre qui vient de l'office tremblote seule sur l'eau des douves. Des abois éclatent, avec la note joyeuse qu'ils ont quand ils annoncent le retour du maître. Octave mettant pied à terre reçoit en pleine poitrine, comme une vague, le bond amical de son saint-bernard blanc comme neige ;

les autres chiens aussi s'empressent et donnent de la
voix. Il les calme d'un mot, craignant que leur
exubérance n'importune sa mère. Oui, Madame
repose ; elle n'est pas descendue de la journée ; elle
demande que Monsieur attende à demain matin pour
lui raconter sa visite à La Pasture ; Monsieur Émile a
préféré souper là-haut avec sa dame, qui d'ailleurs va
mieux. Octave prend seul son repas au bout de la
grande table, avec à ses pieds ses bêtes.

Il n'est pas fâché de garder pour soi pendant
quelques heures les multiples impressions de sa journée, qui se réduira, il le sait, quand il en fera part à sa
mère et à son frère, à une correcte visite à l'oncle
malade, et aux informations transmises par la tante Zoé
sur la façon dont celui-ci a rempli ses derniers devoirs
de chrétien. Comment se fait-il que tout ce qui occupe
et agite notre esprit, en alimente le flot ou la flamme,
disparaisse à peu près inévitablement de tout entretien
entre proches ? De l'avis de la famille et de son
directeur de conscience, Madame Irénée a été une
mère admirable. Sa culture est dans son milieu considérée comme brillante. N'a-t-elle pas composé, entre
autres, un essai distingué sur Mademoiselle de Mont-
pensier, dans le style de ces ouvrages de femme de
l'époque, dont Sainte-Beuve, quand il les mentionnait, ne manquait pas de dire qu'ils étaient écrits d'une
fine plume ? N'a-t-elle pas entrepris une compilation à
fin édifiante, qui comportera toute une série de bonnes
morts d'hommes célèbres, avec, pour repoussoir, quelques agonies d'impies qui font frémir ? Ne tient-elle
pas un journal de sa vie spirituelle qu'elle met sous les
yeux de son Octave, pour qu'il en émonde çà et là une
légère erreur d'expression ? Madame Irénée a de son

côté Dieu, la tradition, les principes, la science exquise de ce qui se fait et de ce qui ne se fait pas ; elle a en grande partie tracé d'Octave l'image à laquelle il se conforme. La mère et le fils s'estiment l'un l'autre. Elle est fière de cet écrivain un peu en retrait dans une mélancolique pénombre, dont les livres méditatifs et touchants n'expriment que de bons sentiments. Rémo, sorti de bonne heure du milieu familial, lui a échappé davantage ; c'est sans doute pour n'avoir pas reçu constamment les conseils maternels, Octave le reconnaît, que son jeune frère a mal fini. Pour lui, ses voyages ont été moins aventureux, et, quand il lui arrive d'en faire encore, il les écourte, pour ne pas laisser trop longtemps seule cette mère toujours un peu souffrante, qui lui survivra onze ans. Quant à Émile, le second des trois frères, « *le gros colibri* » mondain, qui réside presque continuellement à Bruxelles ou dans son propre château d'Hanzinelle, Octave l'aime bien.

Il monte dans sa chambre. Avant même que la lampe qu'il tient à la main en ait éclairé l'intérieur, les murs rougeoient, illuminés par le feu qui dégourdit l'air de cette soirée d'octobre. Octave s'assied devant la cheminée, y jette une à une des pommes de pin qu'il a ramassées lui-même dans un grand panier, le long d'une allée, au cours d'une de ses promenades solitaires, regarde jaillir et danser la flamme. Ce carré de briques et de marbre appartient à l'élément feu, et Octave, grand lecteur du *Miroir de la Perfection,* songe à Saint François qui, par tendre respect pour les flammes, empêchait qu'on séparât les bûches brûlant encore. Des courants d'air libre s'insinuent çà et là par les hautes croisées, même closes et recouvertes de leurs draperies rouges. Une autre fenêtre, intérieure celle-là, plonge sur la chapelle ; Octave s'est souvent dit qu'il pourra de son lit entendre le service divin au cours de sa dernière maladie. Mais ce n'est pas que sur le ciel que donnent les chapelles. Des présences inquiétantes y contrebalancent celles des Anges : Swedenborg pour un moment l'emporte sur Saint François d'Assise. Octave jette un coup d'œil à ce puits sombre qu'étoile en bas une seule veilleuse, puis replace presque superstitieusement le rideau sur la vitre, rendant à la chambre son intimité humaine. Comme naguère Rémo à Liége, il s'appuie un instant à la tablette de la cheminée, contemple de près dans la glace son visage presque trop beau de jeune homme à peine vieilli.

Il a quarante-trois ans, et n'est pas, comme Louis Troye, du bois dont on fait les septuagénaires. Le peu de temps qui lui reste lui fait sentir davantage l'inanité de sa vie, qui ne vaut pas tant d'efforts. Mais courage ! Son livre sur Rémo ne sera qu'un préambule : le seul devoir qu'il aura rempli au cours de son existence, qu'il qualifie d'égoïste, sera d'éditer les manuscrits du défunt. Son frère attend dans la tombe que ce service lui soit rendu. Il faudrait s'y mettre ce soir même. Mais le débat qui se poursuivait en lui sur la route reprend de plus belle : « *Non ! Je ne divulguerai pas, confident des pensées de Rémo, toutes les expressions de son chagrin ; elles n'eussent pu être livrées au jour que si ses efforts eussent été couronnés de succès...* » Les quelques extraits que contient son livre suffiront sans doute... Du reste, connaît-il si bien ce Rémo qu'il n'a pas cessé de pleurer ? Judicieusement, il fait le compte des jours, des semaines, des mois qu'ils ont passés côte à côte. Sur les vingt-huit ans de la vie de son frère, leur existence en commun dans la vallée d'Acoz a totalisé deux ans ; les voyages faits ensemble n'ont rempli que six mois tout au plus... Mais quoi ? C'est à l'intensité que se mesure un souvenir. Ces belles après-midi où Argyros et Cosimo, Slavoï et Zaboï, Rémo et Héribert se sont assis sous les branches entrelacées de deux tilleuls centenaires, avec autour d'eux leurs carnets, leurs livres, sur l'herbe courte de leur verte salle d'étude... *Les Travaux et les Jours* d'Hésiode, et leur rusticité sacrée ; les paysages et les corps ensoleillés de Théocrite ; Tibulle ; Lucrèce dont Octave condamne le matérialisme mystique, mais dans lequel Rémo se jette avec emportement ; Buffon, *Les Contemplations* d'Hugo... Les réminiscences bourdonnent comme naguère, dans les branchages en fleur, les somnolents essaims d'abeilles... Et le soir où ils se sont retrouvés par hasard devant un relais de poste sur la Corniche de Gênes... Bien que souffrant, Rémo a tenu à ce que son aîné occupât la seule place vide à l'intérieur de la diligence, et s'est exposé lui-même sur l'impériale aux rafales de la nuit pluvieuse... « *Je ne puis oublier les impressions que nous causa ce voyage nocturne. Nous ne pouvions nous les communiquer que par la portière à notre arrivée aux relais de poste. Le nouvel attelage repartait aussitôt au galop, nous replaçant en présence du sombre paysage. Bien que séparés par une cloison, il nous semblait que nous étions demeurés ensemble par la certitude où nous étions que nos cœurs battaient à l'unisson.* »

Pourtant, il faut qu'il se l'avoue, l'oubli vient. Les chers souvenirs dépérissent ; ses élancements de pitié et de douleur ne sont plus guère qu'une intermittente névralgie. Il n'entend plus dans la nuit, comme il le faisait durant les premiers mois qui suivirent la mort, résonner dans la chambre voisine « *une voix claire et*

plaintive... » Bien plus : que restait-il vraiment du
tendre Rémo d'autrefois dans ce jeune révolutionnaire
barbu, au grand front déjà dégarni ?... Seul, le regard
aimant n'avait pas changé... « *A présent, bien des jours
s'écoulent sans que l'ombre affectueuse de l'absent ne
reparaisse à mes yeux. Rarement, je regarde ses portraits,
fixés à la cloison de sa chambre ; rarement, je relis ses
lettres, et, si je me trouve seul, je ne m'étonne plus. Quand
j'écris, je ne songe plus à son approbation ; si je suis dans
l'affliction, je ne me souviens plus de celui qui était
toujours prompt à me consoler ; je cours solitaire à mes
destinées... Me frapperai-je la poitrine ? Ne pourrais-je
me consacrer à ce frère tombé avant moi, et qui demeure
comme sans sépulture, puisque l'indifférence publique
l'entoure ? Je le pourrais ! Mais les morts sont dépouillés de
nos faiblesses et ne désirent pas entraver la marche des
survivants... Oui, j'aime mon infortuné frère en tous les
vivants que j'aime ; je l'aime en vous, ô mes amis d'un
jour !* » Ainsi se referme, au moins pour ce soir, la
tombe du mort héroïque.

L'amitié, l'amour, la recherche des êtres... L'amour
n'était rien pour Rémo : « *Une passion pour une créature
fermerait peut-être l'affreuse blessure que t'ont faite les
rayons glacés de la science* », insinuait l'aîné au plus
jeune. Et Rémo, ardemment, humblement : « *J'ai cette
opinion, mauvaise à coup sûr, mais bien enracinée en moi,
que nous ne devons pas aimer exclusivement un seul être. Je
vois de l'égoïsme et de la tyrannie en une telle passion : elle
nous fait oublier le sentiment de la fraternité humaine.* »
Mais Octave, lui, a aimé. « *L'ambition des honneurs, je
l'ai méprisée ; de la famille, je n'ai pas goûté toutes les
joies ; la patrie ne m'a pas donné l'occasion de combattre*

pour elle ; et l'amour, je ne le connais que trop ! » « *Le dirai-je ? Je m'enthousiasmais de la beauté : elle me faisait peur. Un seul regard suffisait pour me refouler le sang au cœur.* » S'il se retourne mélancoliquement vers ses amours d'adolescent, c'est qu'elles lui paraissent, à distance, limpides. « *J'aimais comme un enfant qui n'a jamais aimé... Que de sentiments dépensés parmi ces arbres et ces pelouses... Qui les a recueillis ? Le vent... Coupez, fauchez, bûcherons et moissonneurs, pour que j'oublie la candeur d'un passé qui fait honte à ma science présente.* »

A quel fruit défendu a-t-il mordu, qui n'est pas celui de la connaissance intellectuelle, dont s'est gorgé Rémo ? A vingt-six ans, Octave revenu d'Italie s'affligeait déjà que le souvenir de tant d'êtres charmants, admirés au passage, accrût la somme de ses regrets. Qu'en est-il aujourd'hui, passé quarante ans ? « *Un esprit de découverte, un démon d'aventure me faisait errer par les contrées inconnues. J'allais çà et là, me prodiguant à des êtres et à des images fugitifs, toujours plus meurtri et jamais découragé... Fermons les yeux, ô mon âme ! Oui, soyons aveugles à ce qui doit nous échapper ; il le faudrait pour jouir d'un peu de paix dans l'amour... Si nous nous engageons sur le chemin fréquenté, si nous parcourons les villes et les hameaux, mille regards mortels attirent notre attention, pénètrent en nous, nous enfièvrent... Beaucoup de ces transparences, il est vrai, s'éteignent en notre mémoire sans cesse assaillie, mais plusieurs y demeurent vivantes, et, après bien des années, s'y meuvent encore dans leur troublante profondeur. C'est peut-être parce que mon émotion se double de pitié que je m'y attache... Je voudrais, hors des jours changeants, leur assurer un refuge... Quel éphémère abri que mon amour !* » Ainsi exaltée, la passion n'est plus nécessairement, il l'espère du moins, un obstacle à cette « *vie angélique à l'intérieur du corps* » vers laquelle il tend et qu'il sait bien ne pouvoir atteindre. Mais, néanmoins, que de pièges, que de sapes souterraines, que de désirs, « *vers éclos de notre mort spirituelle* » ! Il reproche à son âme de ne pas savoir vieillir.

Le feu s'est éteint. Frileusement drapé dans sa robe de chambre, le poète s'est assis à sa table pour écrire sa lettre quasi journalière à José. Mais le récit de la visite à Louis Troye, qu'il voulait noble et touchant, prend malgré lui un ton ampoulé : il rappelle malencontreusement ces descriptions de bonnes morts que collectionne Madame Irénée. José a-t-il vraiment envie de lire cette homélie ? Certes, l'amitié de ce jeune homme bien né, bien élevé, point dépourvu de culture, est une grâce dont le poète remercie le ciel. Au blason de son ami figurent les deux plus purs symboles qui soient au monde, une croix et un cygne. José a à peu près l'âge qu'avait Rémo. « *Que faut-il pour goûter des heures de joie profonde ? La vue d'une tête candide, le seul spectacle d'un paysage pastoral.* »... Leurs rencontres dans les bois sont une chaste idylle grecque dans le gris et chrétien Hainaut. Elles sont parfois si émouvantes qu'Octave, soucieux de ménager son calme (« *j'ai éprouvé trois nuits d'insomnie* ») et voulant conserver son temps pour ses travaux, décide de les espacer momentanément (« *Revoyons-nous souvent en esprit, et que nos anges gardiens invisibles s'entendent pour nous protéger...* »). Mais que signifient-elles pour José ? Il a sa famille, une jeune femme épousée l'an dernier et que les lettres passent sous silence, un nouvel ami peut-être avec qui « *épancher le trop-plein de ses émotions* ». Il a surtout « *la jeunesse heureuse* ».

Octave se souvient, avec une certaine gêne, d'avoir fait à son ami l'éternel chantage des poètes. « *Je puis vous assurer que je vous ferai vivre littérairement autant que moi-même.* » Ainsi, mais en des termes plus lyriquement persuasifs, Shakespeare et le vieux Théognis promettaient à leurs amis l'immortalité. Shakespeare a tous les droits. Et Théognis même a tenu son arrogante promesse, puisque quelques lettrés, comme Octave, le lisent encore... Mais lui, mais ce gentilhomme belge qui couche par écrit ses méditations solitaires ? « *Je vois si bien le petit point que nous formons sur le globe ! Je comprends si bien le rien que nous sommes dans la succession des siècles ! Je m'abîme en mon néant. Et quand vous me voyez, par accident, dans mon habit noir, dites-vous que je sens profondément le ridicule qu'il y a pour une âme d'être ainsi affublée, n'ayant pour ailes que les pans d'un frac.* » Qui se souviendra d'Octave dans cent, ou même dans cinquante ans ?

Et le voici, étendu maintenant dans ce lit où il a imaginé bien des fois sa future agonie, expérimentant la mort. Non pas les affres du dernier combat, auxquelles pense avec tremblement sa mère, non pas la destruction et le pourrissement charnels qui l'épouvantaient et le fascinaient dans les fresques du Campo Santo de Pise, non pas même l'oubli, qui suppose encore des survivants pouvant oublier, mais la nuit, le rien, l'absolue absence. Il lui est arrivé de confier à son jeune frère sa peur de mourir. « *Pourquoi craindre ?* lui répondait superbement ce Rémo pourtant si tendre. *Tu n'es rien. Dieu seul existe.* » Mais ce Dieu de Rémo n'est plus, Octave le sent bien, celui de l'église du

village et de l'enfance ; il en est de cet Être indifféren-
cié comme du vaste océan, masse informe et confuse,
inerte et violente, devant laquelle Octave n'éprouve
qu'une sorte de stupeur sacrée. Octave n'aime pas
l'Être ; il aime les êtres. Il se souvient de ses promenades en barque à Capri, où il se confiait sur cette mer
dangereuse à l'habileté des petits bateliers de la *Marina
Grande*. Si la barque avait sombré, le courant aurait
fini par ramener son corps et celui des enfants sur une
plage de l'île ; que de larmes, que de prières des mères
italiennes pour leurs fils... Aurait-on prié pour lui ?
Mais peu importe : les enfants eussent déjà entraîné
son âme auprès du trône de Dieu... On accepterait de
sombrer de la sorte. Mais cette présence de la mort
sous les courtines d'un lit... Rallumer sa lampe,
prendre un philosophe, un poète, les écrits d'un
saint ?... Il les connaît tous par cœur... Plutôt endurer,
comme les créatures des bois qui n'ont pas besoin
durant le noir hiver d'une maison gardée par des
chiens, d'une chambre avec un piano et des livres...
Trouver une idée, une image quelconque qui ne soit
pas contaminée par la douleur ou le doute... Si José
vient demain, comme il l'a promis, il allumera en son
honneur un feu de Bengale à l'orée du bois, au bord du
marécage... Feu de Bengale... Une musique populaire
traverse son esprit enfin ensommeillé ; un souvenir lui
revient, dont il ne sait plus très bien en ce moment si
c'est celui d'une promenade réelle ou faite en rêve...
Des flonflons provenant d'une cour d'auberge où
dansent des garçons et des filles... Que la campagne
aux alentours est triste, solitaire, abandonnée... Gris
crépuscule... Çà et là, des maisons isolées, aux vitres
que fait parfois briller un reste de soleil oblique, où

sont les vieux qui ne dansent pas... Il fait froid ; ses chiens transis, la queue basse, se pressent sur ses talons. Un vieillard indigent ramasse au bord de la route des silex pour aiguiser une faulx... Aiguiser une faulx... « *Te voilà fini, soir des songes !* »

Le dimanche 31 octobre, huit jours après ce qui avait été sa dernière visite à Louis Troye, Octave, dans la prose du matin, reprend la route de Marbaix-la-Tour. Mais plus n'est besoin de se demander si les volets d'une certaine fenêtre à La Pasture seront ouverts ou fermés. Averti par une lettre d'Arthur, Octave sait à quoi s'attendre. Il est reçu dans le vestibule par ce qu'il appelle « *la famille éplorée* », c'est-à-dire par Zoé accompagnée de sa fille Alix, du mari de celle-ci et de leurs deux enfants. Arthur lui-même n'est pas mentionné ; peut-être venait-il de repartir, ou, au contraire, n'était-il pas encore arrivé de Suarlée. Bouvard est de faction dans la chambre mortuaire. Octave croyait avoir vu Louis Troye arrivé à la fin de son épreuve. Il se trompait ; l'homme couché là a vieilli de dix ans en une semaine. En présence de cette cire fondue par la mort, Octave tombe à genoux ; ses larmes coulent. Avec cette foi candide qui sans cesse sourd chez lui du fond de son enfance, il remercie le ciel d'avoir accordé à son oncle ce qui lui semble une belle vie honorablement vécue ; il rend grâces aussi pour l'affection que le défunt lui a portée.

Revenu au salon, et plein comme toujours de bons sentiments à l'égard de la famille, il trouve un triste plaisir à causer avec la cousine Alix et le cousin Jean. Le petit garçon et la petite fille portent des ceintures et des écharpes noires. Octave, qui a le don d'apprivoiser les enfants, entre en conversation avec le petit Marc et s'attendrit que celui-ci, si jeune encore, semble déjà se rendre compte de la perte qu'il vient de faire en son grand-père. Il prend bientôt congé et rentre à Acoz.

L'enterrement eut lieu le 3 novembre. Madame Irénée, fiévreuse, ne put s'y rendre : elle n'était pas retournée à La Pasture depuis le séjour qu'elle y avait fait pour essayer de consoler sa sœur et son beau-frère de la mort de Mathilde. Mais elle charge Octave de tous les chrysanthèmes d'Acoz. Émile et sa femme sont sans doute allés directement de Bruxelles à Thuin. Le long du grand chemin, Octave note avec émotion une foule inaccoutumée : tout le pays afflue aux funérailles du Gouverneur Troye, ce qui fait de cette journée de deuil une espèce de jour férié. A l'église, Octave s'absorbe dans la contemplation du haut catafalque sur lequel reposent, comme la dépouille mince et dorée d'un grand insecte, l'uniforme et les ordres du défunt. Le prince de C., qui a succédé à Louis Troye dans son poste, lit l'éloge funèbre. Il est revêtu du même uniforme, étincelant des mêmes chamarrures et des mêmes croix. Ce contraste inspire à Octave de sombres réflexions dont il fera part à José. *Pulvis et Umbra*.

Cette fois, Octave n'a pas pris la peine de dénombrer les membres de la famille à genoux sur les prie-Dieu, mais il est à peu près certain qu'Arthur assista à ce service funèbre, avec ceux de ses enfants en âge et en

état de l'accompagner, et qu'il prit part, la cérémonie
faite, au déjeuner dînatoire d'usage, que le long trajet
accompli par la plupart des invités rendait d'ailleurs
nécessaire. Après le *benedicite*, les ecclésiastiques présents récitèrent une prière à l'intention du cher défunt ;
ensuite, le tact et le bon goût consistèrent à rester à mi-
chemin entre une détente par trop visible et par trop
joyeuse, humaine réaction à la solennité de la Messe
mortuaire, et que favorisaient d'ailleurs l'excellence
des mets et du vin, et une participation par trop
lugubre à la douleur de la famille. Le prince de C. dut
raconter sur son prédécesseur quelques sympathiques
anecdotes, trop familières toutefois pour avoir pris
place dans le discours lu à l'église. Refoulant son
chagrin, auquel elle donnera cours plus tard, Zoé
donne discrètement des ordres à Bouvard, qui, vu
l'occasion, a accepté de servir à table. Émile, « *le gros
colibri* », décrit nostalgiquement à Arthur les splendeurs des bals des Tuileries, où naguère, en culottes
noires et bas blancs, il a été présenté avec sa femme à
l'Empereur et à l'Impératrice des Français. Ces messieurs s'accordent à trouver que Paris ne sera plus
jamais Paris sous la république. Octave promet au
jeune Marc un de ses animaux apprivoisés. Les roues
de la vie recommencent à tourner.

Les pages qui précèdent sont un montage. Par souci d'authenticité, j'ai fait le plus possible monologuer Octave en empruntant à ses propres livres. Là même où je n'ai pas joué des guillemets, j'ai souvent résumé des notations du poète trop diffuses pour être insérées telles quelles. Les phrases de mon cru ne sont tout au plus qu'un faufil : encore ai-je tenté de leur imprimer quelque chose de son rythme à lui. Je vois, certes, les défauts d'un procédé qui concentre en un jour des sentiments et des sensations étalés en réalité sur des années de vie. Mais, précisément, ces sentiments, ces émotions, sont trop constants dans ce qui nous reste des écrits d'Octave, pour n'avoir pas sans cesse obsédé cet homme presque maladivement réfléchi. Un seul détail est décidément inventé : rien n'indique que le poète, ce 23 octobre 1875, fit à cheval la route d'Acoz à La Pasture. Mais il a à son crédit d'autres chevauchées plus longues. S'il fit ce jour-là ce trajet dans sa voiture, comme ce fut le cas dans les deux occasions suivantes, ses méditations en cours de route n'en ont pas été changées.

Je me rends compte de l'étrangeté de cette entreprise

quasi nécromantique. C'est moins le spectre d'Octave que j'évoque à près d'un siècle de distance qu'Octave lui-même, qui, un certain 23 octobre 1875, va et vient accompagné sans le savoir par une « petite-nièce » qui ne naîtra que vingt ans après sa mort à lui, mais qui, en ce jour où elle a rétrospectivement choisi de le hanter, a environ l'âge qu'avait alors Madame Irénée. Tels sont les jeux de miroirs du temps.

J'ai mis longtemps, je l'avoue, à m'intéresser au pâle « oncle Octave ». D'une première visite à Acoz, je n'ai que ces souvenirs instillés en nous après coup par les adultes, et qui brouillent toutes les traces quand nous nous efforçons ensuite de revenir à notre véritable mémoire enfantine. Mon père n'avait gardé dans sa bibliothèque aucun des ouvrages de ce parent de Fernande : leur style gris et leur rhétorique solennelle l'avaient très probablement agacé. Dans sa bouche, les quelques propos tenus sur le poète par ma mère, qui dans son enfance avait beaucoup aimé « l'oncle Octave », se réduisaient à fort peu de chose. Ce qui le frappait le plus dans l'histoire des deux frères, c'étaient les litotes qui avaient entouré la mort de Rémo. Elles l'indignaient. Elles avaient aussi, à ce qu'il paraît, indigné Fernande. Cette exaspération en présence des convenances d'un temps et d'un milieu n'était pas particulière à ces demi-rebelles que furent mon père et ma mère. Après bien des années, un lot de livres à belles reliures que m'avait légué l'oncle Théobald est arrivé jusqu'à moi : l'un d'eux, un tout petit volume à dos de maroquin, contenait deux obscurs essais publiés en 1897 sur Octave Pirmez ; je reviendrai sur l'un de ces deux essais. Le second mentionnait la mort acci-

dentelle de Rémo. Théobald avait raturé l'adjectif et
mis en marge un point d'exclamation.

Au cours de mon séjour en Belgique de 1929, je
rendis visite à Acoz au baron et à la baronne P. (la
famille entre temps avait acquis un titre), petit-neveu
et petite-nièce du poète. Leur fils et belle-fille, Hermann et Émilie, jeunes, vigoureux, beaux, très à l'aise
dans la vie, les aidaient à faire les honneurs de la vieille
maison. Des enfants occupaient la chambre d'enfants ;
d'autres, fort nombreux, suivirent. Je revis le salon aux
somptueuses tapisseries mythologiques du XVIIᵉ siècle
où Octave lisait à sa mère la *Vie de Rancé*. Son portrait
assez fade par un peintre académique de l'époque, Van
Lérius, offrait un visage qu'on eût pu avec un peu de
bonne volonté qualifier d'angélique, sans la fine moustache et la minuscule mouche sous la lèvre inférieure
qui rappelaient qu'on était en face d'un dandy des
années 60 ; la main était d'une blancheur à la Van
Dyck. J'aperçus aussi la chapelle. Je ne vis pas la
chambre pieusement remise par Octave dans l'état où
elle était quand son frère la quitta, six ans avant sa
mort, pour n'y jamais revenir. Le survivant y avait
rassemblé les portraits et les manuscrits du défunt, les
gravures et croquis rapportés de ses voyages, l'harmo-
nium qui l'avait suivi dans toutes ses résidences, et le
télescope qu'il braquait sur le ciel par les soirs d'été.
En un savant désordre, il avait replacé sur la table de
travail ramenée de Liège les derniers livres feuilletés
par Rémo, posé sur la cheminée la boîte à musique
immobilisée aux dernières notes de l'air maléfique,
arrêté l'horloge à l'heure du départ... Étrange musée...
Sans doute y mit-il aussi sous vitrine les condoléances

qu'Hugo et Michelet avaient envoyées à la famille après « *l'accident fatal* », hommage des maîtres à un jeune homme qui avait admiré leurs œuvres. Mais un demi-siècle et une guerre excusent bien des changements et bien des oublis. Si elle existait encore, personne ne mentionna cette trappe à fantômes.

La journée n'était d'ailleurs pas à la littérature. Le prince de L. venait déjeuner et participer à un tir aux pigeons. Celui-ci eut lieu dans une sorte de pavillon en plein parc. Si mes souvenirs sont exacts, et si je ne le confonds pas avec d'autres voisins de campagne, le prince, assez court, assez trapu, avait cette finesse un peu rustique qui est commune à beaucoup de princes. J'assistai, pour la seule fois de ma vie, à cette cérémonie sportive. Les beaux oiseaux aux tons de soie moirée et d'ardoise, sortis un à un d'un panier, étaient insérés par un garde dans une boîte de bois blanc ; l'invité armait son fusil ; l'oiseau, se croyant libre, prenait son vol dans un grand battement de joie ; le coup de feu le rabattait immédiatement, mort, pesant comme une pierre, ou au contraire palpitant, se débattant un long instant sur le sol jusqu'à ce que le garde l'achevât dextrement pendant qu'on recommençait.

Le lendemain, j'étais à Thuin chez Paul G., fils de la petite Louise qu'Octave vit tout en deuil dans le salon de La Pasture, et marié à une petite-fille du « *gros colibri* ». Leur maison tendue de cretonne avait le charme prenant d'une vieille demeure de province : c'était, je crois, la maison natale de Louis Troye. Un album de portraits de famille reposait sur un guéridon ; deux ou trois feuillets en étaient consacrés à « l'oncle Octave ». Octave écrivant, éclairé par deux cierges, qu'il allumait parfois, dit-on , en plein jour, fermant les volets sur le monde extérieur ; Octave un loup sur le visage et l'échangeant pour un autre masque ; Octave et une tête de mort ; Octave tenant une brassée de fleurs comme il en apportait sans doute, la veille de la Pentecôte, au reliquaire de Sainte Rolende ; Octave et son sanglier apprivoisé. Ces poétiques photographies me firent, bien entendu, rêver. Je demandai à Paul si sa bibliothèque contenait les livres de notre « grand-oncle ». Il ne trouva que le premier, *Feuillées,* et me le tendit ainsi que le recueil de bonnes morts compilées par la tante Irénée.

J'ai montré un biais contre mon arrière-grand-tante. Irénée Drion me semble avoir appartenu au groupe des mères parfaites et abusives qui abondaient à l'époque et pesèrent comme des incubes sur la destinée de leurs fils. En 1929, je ne savais rien d'elle, mais l'absence d'esprit critique dont témoignait son ouvrage et sa platitude édifiante m'atterrèrent. Rien n'y manquait, pas même, si je ne me trompe, l'impie Voltaire dévorant ses excréments ; il faut avoir feuilleté ce genre d'ouvrages pour s'expliquer l'anticléricalisme virulent des radicaux de notre enfance, et même ce piteux Musée de l'Athéisme à Léningrad, qui en prend la suite. Et, néanmoins, je n'étais pas tout à fait sans respect pour cette compilation de ma grand-tante. Cette dame en crinoline avait essayé de regarder en face la suprême réalité : elle s'était munie d'exemples pour le grand passage. Mais cette préoccupation était moins rare de son temps que du nôtre. De saintes personnes

qu'eût suffoquées le moindre mot jugé indécent échan-
geaient volontiers, au salon, des détails hideux ou sales
concernant des agonies. Nous avons changé tout cela :
nos amours sont publiques ; nos morts sont comme
escamotées. Il n'y a guère à choisir entre ces deux
formes de pudibonderie.

Le livre du fils d'Irénée me tomba des mains dès les
premières pages. Son contenu, composé de « pensées », forme qu'il affectionna toujours et qui convient
mal à son manque de tranchant, m'affligea presque
autant que les pieux lieux communs de sa mère. Après
une première jeunesse presque aussi ardemment vouée
aux classiques que celle de « l'oncle Octave », je venais
de découvrir d'un seul coup mes contemporains : *A la
recherche du Temps Perdu*, *Les Caves du Vatican*, *Les
Élégies de Duino*, *La Montagne Magique*. Comparées à
ces trésors pour moi tout neufs, les productions du
solitaire d'Acoz semblaient singulièrement pâles. Il est
probable que si Paul G. m'avait prêté ce soir-là *Rémo,
souvenir d'un frère,* le style désuet ne m'eût pas
empêchée d'être émue par ce bref ouvrage, qui, pour
un lecteur qui sait lire, saigne littéralement à chaque
page. S'il m'avait tendu les *Lettres à José,* et que j'y
fusse tombée sur d'assez poignants souvenirs d'adolescence confiés par Octave vieillissant à son ami moins
âgé, je me serais sans doute aperçue que cette détresse
de l'enfant mis brusquement en présence de la routine
du collège et de la brutalité de ses condisciples, ces
médiocres études, cette fuite dans la musique qui était
en ce temps-là le grand refuge d'Octave, cette santé
altérée qui décide finalement la famille à rendre le
jeune garçon à sa chère solitude, tout cela ressemblait
trait pour trait à l'histoire d'un jeune aristocrate

autrichien, telle que je l'avais racontée un an plus tôt dans *Alexis*. J'aurais peut-être aussi perçu d'autres rapports, plus intimes, entre Octave et l'étudiant de Presbourg. La pauvreté toutefois, si déterminante pour Alexis, n'entrait pas en ligne de compte pour le jeune Belge dont la mère avait hérité d'un charbonnage. Il est heureux pour moi que ces deux volumes n'aient pas figuré dans la bibliothèque de Paul G., ou du moins qu'il ne les y ait pas trouvés ce soir-là. Il ne faut pas s'encombrer trop tôt des fantômes de la famille.

J'en restai là pour quarante ans. Je n'inclus pas, en effet, dans ma quête d'Octave, une visite que je fis à Acoz en 1956. Il y fut à peine question du poète. Sa petite-nièce, Émilie P., m'y reçut avec deux de ses enfants. Son mari et son fils aîné avaient été fusillés à Dachau. Ces faits déjà vieux étaient nouveaux pour moi qui ne les apprenais qu'à retardement. Une veuve accompagnée d'un fils et d'une fille d'une vingtaine d'années, dans une ancienne demeure envahie par un crépuscule de novembre, entrent de droit dans le domaine de la poésie. Octave et Rémo, qui avaient lu ensemble *Les Suppliantes* d'Euripide, Rémo surtout, que ces plaintes des femmes troyennes avaient confirmé dans son propre pacifisme, auraient pensé à Andromaque se remémorant ses morts. Je songeais aussi aux pigeons tués en plein vol.

L'an dernier seulement, travaillant déjà depuis quelques mois au présent ouvrage, je me remis sérieusement à la recherche du pâle fantôme. Deux des cinq ouvrages d'Octave, mais pour mon projet les moins essentiels, étaient jusque là tombés dans mes mains. Je dus à la générosité d'un ami belge les volumes non coupés d'une édition posthume publiée en 1900 « *d'après le vœu de l'auteur, par la Librairie Académique Perrin, à Paris, et par Jacques Godenne, éditeur, à Namur* ». Ils avaient été offerts au père du donateur, alors étudiant à l'Université de Louvain, par la châtelaine d'Acoz de ces années-là, pour le remercier d'avoir aidé un jeune Pirmez, en qui ne revivait pas l'amour d'Octave pour la littérature, à passer ses examens. (A rapprocher les dates, il ne semble pas qu'il s'agît de cet Hermann promis aux balles allemandes.) Que je parvienne ou non à conjurer « l'oncle Octave » hors de ces volumes aux feuillets quelque peu jaunis, j'espère, au moins pour quelque temps, le sortir de cette indifférence polie qui entoure, et jusqu'à un certain point protège, dans les cimetières des bibliothèques, les écrivains distingués qu'on n'a jamais beaucoup lus.

Le style d'Octave Pirmez pourrait servir à exemplifier la distance souvent énorme entre la culture d'un homme et son écriture. Lettré comme on ne l'est plus, et comme on ne l'était que rarement de son temps, Octave sort d'un milieu, sinon littéraire (Madame Irénée sur ce point semble avoir été une exception), du moins mélomane, et doué de cette pointe d'esprit scientifique assez fréquente, une génération plus tôt, dans les familles du XVIIIᵉ siècle. Benjamin Pirmez se reposait des abois de sa meute en donnant avec son frère Henri, son frère Victor et sa sœur Hyacinthe, de petits concerts de musique de chambre. L'oncle Léonard avait écrit un traité d'astronomie, léguant peut-être à Rémo son télescope et son goût des astres ; la tante Hyacinthe fit lire à Octave la *Bhagavad Gita*. L'ample culture gréco-latine des deux frères semble à première vue un phénomène banal pour l'époque : en fait, elle fut toujours rare en pays de langue française, hors du groupe des spécialistes et des professeurs, chez qui elle prend d'habitude des aspects plus étroitement philologiques et scolaires. C'est en Allemagne, c'est en Angleterre surtout qu'on voit des jeunes hommes

occuper leurs loisirs à lire, sous les arbres d'un parc,
Hésiode et Théocrite. Le premier ouvrage d'Octave a
pour épigraphe un texte en grec de Marc Aurèle, dont
les *Pensées* resteront toujours pour lui un tonique
spirituel avec les *Confessions* de Saint Augustin et
L'Imitation. En langue italienne, il est encore de la
génération qui a appris à goûter Pétrarque, et déjà de
celle qui connaît et admire Jacopone di Todi. Parmi les
maîtres français, il revient sans cesse à Montaigne et
pratique Saint-Simon. Pas de guides plus virils, ni
mieux faits pour enseigner à un écrivain l'art d'écrire.
Mais il semble qu'il en soit des grands classiques
comme de certains aliments particulièrement nutritifs,
qui ne peuvent guère être digérés que mêlés à d'autres
nourritures, plus aisément assimilables, qui les diluent
et les édulcorent. L'œuvre d'Octave abonde en molles
amplifications à la Télémaque et en rêveries chateau-
brianesques. Tout jeune, il a vu dans René son dieu et
son double, et ces grandes draperies engoncent jusqu'au bout sa personnalité véritable. L'imitation de
Rimbaud nous a valu de la même façon, au XXe siècle,
toute une série débraillée d'Arthurs.

Pas plus que l'admiration pour les héros de Plutarque n'aida Octave à regarder en face le suicide, ni que
la fréquentation des poètes antiques ne l'a débarrassé
de certaines pudeurs quasi victoriennes dans l'expression de l'amour, la pratique des maîtres d'autrefois ne
l'a inoculé contre l'influence de ces trois femmes de
lettres sentimentalement chrétiennes, Madame de Gas-
parin, Madame Swetchine, et Eugénie de Guérin sans
cesse présente auprès de Maurice comme Irénée auprès
de son fils. Ces dames ont été trop lues à haute voix
dans le salon d'Acoz, conjointement avec d'éloquents

défenseurs des bons principes, Montalembert entre autres, d'autant plus apprécié qu'il avait épousé une Mérode, et Monseigneur Dupanloup, « *l'illustre évêque d'Orléans* », comme l'appelle Octave, à qui Proust reproche d'avoir fait parler mauvais français à toute une génération de jeunes nobles. Ces bons auteurs sont responsables pour cette langue d'une correction étriquée, souvent faible et floue, et pour ce style d'une noblesse d'âme apprêtée qui font tomber à plat, en dépit de leur évidente sincérité, tant de passages d'Octave Pirmez. Et, certes, nous n'en sommes plus à croire, comme Gide, que c'est avec de bons sentiments qu'on fait de la mauvaise littérature ; nous savons qu'on en fabrique tout autant avec de mauvais, et que le faux ne règne pas moins dans l'Enfer qu'au Ciel. Reste néanmoins que son style, déjà légèrement périmé à l'époque où Octave l'employait, n'est pas dû comme on pourrait le croire à sa double qualité de provincial et de Belge. Ce même français amorphe et solennel passait pour distingué dans les salons parisiens corrects et quelque peu doctrinaires : autour de Madame Dambreuse et de la Marquise de Villeparisis, on n'a ni parlé ni écrit autrement.

Si, au lieu de rapporter d'Italie et d'Allemagne ses *Jours de Solitude,* récits de voyages contrastés par des descriptions du pays natal, Octave Pirmez nous avait laissé sur le même sujet une série de toiles trempées de langueur et de mélancolie romantique, nous saurions y goûter ici un rappel de Piranèse, là des perspectives à la Salvator Rosa, un peu partout le charme attendrissant d'un chromo ou la désarmante solennité d'un Prix de Rome. C'est que l'amateur d'art de nos jours se rebute moins vite en présence d'un tableau sorti de la mode

que le lecteur moderne devant un bouquin suranné. Et
certes, dans *Heures de Philosophie,* le plus ambitieux
des ouvrages d'Octave, l'insupportable bourdonne-
ment des lieux communs détourne bientôt notre attention des quelques fleurs grêles et pures d'une pensée,
et surtout d'une sensibilité, moins banales qu'on
n'avait cru. Même dans l'émouvant *Rémo,* trop de
« *fraternels dévouements* », de « *jeunesses studieuses* », de
« *douloureux devoirs* » et d' « *affections fidèles* » nous
font trébucher dès la première page, nous empêchant
de voir à quel point Octave a réussi dans son entreprise, qui était de donner à la fois de son frère un
portrait ressemblant et une tragique oraison funèbre.
Un anthologiste d'un brutal courage, qui traiterait
Octave Pirmez comme en pratique nous traitons
Virgile (dont les plus lettrés d'entre nous ne connaissent guère qu'une trentaine de pages), détachant une
phrase ici, une ligne là, plus loin un fragment de
chapitre, ou au contraire quelques mots isolés brillant
du fait même de leur cassure, obtiendrait un mince
cahier qui, comme l'auteur l'espérait lui-même, pourrait se glisser dans quelque coin de bibliothèque entre
Guérin et Sénancour. Une âme parfois admirable s'y
trouverait lavée de tout ce qui n'est pas l'essentiel.

Les manuels de littérature se contentent de mentionner avec déférence ce Pirmez qui fut, chronologique-
ment, le premier essayiste de la Belgique du XIXe siècle,
ce qui est déjà quelque chose. On a fait remarquer
qu'avant lui, pour trouver dans la même région un
prosateur quelque peu représentatif, il faut remonter
par delà deux révolutions jusqu'au Prince de Ligne,
dans ce monde tout différent qu'est l'Europe du

XVIIIᵉ siècle. Après lui, quelque chose de ses cadences mélancoliques et de sa rêverie méditative passe à Maurice Maeterlinck, avec certains des mêmes défauts, mais aussi avec des pouvoirs que « le solitaire d'Acoz » n'avait pas. *La Sagesse et la Destinée*, le plus beau des essais de Maeterlinck, prolonge, que son auteur l'ait voulu ou non, *Heures de Philosophie*. Même dans l'ordre du frisson poétique et mystique, le Flamand qui réinventa *Sœur Béatrice* n'est pas si loin du Wallon qu'émouvaient les pieuses amours de Sainte Rolende.

Si la philosophie, comme le veulent ses spécialistes, consiste à élaborer des systèmes ou à clarifier des concepts, Octave Pirmez n'est à aucun degré philosophe. Lui-même, devançant certaines données courantes de nos jours, s'est d'ailleurs aperçu que la métaphysique est avant tout une sémantique. Si, au contraire, la philosophie est principalement lente percée par delà les notions habituelles que nous entretenons sur les choses, patient cheminement intérieur vers un but situé à une distance qu'on sait être infinie, Octave a quelque droit au titre de philosophe. De minces indices montrent qu'il avait fini par s'inventer une méthode. Il énumère, sans d'ailleurs prétendre les posséder, les éléments de base de la vie contemplative : la douceur, la tranquillité, la pureté, la force... Il est intéressant de le voir, mystique qui n'ose pas dire son nom, toucher sans vocabulaire adéquat aux grands thèmes de l'origine de l'âme, de l'unité des êtres, du destin (« *Notre vie n'est qu'une longue perspective en losange. Les lignes de la figure géométrique s'écartent jusqu'à l'âge mûr, puis se resserrent insensiblement jusqu'à l'agonie, qui est au bout, et nous étrangle...* »), essayer

timidement d'explorer les corridors du rêve, tenter
d'assister aux germinations de la pensée elle-même,
sortir du temps (« *Le présent n'existe pas. Il n'y a que
l'écoulement de l'avenir dans le passé...* »), définir de son
mieux le rapport des idées latentes avec la réalité
extérieure (« *Notre esprit est comme un être femelle qui ne
conçoit que dans les instants où il est fécondé par les
sensations* »), entrevoir enfin un état pas si éloigné de
celui de ces sages de l'Inde auxquels s'intéressait son
jeune frère : « *Le regard fixé sur un point de l'espace,
insensible aux formes avoisinantes... Merveilleux miroir
que cet homme en qui se reflètent le passager et l'éternel, le
changeant et l'immuable... Immobile d'attitude, il est
enivré de la sève originelle ; paraissant le plus mort, il est
le plus vivant des êtres, vivant de la vie sublimée... L'objet
qu'il contemple s'élargit sous son regard, devient démesuré,
résume l'être, et cette immensité qu'il rêve diminue jusqu'à
se condenser dans le point contemplé. Il a grandi son cœur
jusqu'à engloutir le monde et à posséder Dieu.* »

Ce qu'il cherche, peut-être à son insu, c'est une
morphologie mystique. L'adolescent qui, à seize ans,
mené pour la première fois par ses parents sur une
plage de la Mer du Nord, s'avançait sur la jetée, les
yeux fermés, éliminant la vue des vagues pour mieux
entendre leurs bruits variés, comme on distingue au
concert les divers instruments d'un orchestre, tâchant
de décider à quelles formes ces hurlements et ces
tumultes pourraient idéalement correspondre, avait en
soi du voyant. Il lui arrive, tout comme à un orphique
ou un cathare, de parler « *des âmes, peut-être germées
ailleurs, emprisonnées dans les formes bizarres de la
matière* ». Plus loin, il note que « *toutes nos pensées
trouvent leur expression dans les formes de la terre* », et

médite sur les analogies animales de la physionomie humaine ; son allusion à Lavater est d'un homme qui a pensé dans ces domaines aussi bien que rêvé. Les marches par champs et par bois, la compagnie, non seulement de ses chiens, mais de renardeaux et d'un sanglier apprivoisé, le spectacle des saisons plus inextricablement emmêlées les unes aux autres que ne le croit l'homme des villes, le printemps déjà senti au cœur de l'hiver, l'hiver sournoisement caché sous l'été, l'ont peu à peu aidé à progresser dans cette syntaxe des formes, ces « *phrases d'un discours éternel* ». En défendant le génie visionnaire d'Hugo contre les attaques philistines, Octave, bien entendu, plaide pour soi : sa longue description d'un aquarium rappelle tels vers des *Contemplations* où la hideur des animaux de l'abîme est sentie comme le symbole et le résidu du mal humain. Certains traits, qui sont d'un naturaliste, donnent du poids à ce développement parfois facile. Sa méditation sur la férocité des plantes carnivores l'incline ailleurs vers l'éternelle solution manichéenne : « *Puisque la nature est rusée, machinante, calculatrice, n'y verrons-nous pas l'esprit du mal ?... C'est par cette pensée que je descendis ce soir dans un abîme de réflexions où je me garde de vous entraîner avec moi. Qu'il me suffise de vous l'avoir fait apercevoir.* » Sa passion pour les bêtes est en partie intellectuelle, née du goût d'observer des formes de la vie différentes des nôtres, dont la contemplation nous permet d'échapper au seul conditionnement humain. « *Chaque animal semble une vie emprisonnée dans une forme. L'âme captive vient regarder le jour aux deux lucarnes percées par la nature au sommet de sa prison.* » Cette sympathie s'étend au monde tellurique des reptiles. Retenu à la chambre par une entorse qu'il s'est donnée en voulant prouver son agilité à un enfant qui l'accompagnait (il aura jusqu'au bout de ces coquetteries), il se distrait à jouer avec des serpents. « *Ce sont les mêmes que je prenais autrefois dans la forêt de Fontainebleau avec un vieux chasseur de vipères. Je les laisse ramper sur ma table, s'entortiller à la corbeille de fruits, y dresser leurs têtes rusées, en dardant, comme de petites flammes noires, leurs langues fourchues. Je m'intéresse à tous ces mouvements d'une prudence si gracieuse. Je les regardais s'enrouler aux meubles, et y former des ornements qui inspireraient un sculpteur.* »

Il est curieux de voir l'amateur de sangliers et de serpents, qui se sentait « *de la grande famille de tous les êtres vivants* », combattre acrimonieusement le darwinisme et s'offusquer à l'idée de descendre des primates. Il acceptait la notion d'une échelle conduisant par degrés de la nuit animale à ce qu'il suppose le plein jour de l'homme, mais le positivisme triomphant des darwinistes blessait à la fois son humanisme et son christianisme. Nous oublions trop que la théorie évolutionniste a vite passé du plan de l'hypothèse scientifique à celui de l'argumentation qui oppose Monsieur Homais au curé Bournaisien. A ce niveau, montrer dans l'homme le descendant des espèces animales a été, en effet, une position antispiritualiste, tendant à ravaler l'homme plutôt qu'à mettre en évidence une mystique chaîne des créatures, dont les darwinistes du Café du Commerce, et même ceux des laboratoires, se souciaient fort peu. Octave Pirmez n'a pu prévoir Teilhard de Chardin, ni le moment où les esprits les plus avancés à l'intérieur de l'Église se rallieraient à la thèse évolutionniste au moment où celle-ci cesserait d'être pour la science un dogme monolithique.

Cet homme si sensible à la majestueuse durée des grands objets naturels fronce le sourcil devant les trouvailles des géologues et des paléontologues, parce que celles-ci contredisent la chronologie biblique. Mais si tant de bons esprits, parmi lesquels somme toute il se range, se sont contentés pendant des générations, en dépit de toutes les évidences du sens commun, des maigres six mille ans du passé judéo-chrétien, c'est sans doute parce que ces six mille ans, qui correspondent en gros aux données de la mémoire humaine, semblent constituer pour la plupart des hommes la limite extrême de la prise de conscience. Ces milliers de siècles du drame géologique ne représentent rien pour Octave Pirmez, pas plus que les années-lumière ne signifient quelque chose pour les lecteurs des grands journaux d'aujourd'hui, s'imaginant sur le point de débarquer dans l'étoile Alpha du Centaure. Les cent vingt générations qui, à en croire Octave, le séparaient d'Adam, suffisaient déjà à le plonger dans un vertigineux abîme. Il n'y en a pas moins là un dangereux coin d'ignorance, ou plutôt d'obscurantisme. Cet Octave ému par la grandiose mécanique céleste, à qui il arrivait de se rappeler que, pendant les quelques pas faits par lui de sa fenêtre à sa table de travail, la terre avait avancé sur son orbite de plus d'un millier de lieues, ne se rendait pas compte qu'au XVIᵉ siècle il eût été contre Copernic, comme au XIXᵉ siècle il était contre Lamarck et Darwin.

L'ardent Rémo a lui aussi ses tics et ses préjugés d'époque. Son positivisme, auquel il est parvenu par la

plus épuisante des ascèses mentales, a toute la roideur
d'un dogme. Durant son voyage aux embouchures du
Danube, ayant rencontré un soir une bande de tziga-
nes, il arrache sa main à la vieille femme qui s'approche
pour lire son avenir, indigné comme s'il s'était agi
d'une sollicitation obscène, et murmure quelque chose
au sujet « *des superstitions qui ont tant abusé de la
crédulité des esprits pusillanimes* ». L'idée ne lui vient
pas d'essayer de voir si un mince filet de vérité se mêle
ou non aux lieux communs professionnels de la
prophétesse : l'ère des recherches parapsychologiques,
beau nom qui permet d'étudier ce qu'on rejetait hier
sans examen dans le bric-à-brac magique, n'a pas
encore commencé. L'admirable jeune homme souffre
surtout du défaut qui, depuis deux siècles, caractérise
la pensée de gauche : son optimisme. Comme Michelet
et Hugo, ses idoles, il croit l'homme bon, non seulement dans sa forme mythique et originelle, mais encore
aujourd'hui, et dans la rue. Il accepte tels quels les
postulats favoris des esprits avancés de son temps.
Qu'importe que l'industrie dévore les bois et les
campagnes d'Acoz, si chers à son frère, si elle met fin
au problème du paupérisme ? Il croit, et s'en déses-
père, qu'il faudra des siècles pour libérer les Noirs de
l'Afrique ; au contraire, l'esclavage américain lui paraît
définitivement aboli par Lincoln ; il n'imagine même
pas que l'humiliation des gens de couleur puisse se
perpétuer sous d'autres noms et sous d'autres formes.

Plus près de lui, les hommes du peuple prennent
sous sa plume des aspects de chromo. « *Viens avec moi,*
dit-il à Paris à son frère aîné, *entrons dans cette taverne
de pauvre apparence, rendez-vous des ouvriers. Écoute
comme ils se parlent de confiance, ces compagnons, comme*

ils s'entreserrent leurs mains noires et rudes. Ils sont l'âme même de l'humanité... Peux-tu croire que ces hommes laborieux veuillent jamais le mal ?

— *Oui, hélas, par ignorance*, murmure timidement Octave.

— *Alors, cette ignorance, il faut la combattre... Ces âmes généreuses, il faut les armer d'un front réfléchi... Elles doivent savoir se passer de l'appui des puissants, et, fortifiées par l'instruction, trouver secours en elles-mêmes. »*

Cette rhétorique démagogique ne vaut pas mieux que l'éloquence doctrinaire d'Octave. Rémo ne sent pas qu'une partie de la passion qui l'entraîne vers le peuple tient à l'immense besoin de camaraderie d'un adolescent trop bridé dans ses fréquentations, et qui idéalise de loin « les classes inférieures ». Ces ouvriers, aussi conventionnels que les pêcheurs de Capri d'Octave, sont des personnages de légende, au même titre que les guerriers des ballades slaves et les partisans de Kolotronis, si admirés des deux frères, qui mouraient en se disant adieu avec des baisers. Sans le savoir, Octave et Rémo aspirent à un monde de simplicité héroïque et d'énergie virile différent du milieu bourgeois où ils ont grandi. Et le jeune enthousiaste n'a pas tort : l'ignorance est au fond de toutes nos erreurs et la connaissance en est la guérison, mais il s'agit d'une ignorance plus redoutable qu'un quelconque analphabétisme, et que n'élimine pas d'un seul coup l'école primaire. Rémo a été déchiré, comme par des tenailles, par le dilemme que posaient pour lui la bonté de l'homme, en laquelle il croyait, et l'imperfection des sociétés humaines, tout comme tant de chrétiens par

celui de l'existence du mal et de la toute-puissance de
Dieu. Ulcéré par le présent, il a besoin de croire en
l'imminence de l'Age d'Or : « *Espérer que le temps
approche où, par l'instruction de plus en plus répandue, les
triomphes de la force et de l'astuce seront rendus impossibles, telle est ma joie.* » Ce gauche élan de confiance se
situe deux ou trois ans avant Sadowa et Sedan,
cinquante ans avant les tranchées de 1914 (et le village
d'Acoz sera incendié, le curé et trois des habitants
fusillés), un peu moins de trois quarts de siècle avant
les camps concentrationnaires (et Hermann et son fils
tomberont sous les balles nazies), la bombe d'Hiro-
shima et les forêts défoliées. Mais l'écolier des philosophes posait d'ailleurs exactement le problème : il
croirait à ce bonheur futur de l'humanité s'il ne la
savait pétrie de vices et de vertus, « *si, niant le libre
arbitre, j'étais assuré de la fatalité du bien* ».

Octave Pirmez a noté quelque part qu'on passe de
l'amour du beau à l'amour du vrai, et de l'amour du
vrai à l'amour du juste, plutôt qu'on ne suit la marche
inverse. Il pensait sans doute à son frère, mais lui-
même a subi une évolution qui le débarrassa en partie
de son esthétisme romantique, qui fait de lui trop
souvent, il faut l'avouer, pour un lecteur imprégné de
Proust, une sorte de pendant au languide Legrandin de
Méséglise. Ni lutteur, ni réformateur, privilégié d'un
système dont il voyait les côtés odieux, c'était déjà
beaucoup pour lui de percevoir le drame de la misère
ouvrière et paysanne, que tant de gens de son milieu
niaient, et sur laquelle presque tous fermaient les yeux.
Sur la fin de sa vie, dit-on, il se ruinait en aumônes,
seule forme de secours qu'il fût en mesure de porter.

Encore faudrait-il être plus renseignés que nous ne le sommes pour savoir ce que vaut cette affirmation, que trop souvent les familles ou l'entourage font légèrement, ou au contraire pour des raisons bien à eux. Ses réflexions sur le fonctionnement de ce qu'on appelle la Justice sont audacieuses, si l'on tient compte de l'orthodoxie de son milieu en matière de défense de l'ordre social. « *Dans la monstruosité du crime*, écrit-il, dostoïevskien sans le savoir, *on devrait parfois trouver des circonstances atténuantes.* » Il y avait là évidemment autre chose et plus que l'effet de ses quelques séances de juré au tribunal de Mons. « *Songer qu'on est soi-même un amas indéchiffrable de vertus et de vices, si étroitement liés les uns aux autres, par une loi secrète, que les vertus tendent à dégénérer en vices et que les vices se transforment en vertus.* » Il a fait sur soi-même ce constat éminemment chrétien : « *Tout homme est couvert de taches de nuit.* » Nous touchons déjà au « *Ne jugez pas* » d'André Gide.

Il y avait du mérite à parler de la précarité de la civilisation elle-même, à une époque où les élites se gorgeaient de progrès matériel (et non moins des profits que leur apportait celui-ci), et se berçaient de l'illusion d'un progrès moral. « *Celui qui embrasserait d'un seul regard tous les peuples qui couvrent la terre serait épouvanté de la sauvagerie des hommes. La civilisation n'est réalisée que sur des points, et, dès qu'elle semble arrivée à son apogée, une convulsion l'anéantit.* » Lui aussi, pourtant, comme naguère Rémo, essaie d'espérer tout au moins en « *un accroissement insensible de clarté* ». Mais la réalité présente et immédiatement future contredit ces rêves. Vers 1880, il décrit à José une promenade qu'il vient de faire sur une des collines rhénanes :

> « *La vue plonge dans les plaines fertiles du Rhin, çà et là hérissées de montagnes jadis fortifiées. J'ai songé au malheur de ces temps qui obligeaient à construire ces redoutables forteresses que nous n'aimons qu'en ruine. Mais mes sympathies me portent de préférence vers les ruines des monastères... Dans les burgs écroulés, je ne vois que des marques de haine et de violence.*
>
> « *J'en étais là de mes réflexions, quand le bruit cadencé d'un galop de chevaux monta jusqu'au préau. C'était un escadron de hussards prussiens qui traversaient les rues de la ville, le sabre au clair. La barbarie n'est pas morte : elle sommeille, n'attendant que l'heure du réveil. Reparcourant la plaine avant de rentrer à mon hôtel, je me suis trouvé dans le village de Muffendorf formé d'une longue rue étroite, bordée de maisons de terre où des solives noirâtres dessinent leur marqueterie. Rien de plus pauvreteux, de plus sordide, ce qui étonne au milieu d'une contrée florissante.* »

La compassion — mot plus explicite que celui de pitié, puisqu'il souligne le fait de pâtir avec ceux qui pâtissent — n'est pas, comme on le croit trop, une passion faible, ou une passion d'homme faible, qu'on puisse opposer à celle, plus virile, de la justice ; loin de répondre à une conception sentimentale de la vie, cette pitié chauffée à blanc n'entre comme une lame que chez ceux qui, forts ou non, courageux ou non, intelligents ou non (là n'est pas la question), ont reçu l'horrible don de voir face à face le monde tel qu'il est. A partir de cette vision extatique à rebours, on ne parle plus de la beauté qu'avec certaines restrictions. Dès *Jours de Solitude,* un détail poignant surgit çà et là de la rhétorique romantique. On s'attendait à ce que ce jeune homme de vingt-six ans, lecteur passionné de Théocrite et de Virgile, rencontrant des bergers de la Campagne Romaine, y allât d'une idyllique description, d'où tout détail incongru serait éliminé. « *Dans une clairière qui bordait la campagne et qui n'en était séparée que par une haie de viornes, je vis deux agneaux mourants balancés aux branches d'un frêne. Le berger venait de les égorger de son couteau, et, pendant qu'un sang pâle pleuvait sur les mousses, les brebis bêlaient, se pressant tête basse les unes aux autres. Telle fut pour moi la pastorale de la Sabine.* »

Quand Octave quitte l'Italie, rentrant en France par la route des Alpes, il rencontre dans le gel et la neige un petit groupe exténué et transi de piétons en loques, coiffés de chapeaux défoncés. C'étaient d'anciens soldats de Garibaldi quittant leur pays pour chercher au loin un paquebot qui les transporterait en Argentine. « *L'un d'eux, pâle de misère, était monté sur le talus escarpé, et là, transporté par la fièvre du malheur, il chantait d'une voix gutturale : " Dansa, canta, poverello... ". Ses compagnons lui répondaient par un rire désespéré qui s'éteignait dans le bruit du torrent.* » Scène romantique, à la Doré, mais qui conclut le voyage d'Italie sur une autre image que celle des cathédrales, des vignobles, et de ruines au soleil. Durant cette même traversée des Alpes, Octave songe aux bêtes de trait de la diligence : « *Nous nous laissions traîner par quatorze mules courageuses et patientes. Quel étrange spectacle que celui de ces pauvres animaux blancs de givre, secouant leurs grelots dans un désert empli de froidure et éclairé par la lueur mélancolique des astres... Nous étions parvenus au hameau de la Grand'Croix. Désormais à la merci d'un seul cheval dont l'ombre démesurée, reflétée sur les berges, nous accompagnait comme un fantôme de douleur, nous commençâmes à descendre, notre traîneau sifflant et gémissant sur la glace.* » Sous l'apprêt du style, qui est d'époque, la pitié et la douleur brûlent comme la glace elle-même.

La crevasse s'est élargie dans les œuvres suivantes. Et finalement s'allongent et tombent comme une claire goutte d'eau quelques lignes incantatoires, cantique de pitié moins écrit que balbutié : « *Laissez filer le ver à soie. Ne touchez pas à l'œuf de la couveuse... Ne marchez pas sur la glace alors qu'elle est fragile. Ne piétinez pas la jeune pousse. Ne sifflez pas quand les grues émigrantes cherchent une contrée hospitalière. Ne gravez pas votre nom dans la tendre écorce de l'arbre alors que la sève printanière se porte à sa cime. Ne sautez pas sur la barque qui a son fardeau. Laissez la neige couvrir la mousse qui doit reverdir...* » Peu d'années avant sa fin, le poète confiait à José que sa mémoire était criblée des cicatrices de scènes de détresse auxquelles il avait assisté. Cette capacité de souffrir pour autrui, et d'inclure ainsi dans cette catégorie du prochain non seulement l'homme, mais l'immense foule des êtres vivants, est assez rare pour être notée avec respect.

On pourrait s'attendre à ce que la correspondance avec José nous fasse entrer un peu plus avant dans l'intimité du poète, mais ces lettres ont été triées et revues par Octave lui-même, peu avant sa fin, en vue d'une édition posthume qu'il souhaitait laisser derrière lui comme une sorte de bouquet de *vergiss mein nicht*[1] composé pour son ami. Telles qu'elles nous sont parvenues, elles consistent en morceaux littéraires plus ou moins réussis, mais où la touche de vie journalière est réduite au minimum indispensable. Parmi tant de rêveries et de méditations trop souvent livresques, on finit par s'enchanter d'apprendre qu'Octave, voyageant seul en Allemagne, a bu une bouteille de vin du Rhin à la santé de José, ou encore que ce monsieur quadragénaire rêve de faire avec son compagnon une partie de boules de neige. Parfois, un détail d'un réalisme plus poussé nous arrête : dans l'évocation nostalgique d'une belle journée passée avec José au fond des bois d'Acoz, Octave mentionne la curée d'un lièvre par les chiens, et les petits garçons du garde-

1. *Ne m'oubliez pas.*

chasse, mis en joie par l'espoir d'un repas improvisé, faisant cuire ce qui restait de la bête sur un feu de brindilles. Les plaisirs héréditaires prenaient le pas, ce jour-là, sur « *la vie angélique* ».

Sur ce sujet de la chasse, Octave a varié toute sa vie. A vingt ans, agacé par la présence de messieurs invités à une battue, et en particulier d'Arthur de C. de M. arrivé depuis huit jours avec ses domestiques, ses chevaux et ses voitures, le jeune homme annonce qu'il participera à « cette corvée », mais sans fusil. Vieilli, et proposant à José une promenade sylvestre, il parle au contraire de prendre sa carabine, dont il ne se sépare plus, mais stipule qu'on laissera en paix les bêtes, se contentant de cueillir quelques fleurs, bien que ce geste « *puisse sembler également coupable à un sage hindou* ». Il regrette presque « *de plier l'herbe sous ses pas* ». A d'autres moments, il redevenait le rejeton de ce Benjamin Pirmez qui, ne sachant trop qu'écrire à ses fils collégiens, leur apprenait avec fierté qu'il en était déjà à son cinquante-septième lièvre de la saison. Le compagnon du tueur de vipères, le promeneur escorté de son sanglier et de ses six chiens passablement sauvages, le pointer, le griffon, le setter, le berger, le saint-bernard blanc comme neige et le lévrier Schnell, qu'il se plaisait assez, comme on le verra, à laisser molester les inconnus, l'homme qui cassait le bout de l'aile aux grands ducs et aux hiboux qu'il gardait prisonniers, pour les empêcher de reprendre leur vol, n'était pas constamment le doux rêveur qu'a fait de lui sa légende.

Félicien Rops, qui fut un ami de collège, et dont il collectionna les gravures, a écrit quelque part que « *cet abstracteur de quintessence était au fond un joyeux et un vivant* », mais que, soucieux de garder pour ses lecteurs « *l'idéalité d'un masque* », il ne se montrait tel qu'entre intimes. Qu'entendait-il par là ? Faut-il imaginer un Octave débitant des facéties à un dîner d'anciens camarades et les suivant chez les dames, un Octave faisant honneur aux petits restaurants fins de la Grand-Place (« *C'est lorsqu'il se trouve à table que l'homme montre le mieux s'il est le maître ou l'esclave de ses instincts brutaux* »), un Octave lancé dans d'endiablées intrigues, à la Faublas, ou, dans le huis clos de l'atelier de Rops, enveloppé de la fumée d'un cigare, commentant avec verve les *erotica* du graveur ? Rops n'a pas assez compté avec les soudaines gaietés des timides et des mélancoliques, soit qu'ils réagissent contre eux-mêmes, soit qu'ils s'efforcent, comme c'est plus souvent le cas, de donner le change. Il faut aussi songer aux possibilités de défoulement d'un homme sorti du milieu guindé où le maintenait Madame Irénée. L'amateur de masques a pu porter de temps à autre celui du joyeux drille, du roué désinvolte, ou, tout simplement, du bon Belge, faux nez plus factices encore que son loup de jeune prince romantique. Le vrai visage, quel qu'il fût, était sous tout cela.

Les remarques quelque peu acides du libre graveur sont pourtant justifiées par une lettre d'Octave à Félicien Rops, du 20 mars 1874. Félicien s'était mis en tête de publier dans un petit journal parisien certaines de ses propres lettres à Octave, décorées de croquis, et ornées de vignettes de Cupidons. Ces messages, à en croire Octave, étaient « *d'un ton léger et fantaisiste* », et il n'était que trop à craindre qu'on soupçonnât le destinataire d'avoir répondu dans la même clef.

« *Je le sais, tu es bien le maître de publier les pages que tu as écrites à tes amis, et je serais mal avisé de vouloir m'y opposer, puisque tu as le droit, c'est à dire la force, de ton côté. Seulement, je soumets ceci à ton jugement et à ton cœur :*

« *Depuis vingt ans, je travaille patiemment et obstinément à créer une œuvre homogène, élevée, d'un caractère essentiellement sérieux, sacrifiant toutes mes fantaisies spirituelles pour ne laisser survivre de moi que le côté sentimental et philosophique, et, pour ainsi dire, arrangeant chaque jour les plis de mon suaire, de façon à ce que le souffle du temps ne puisse les déranger.*

« *C'est dans ma gravité seule que j'ai voulu paraître.*

« *... J'ai passé avec toi des heures charmantes, pendant lesquelles nous nous livrions à notre expansion naturelle et à mille fantaisies d'imagination... Mais cette vie intime devait-elle se répandre sur une feuille publique et entrer aux cafés et aux tavernes ?... Je t'en prie, remplace mon nom par un pseudonyme.* »

Même tenu compte des convenances de l'époque, cet homme de quarante-deux ans qu'embarrassaient à ce point ses lettres de jeunesse, ou même leur reflet sur un autre, nous oblige à nous ressouvenir de ces « sépulcres blanchis » dont Rémo dénonçait âprement la présence dans ce même milieu. Octave, d'accord avec la famille, avait lissé de son mieux les plis du linceul de Rémo. De son propre aveu, il passa le reste de sa vie à en faire autant pour soi-même. L'œuvre de Rops étant ce qu'elle est, parfois saisissante et sombre, souvent crispée, lubrique et grossière, on comprend que toute publicité faite sur une correspondance entre les deux hommes ait effarouché l'amateur d'idéalisme. On se doute aussi qu'il a pu craindre que cette publication tombât sous les yeux de Madame Irénée, encore que celle-ci ne lût certainement pas avec assiduité *La Vie Parisienne*, ou tout autre journal du même genre où Rops se proposait de publier ces lettres. Où qu'on aille, le mensonge règne. La forme qu'il prend au XXᵉ siècle est surtout celle, brutale, voyante et tapageuse, de l'imposture ; celle du XIXᵉ siècle, plus feutrée, a été l'hypocrisie.

Il existe d'Octave Pirmez un curieux portrait émanant d'un contemporain. Paradoxalement, il provient d'un ingénieur des chemins de fer, homme de science qui avait la littérature comme violon d'Ingres. En 1879, quatre ans avant la mort du poète, le jeune James Vandrunen fut chargé d'étudier sur place un raccord entre deux tronçons de lignes qui aurait pour effet de sectionner le parc d'Acoz. Sans doute inquiet de la manière dont le propriétaire prendrait ce projet, le jeune homme se fit annoncer. Il trouva le maître des lieux dans une cour rectangulaire qui ressemblait à celle d'un jardin zoologique, bordée de cages où grognaient, glapissaient, hululaient tout un choix de ces animaux sauvages qu'Octave gardait près de lui, disait-il, pour lui « *apprendre la fierté* ». Une bande de chiens se précipita sur l'intrus, montrant les dents, et le suave poète n'eut pas un mot pour contenir sa meute. Le jeune James dut la tenir en respect à l'aide d'un pieu ferré que lui passa un cheminot qui l'accompagnait. Un peu secoué, il présenta sa requête qu'Octave écouta distraitement, l'interrompant toutefois pour lui dire que les affaires d'Acoz ne le concernaient pas. James décontenancé repassa la porte de la palissade ornée des lugubres restes d'un hibou qui y avait été cloué. Le maître de maison respectait, on le voit, les bons vieux usages de ses jardiniers.

James revint quelques jours plus tard, et se retrouva en présence du monsieur en veston gris sombre, le feutre sur l'oreille, son inutile fusil en bandoulière et un livre à la main. Il fut cette fois bien reçu, et Octave, parlant avec la faconde d'un homme qui veut s'étourdir, proposa au jeune visiteur de faire le tour du parc. Avec le malaise d'un ingénieur de nos jours en présence de qui on contesterait l'utilité d'une autoroute, James écoute son hôte dénigrer les chemins de fer, et définir l'industrie comme « *un ensemble de bruits et de combinaisons* » dont le seul but est le profit. Il n'obtient rien pour aujourd'hui (le projet triomphera plus tard), mais il a sans savoir comment conquis l'adversaire. Fréquemment, durant ses travaux d'arpentage en rase campagne, il voit arriver l'homme guêtré qui l'entraîne dans de nouvelles promenades, et tantôt fiévreusement se raconte, déballant devant le jeune inconnu ses doutes et ses angoisses métaphysiques, tantôt se tait, livré à une maussaderie brutale. Tous deux sont curieux l'un de l'autre ; tout en marchant, James observe comme à la dérobée ce visage délicat, infantile, « *empreint d'une fatigue douce* », cette bouche « *au sourire un peu souffrant* », d'où sort « *une voix grêle* », note dans sa conversation des impatiences et des emportements rageurs pareils « *à ceux d'une femme devant la résistance d'une serrure* ». Le solitaire d'Acoz de son côté s'intéresse presque avidement à son jeune interlocuteur, s'arrête, le regarde, pose des questions que l'autre juge hors de cause :

— *Vous devez être nerveux ?*

Nerveux, il l'était lui-même, et ses rapports avec son frère trahissent la même fébrilité. Octave avait commencé, comme de juste, par se sentir le protecteur de l'enfant qui ne s'appelait pas encore Rémo. Quand il avait invité le jeune Fernand à faire avec lui son premier voyage, lui demandant où il désirait aller, le petit avait répondu « *Très loin !* ». Il l'avait cette fois-là emmené en Hanovre. Mais, dans tous les domaines, Rémo était allé très loin, et plus loin que son aîné. Avant même ses stages de Weimar et d'Iéna, l'étudiant devenu ange gardien, mettant de côté son propre travail à l'université de Bruxelles, passa de longues semaines à reviser le manuscrit du premier effort littéraire d'Octave, l'obligeant à réduire de moitié les cinq cents pages dans lesquelles celui-ci perdait pied depuis des années. Il y dut de se faire recaler à ses propres examens. Ce garçon de dix-sept ans, par un souci d'impartialité rare à tout âge, n'avait rien fait pour atténuer l'expression d'idées qu'il déplorait chez son frère. (« *Aurais-tu agi de même envers moi ?* » demanda-t-il plus tard avec amertume); il s'effraie seulement de voir l'indécis poète en proie à son caprice. « *Je te conseille de relire en entier le cahier de remarques que j'ai écrit pour toi cet hiver,* lui dira-t-il plus tard. *Tu t'en souviens peut-être encore ? Crois-le bien, fratello mio, ce n'est pas par un sot orgueil que j'évoque ce souvenir. Je désire que notre passé soit utile à ton avenir. Je me croirais assez récompensé de plusieurs années de jeunesse que j'ai sacrifiées tout entières à ta pensée.* » De Grèce, il redit les appréhensions que lui causent les angoisses et les incertitudes littéraires d'Octave, multiplie à son aîné de onze ans les recommandations quasi maternelles (« *Monte moins à cheval, ne chasse pas.* »). Après la mort de Rémo, Octave se souviendra que le jeune homme, lorsqu'ils se promenaient ensemble sur un sentier escarpé ou sur le bord à pic d'une rivière, prenait toujours le côté du vide, craignant une distraction ou un vertige de son compagnon. Il a noté un rêve, plusieurs fois récurrent, où, en proie à un péril mortel, il était sauvé par son jeune frère. « *Mais tu es mort !* » s'écriait le rêveur étonné. — « *Ne me parle pas de moi*, répondait caractéristiquement Rémo. *Je ne sais pas.* »

Il est toujours dangereux d'expliquer la vie d'un homme en fonction du seul épisode qu'il nous en ait raconté. Octave avait vécu vingt-cinq ans avant que Rémo prît précisément cette place dans sa vie. Tel incident dont nous ne savons rien, telle rencontre au cours de ses voyages, ou encore cette passion d'adolescent à laquelle il revient sans cesse, l'ont peut-être plus marqué et meurtri que l'aventure de Rémo. On sent de très bonne heure chez ce lecteur de Théocrite un goût de la beauté adolescente. Tout jeune encore, sur les bords de la Sambre, il avait contemplé les enfants du village pêchant à la ligne ; la grâce des attitudes et des corps demi-nus lui avait fait oublier que ces garçons n'étaient là que « *pour guetter une proie* », et lui avait inspiré « *les mêmes émotions que, plus tard, la frise du Parthénon* ». A vingt ans, dandy plutôt qu'étudiant, il avait rêvé pour son tilbury d'un groom beau comme un page de Pinturicchio ou comme un éphèbe de Praxitèle. A vingt-six ans, il ramenait d'Italie son jeune groom Giovanni, qui lui donna bientôt du fil à retordre ; son fidèle groom Guillaume fut ensuite le compagnon de ses randonnées forestières. Vieilli, il protégea un garçonnet du village, et eut le tort, nous dit-on, « *de s'attacher à certains de ces enfants qui parfois ne le méritaient pas, et de se montrer à leur égard d'une générosité princière* ». Octave, qu'avait ému sur une tombe antique l'épitaphe d'un maître et d'un serviteur enterrés côte à côte, a sûrement goûté la poésie qui se dégage de ces liaisons, supposées inégales, mais le moins qu'on puisse dire est que les vents de l'esprit n'y soufflaient pas.

Ils soufflaient violemment, au contraire, sur son amitié avec le plus jeune de ses deux frères. Après « *l'accident fatal* », il a, il est vrai, décrit lui-même, avec une acuité pour une fois presque proustienne, les premiers effets de l'oubli. Mais cet oubli ne s'étendait qu'aux régions claires de la conscience : la nappe noire continuait d'emplir les cavités plus profondes. Octave nous a dit qu'il aimait son frère dans ses « *amis d'un jour* ». Il semble surtout qu'il ait gardé le besoin de cette affection basée sur une confiance fraternelle ; de ces conversations dans lesquelles deux esprits s'unissent et s'affrontent en une sorte de viril mariage, faisant entrer dans leurs rapports le monde des idées, le monde tout court, et le monde des songes ; de cette situation ambiguë où le protecteur est en même temps le protégé. Même éloigné, même suspect, Rémo soutenait Octave de sa force. José, par la suite, semble avoir été une doublure assez pâle du disparu, sans qu'on puisse d'ailleurs ignorer ce que cette amitié a pu apporter de douceur à un homme fatigué. Dans les promenades décrites plus haut, James Vandrunen posait pour José.

La mort d'Octave Pirmez semble avoir été aussi banale qu'une mort peut l'être. Depuis des mois, il souffrait d'oppressions, de maux de reins, d'œdème des jambes. En février 1883, il fit venir le curé du village pour se confesser à lui, et demanda pardon aux domestiques assemblés des impatiences qu'il avait pu avoir envers eux. Ses jeunes nièces décidèrent de faire une neuvaine à son intention. Un mieux suivit ; en fin avril, il allait assez bien pour faire et recevoir des visites ; il s'attarda un soir à donner des ordres au jardinier. La nuit suivante, les malaises subitement reparurent : « *Je n'y vois plus ; c'est l'agonie. Adieu, Émile ! Pardon, mon Dieu ! Pardon, Maman !* » Il mourait de la mort de l'enfant sage que par certains côtés de son caractère il avait toujours été.

Madame Irénée, qui enregistra ces détails, déplore la perte que fait la Belgique en la personne de cet écrivain « *qui n'avait fait servir son beau talent qu'à la gloire de Dieu* ». Elle signale que les titres des ouvrages de son Octave, sauf *Feuillées* et *Lettres à José*, ont été choisis par elle. Cela met à son compte trois titres qui n'ont pas dû demander un grand effort d'invention, mais

Irénée tenait surtout à prouver qu'elle avait été jusqu'au bout la conseillère de son fils. Elle ne pensait
pas, disait-elle, lui survivre longtemps. Mais on se
trompe toujours sur la mort. Elle survécut longuement, non seulement à Octave, mais à Émile, décédé
l'année suivante, et ensuite à Zoé, sa sœur cadette. La
dernière des demoiselles Drion avait la vie dure. Ma
mère fit encore en 1894 une brève et respectueuse
visite à cette grand-tante si chargée de deuils.

Il ne semblait pas que la fin si discrète d'Octave pût
prêter à des légendes. Elles crûrent pourtant, comme
toujours sur la tombe des poètes. L'une d'elles, qui
s'est glissée dans quelques textes écrits, est d'un
romantisme si éperdu qu'elle prête à sourire : Octave
aurait pris froid en jouant du violon, seul dans les bois,
par une belle nuit de lune. C'est néanmoins la seule qui
repose en partie sur des faits authentiques. Depuis
l'époque où elle le consolait des tristesses du collège, la
musique était restée l'une de ses passions, comme elle
l'avait été pour son frère, et il aimait la mêler aux bruits
et aux odeurs sylvestres. Une de ses lettres mentionne
une sonate de Mendelssohn jouée par lui chaque soir
en pleins bois sur son précieux Guarnérius. Il ajoute
qu'il a depuis longtemps fait une croix sur ce genre de
plaisir. Madame Irénée, toutefois, note qu'elle s'inquiéta, quelques jours avant la mort de son fils, de le
voir s'attarder dehors avec son violon par un humide
soir d'avril. On savait aussi dans le village que le
moindre groupe de musiciens ambulants, le moindre
joueur d'orgue de Barbarie, le moindre petit guitariste
italien égrenant sur la grand-route ses rengaines napoli-
taines, étaient amicalement reçus au château par celui
qu'on appelait encore « *le jeune seigneur* », et qu'il

s'enchantait à les écouter, dissimulés derrière des bosquets. Ces fantaisies à la Beckford où à la Louis II avaient évidemment fait impression.

D'autres bruits, sans fondements ceux-là, faisaient état d'un mauvais coup reçu d'un vagabond ou d'un braconnier. Ils naissaient sans doute des promenades nocturnes du solitaire toujours armé d'une carabine, de ce qu'on savait de ses accueils et de ses charités trop faciles, et surtout de l'immense et presque panique crainte des malfaiteurs sévissant dans toute campagne. Enfin, à voix très basse, on parla d'un accident comparable à celui qui avait naguère emporté Rémo, d'un fusil que le promeneur ne savait pas chargé. Les mensonges pieux qui avaient entouré la mort du jeune frère expliquaient ce foisonnement d'on-dit fantaisistes. Un coin d'imagination poétique s'y glissait, puisque tous s'accordaient pour placer l'incident qui aurait éventuellement causé la mort du poète aux heures de la nuit, dans ces bois qui étaient pour lui un lieu saint, et où il avait çà et là gravé sur les troncs d'arbres ces mots qui étaient évidemment le leitmotiv de ses rêveries forestières : NOX — LUX — PAX — AMOR.

Ce ne sont pas seulement les exactes notations de Madame Irénée, et les lettres du malade lui-même, c'est le tempérament d'Octave qui s'inscrit, s'il en était besoin, contre une tentative de suicide. Le sujet, comme il était naturel, l'a préoccupé. Il a senti que la mort volontaire était pour certains êtres, parmi lesquels assurément il rangeait Rémo, une ardente affirmation de la vie, l'effet d'un trop-plein de forces qui n'était pas dans sa nature à lui. Son christianisme, de plus, rejetait cette porte de sortie. Tout serait donc dit sur la question, si nous ne savions avec quelle facilité

tout homme, fût-il plus ferme que n'était Octave,
commet des actes qu'il réprouve ou que lui interdisent
ses croyances, ou tout au moins les frôle jusqu'au
vertige. L'envie de mourir a pu être une de ses « *taches
de nuit* ». Caractéristiquement, à vingt ans, il avait
regretté de n'en avoir plus douze ; à quarante-quatre
ans, il disait avoir cessé de déplorer la mort de Maurice
de Guérin, dont il admirait passionnément l'œuvre :
« *Il a bien fait de mourir ; il aurait aujourd'hui soixante-
six ans.* » A cinquante ans, il fluctuait, d'après ses
propres dires, entre la peur de la mort et la fatigue
d'exister. Par au moins une partie de soi-même, il
aspirait à sortir du temps, « *mer agitée où flottent les
formes* ». Tout se passe souvent en pareil cas comme si
le corps d'un homme fatigué prenait de soi-même la
décision que l'esprit n'ose prendre. L'acquiescement
se situait pour Octave à ce niveau physiologique, ou
plutôt alchimique, où l'être humain assiste comme du
dehors, et sans bien le comprendre, à un travail de
dissolution qu'il a, sans le savoir, provoqué. Aucun
geste violent, aucune anecdote mélodramatique n'était
nécessaire. « *Cette chose si naturelle, la métamorphose.* »
La mort triomphait sans qu'il fût besoin d'un Guarnérius joué au clair de lune, du coup de poing d'un
rustre, ou d'un fusil distraitement chargé.

Sa vie, qui à première vue nous paraît presque
scandaleusement facile, lui avait sans doute coûté
d'épuisants efforts. Il avait fait aux siens, au milieu
grand-bourgeois et provincial dont il condamnait l'opa-
cité en termes parfois aussi amers que ceux de son
frère, aux bons principes, enfin, auxquels il restait
attaché, des concessions dans les petites choses, dans
les grandes aussi. Sur d'autres points, il avait su

montrer la puissante force d''inertie des faibles. Ses parents, puis sa mère veuve, avaient dû rêver pour lui de succès scolaires et universitaires pour lesquels il n'était pas fait ; on avait dû ensuite faire briller à ses yeux une de ces belles carrières qui étaient de tradition dans la famille (« *Je n'aménagerai point nos terres ; je n'irai siéger nulle part ; je me cramponnerai à ma cime* »). Il en avait été de même du mariage. Ce dandy, qui avouait danser médiocrement et ne pas savoir parler colifichets aux jeunes filles, s'était vu proposer en exemple le cousin Arthur, qui après avoir semblé longtemps rétif aux joies conjugales, avait épousé la cousine Mathilde, charmante jeune personne et bon parti. Plus tard, le mariage d'Émile avec la fille d'un sénateur combla Madame Irénée (« *C'est le plus beau jour de ma vie* »), et lui fit espérer qu'Octave suivrait ce bon exemple. Elle l'espéra en vain. Le rigorisme du temps compliquait sur ce point les choses : quand Octave avoue, sans plus, à un ancien camarade bien-pensant sa liaison « *avec une blonde* », le brave garçon jette feu et flamme et le supplie de rompre ou d'épouser sur le champ, dilemme qui peut-être ne se posait pas. Rien des complexités du cœur et des sens n'avait droit de cité dans ce milieu comme il faut.

Les égarements intellectuels de son jeune frère, « *ce malheureux enfant* », avaient évidemment donné lieu en famille à d'interminables débats dont les livres d'Octave, bien lus, gardent la trace. Il avait fluctué assez sur ce point pour s'attirer les reproches de celui qui, brusquement, s'en alla. Son livre sur Rémo nous semble aujourd'hui déparé par de creuses précautions oratoires, et vicié par une contre-vérité si gauchement exprimée, en ce qui concerne les derniers moments du protagoniste, qu'Octave, dirait-on, a souhaité que ses lecteurs puissent la percer à jour. Il fallait que les interdits et les contraintes pesant sur Octave fussent bien forts, pour qu'en 1952 un biographe conformiste du poète s'arrangeât encore pour décrire vaguement Fernand-Rémo « *courant après il ne savait quelle chimère* », sans jamais mentionner son libéralisme, son pacifisme, et son positivisme, et en camouflant le drame de sa dissidence d'avec les siens. Le même biographe traite dédaigneusement de « *roman* » le seul ouvrage dans lequel Octave, appuyé sur les lettres de son frère, ait osé regarder la réalité à peu près en face. De tels procédés n'étonnent pas : c'est trop souvent l'essentiel qui est tu ou tranquillement nié par les auteurs de biographies. Le fait qu'Octave publia d'abord son petit livre à dix exemplaires sans nom d'auteur, puis, encouragé par quelques approbations, à cent exemplaires également anonymes, montre à quel point il s'avançait sur un terrain miné. Cette œuvre timide a demandé du courage.

Octave Pirmez a parlé de « *ces existences qui se consument sur un désir étrange et irréalisable. Quelque anormale que soit une espérance, elle a ses amants* ». Cette recherche de l'impossible lui paraissait vouée à une fin tragique, que son but soit la vérité, et cette voie était évidemment dans sa pensée celle de Rémo, ou la beauté, qui semble avoir été davantage sa propre quête. Le pèlerinage de Rémo avait vite abouti au retour du jeune Siegfried ramené à la lueur des torches le long des allées forestières ; le sien s'achevait plus lentement en une symphonie pathétique. A ses mélancolies personnelles, alourdies encore par l'insupportable poids de la douleur du monde, seule la foi en ses pouvoirs d'écrivain eût pu, jusqu'à un certain point, servir de palliatif. Or, il se jugeait, et avec une perspicace sévérité. « *Je le reconnais ici*, avouait-il dès 1867 dans une lettre à Bancel, *je n'ai pas le moindre talent. Je suis lourd, j'arrache la pensée de mes flancs, je me traîne comme une traduction, et véritablement la langue que parle mon être intime est encore à trouver.* » Ces marques de découragement augmentent plutôt qu'elles ne diminuent avec les années. Il n'ignorait pas qu'il appartenait à cette race des bègues de génie dont a parlé Sainte-Beuve. Il était arrivé à cette impasse qu'il a décrite lui-même, à ce moment où le prisonnier s'étrangle dans l'une des pointes du losange.

Les journaux de Bruxelles annoncèrent sa mort en termes déférents. « *C'était un écrivain de mérite* », dit laconiquement *L'Écho du Parlement*. « *C'était l'un de nos rares écrivains* », nuance avec sobriété et discernement *La Gazette de Bruxelles*. Dans les feuilles locales, plus chaleureuses, il est beaucoup question « *d'une des plus nobles et des plus estimables familles de notre arrondissement* », de la « *noble et vénérable mère* », du « *digne curé* » présidant aux funérailles, « *du jeune et sympathique auteur* » auquel « *l'élite de la noblesse, du clergé, et de la population du district* » avaient apporté leur tribut. On nous apprend aussi que l'orphéon du village joua à l'enterrement de l'amateur de musique. Il restait jusqu'au bout le fils de famille, l'éternel jeune homme, et le riche philanthrope dont les sociétés de bienfaisance du pays déploraient la perte. Les discours, toutefois, furent passés au crible par la famille avant d'être prononcés. On craignait qu'ils rangeassent

« *le pauvre Octave* » « *parmi les déistes, voire même les matérialistes* ».

Il fut déposé près de Rémo dans le chœur d'une vieille église en ruine qu'il était parvenu, aidé par Madame Irénée, à faire transformer en chapelle mortuaire pour en éviter la démolition. La foudre en incendia la toiture en 1921. Le monument existe toujours, enserré dans les constructions nouvelles du village. Ce n'est plus tout à fait l'édifice romantique que les deux frères, levant les yeux de dessus leurs livres, contemplaient par delà les futaies du parc, songeant qu'ils y reposeraient un jour.

Je transcris ici le *Souvenir Pieux* d'Octave, comme, dix ans avant sa mort, le poète lui-même transcrivait dans son *Rémo* le faire-part du chancelier Goethe, que son frère, encore étudiant, avait reçu d'une aimable vieille dame de Weimar ayant appartenu au cercle du grand homme. Il ne s'agit pourtant pas cette fois de comparer, comme le faisait Octave à propos de l'auteur de *Faust,* la gloire à la mortalité. Mais ces quelques lignes montrent à quel point s'effacent vite les traits particuliers d'un homme mis sous la terre.

Bienheureux ceux qui meurent dans le Seigneur.

Pieux Souvenir
de Monsieur
OCTAVE-LOUIS-BENJAMIN PIRMEZ
décédé au château d'Acoz le 1ᵉʳ mai 1883,
à l'âge de 51 ans,
administré des sacrements de l'Église.

Celui qui me confessera devant les hom-

mes, je le confesserai moi-même devant
mon Père qui est dans les Cieux.

(*Matth.* x. 32.)

Je sais que mon Rédempteur est vivant et
que je ressusciterai au dernier jour.

(*Job*, xix.)

Il a ouvert sa main à l'indigent et il a
étendu ses bras vers le pauvre.

(*Prov.* xxxi.)

Je ne demande qu'une chose, c'est que
vous vous souveniez de moi dans vos
prières.

(*St Augustin*)

Doux cœur de Marie, soyez mon refuge.

(100 jours d'indulgence)

Miséricordieux Jésus, donnez-lui le repos éternel.

(Indulg. de 7 ans et 7 quar.)

Si je ne me trompe, Octave, qui, vers la fin de sa vie,
disait ne plus trouver d'asile que dans la prière, n'a
pourtant mentionné que deux fois Jésus dans son
œuvre. Dans *Rémo* il signale que les rêves humanitaires
de son temps peuvent se réclamer de l'Évangile ;
ailleurs, de façon plus poignante, il évoque les larmes
du Christ sur Lazare. Ce texte de Saint Jean, si beau,
eût avantageusement remplacé les quelques citations
passe-partout qu'on a vues plus haut. Personne, évidemment, n'y songea, ou peut-être préféra-t-on la
correcte banalité des versets habituels. François d'As-

sise, son saint préféré, ne fut pas non plus mis à contribution.

Mais l'image choisie pour ce quelconque *In memoriam* n'est pas sans charme. Dans ce style sulpicien sur lequel déteignait encore faiblement, à l'époque, un peu de la grande manière du XVIIe siècle, on voit un Saint Jean aux longues boucles, aux nobles draperies, recueillant dans un calice le sang qui dégoutte des pieds de Jésus, cloué à une croix dont on n'aperçoit que la base. Cette gravure eût dû plaire à celui qui s'efforça d'en faire autant du sang de Rémo.

Octave Pirmez eut pourtant son apothéose, modeste et éphémère, il est vrai, et venue d'un quartier qu'on n'attendait pas. Il semble qu'il n'eût suivi que d'assez loin et comme de haut les mouvements de la littérature belge de son temps. Il avait donné à De Coster, mort besogneux et oublié une quinzaine d'années avant lui, quelques conseils intelligents qui allaient dans le sens de l'étrange génie du père de Thyl Ulenspiegel ; il lui prêta aussi, dit-on, quelque argent. Mais *Thyl*, auquel il dénie iniquement toute poésie, le choqua sans doute par son violent réalisme, et plus encore par le vent de révolte qui monte de ses pages. L'hommage du jeune Georges Rodenbach, l'enthousiasme du jeune Jules Destrée vinrent trop tard : il se mourait. Il n'assista pas à la brillante éclosion de la poésie belge, qu'il avait timidement préparée, et il n'est pas sûr que son classicisme et son romantisme un peu surannés eussent apprécié ces symbolistes. Les romanciers naturalistes qui s'efforçaient parfois bruyamment de percer dans ce qui était alors un des pays les plus philistins de l'Europe devaient souvent choquer les sensibilités d'Acoz, sinon les siennes propres. On a peine à croire que le sensualisme un peu gros de Camille Lemonnier, précurseur de D. H. Lawrence à un demi-siècle de distance, ait beaucoup plu à cet amateur de fantômes. Néanmoins, l'article que Lemonnier publia sur *Rémo* l'émut profondément : il se sentit, ainsi que son frère, compris. Quand le romancier accusé d'obscénité dut à ses démêlés avec la justice de se voir refuser on ne sait quel prix littéraire national, la jeunesse universitaire de Bruxelles décida, en guise de dédommagement, de lui offrir un banquet. On y invita Octave, qui accepta. Il mourut trois semaines avant la date fixée. Le 25 mai 1883, le banquet eut lieu, et une brassée de fleurs sauvages marqua la place du poète absent. Son message assourdi, et qu'il jugeait lui-même si imparfait, avait donc été par quelques-uns entendu et reçu. Il eût été touché par cet hommage de ce qu'il appelait « *la jeunesse heureuse* ».

Avant de laisser repasser à ces deux ombres le fleuve infernal, j'ai quelques questions à leur poser sur moi-même. Mais je tiens d'abord à leur dire merci. Après la longue série d'ascendants et de collatéraux dont on ne sait rien, sinon leur date de naissance et d'entrée dans la mort, enfin deux esprits, deux corps, deux voix qui s'expriment avec fougue, ou au contraire avec réticence, deux êtres qu'on entend soupirer, quelquefois crier. Lorsque, à l'aide d'incomplets souvenirs de famille, je dessine Mathilde, ma grand-mère, ou mon grand-père Arthur, j'utilise par surcroît, consciemment ou non, pour compléter leur image, ce que je sais d'une pieuse épouse et d'un correct propriétaire foncier du XIXe siècle. Au contraire, ce que leurs quelques écrits m'apprennent d'Octave et de Rémo déborde pour ainsi dire leur propre personne et rejaillit sur leur temps.

Passons en revue, pour remettre ces deux hommes dans leur juste perspective, la petite troupe d'êtres humains, plus grands qu'eux, ou à coup sûr plus illustres, qui eux aussi « se cramponnent à leur cime » au cours de cette même partie du siècle. En 1868, quand Rémo se débat, en proie à l'horreur du mal universel, Tolstoï, dans une auberge du misérable hameau russe d'Azamas, passe la nuit d'angoisse et de vision qui lui ouvrira des portes encore closes (ou qu'il a déjà entrebâillées à son insu), faisant de lui un peu plus qu'un homme de génie. En septembre 1872, tandis que Rémo à Liége prépare soigneusement son suicide, Rimbaud s'embarque pour l'Angleterre avec Verlaine, et, par delà cette étape, chemine vers le Harrar et la mort dans un hôpital de Marseille. Octave, s'il lui est arrivé quelque deux ans plus tôt d'entrer par hasard au *Cabaret Vert* à Charleroi, a pu coudoyer ce garçon aux cheveux fous venu à pied de son patelin de Charleville, le brouillon du *Bateau Ivre* dans la poche de sa culotte. Je n'ébauche pas une scène de roman : le violent archange, surtout sensible à ce moment-là aux tétons énormes de la serveuse qui lui apporte une chope, n'aurait certainement pas reconnu dans ce Monsieur bien mis un pâle séraphin, et, aux yeux de ce dernier, le voyant n'eût sans doute été qu'un voyou. En 1873, si le bruit du coup de feu tiré par Verlaine à Bruxelles est parvenu aux oreilles d'Octave, cette querelle entre deux douteux poètes lui aura semblé un de ces faits divers trop sordides pour être mentionnés à la table du déjeuner.

En 1883, moins de trois mois avant la mort du frère de Rémo, Wagner terrassé par l'angine de poitrine s'effondre dans un palais de Venise, emportant avec lui le secret de « *ces airs étranges* » qui avaient attiré « *l'âme radieuse* » de l'autre côté du seuil. Marx disparaît la même année, précédé de sept ans par Bakounine. Louis de Bavière, le solitaire de Starnberg, a encore trois ans à se débattre avec ses fantômes, et sa propre chair (« *Plus de baisers, Sire ! Plus de baisers !* »), avant la plongée dans les eaux du lac. Rodolphe de Habsbourg, réduit à l'impuissance politique par son rang de Kronprinz, prend de partie de chasse en partie de chasse et de maîtresse en maîtresse le chemin qui le mènera, en janvier 1889, à Mayerling. Sa mère, Élisabeth, belle ombre, relit Heine dans ses jardins de Corfou, et, attachée à son mât, se grise des tempêtes des mers grecques. Florence Nightingale, revenue cardiaque de Scutari, s'est installée pour près d'un demi-siècle à Londres dans une existence de chaise longue. Dunant, le fondateur de la Croix-Rouge, erre de pays en pays, cherchant des appuis pour son œuvre qu'entoure encore l'indifférence ou le soupçon ; indigent, à demi fou, il sollicitera en 1887 une place dans un asile de vieillards de l'Appenzell, où il se survivra de longues années. Nietzsche à Sils-Maria, révulsé par la médiocrité de l'Allemagne bourgeoise et bismarckienne, commence vers 1883 à manier les foudres et les tonnerres du Surhumain : usé, vaincu, presque aveugle, il se jettera, le jour de Noël 1888, à Turin, au cou d'un cheval fouetté, et entrera définitivement dans son long crépuscule. Ibsen, installé à Rome, vient d'écrire son prophétique *Ennemi du Peuple,* dans lequel un homme seul lutte contre la pollution physique et morale du monde. Flaubert, délabré avant l'âge, a disparu dès 1880, aussi désemparé que son Bouvard et son Pécuchet. (« *Il me semble que je traverse une solitude sans fin pour aller je ne sais où... C'est moi qui suis tout à la fois le désert, le voyageur et le chameau.* ») L'année de la mort d'Octave, Joseph Conrad fait la navette entre Liverpool et l'Australie. Ce n'est qu'en 1887 qu'il ira à

Bruxelles recevoir son brevet de capitaine d'un vais-
seau naviguant sur le Congo, et ce n'est que deux ans
plus tard qu'il reviendra dans cette même ville, brisé
de corps et d'âme pour avoir contemplé « *le cœur des
ténèbres* » de l'exploitation coloniale. Rémo, qui eût
pensé et souffert comme lui, était heureusement mort
trop tôt pour avoir eu à se préoccuper de cet aspect du
drame africain. Quant à Hugo, prophète octogénaire
qui mourra en 1885, il aligne encore des alexandrins,
fait encore l'amour, pense à Dieu, contemple pensivement des femmes nues. Tennyson attendra 1892 pour
franchir la barre. A côté de ces noms si chargés de
prestige, il semble dérisoire de mentionner Rémo,
gisant, ainsi que le disait son frère, comme sans
sépulture, entouré par l'indifférence publique, et le
pâle Octave faiblement remémoré dans les manuels de
littérature belge. Les deux frères ont néanmoins été
balayés, eux aussi, par les rafales soufflant très haut au-
dessus de cette époque qui nous semble à distance
épaisse et inerte, suspendue comme un énorme remblai
au bord de l'abîme du xxᵉ siècle.

Deux grands-oncles à la mode de Bretagne, ou
plutôt du Hainaut, ne sont pas précisément de proches
parents. Pourtant, le mariage consanguin d'Arthur et
de Mathilde rapproche de moi ces deux ombres,
puisqu'un quart de mon sang sort de même source que
la moitié du leur. Mais ces mesures liquides ne
prouvent pas grand-chose. Le lecteur curieux de ces
détails aura déjà noté entre les deux frères (d'ailleurs si
contrastés), et leur lointaine petite-nièce des analogies
et des différences. Les différences sont d'époque, de
destin, et de sexe moins qu'on ne pourrait le croire, les

libertés et les contraintes d'un jeune homme vers 1860 ressemblant assez à celles d'une jeune femme vers 1930. La plupart des analogies sont de culture, mais la culture à partir d'un certain degré représente un choix, et nous ramène bon gré mal gré à un plexus d'affinités plus subtiles. Comme les deux frères, j'ai lu sous les arbres Hésiode et Théocrite ; j'ai refait sans le savoir leurs voyages dans un monde déjà plus meurtri et plus érodé que le leur, mais qui, aujourd'hui, à quarante ans de distance, paraît par contraste presque propre et stable. Les analogies et les différences dues aux servitudes de la position sociale et de l'argent sont moins aisées à définir : la première, vers 1930, importait, ou du moins m'importait, beaucoup moins qu'aux fils d'Irénée un demi-siècle plus tôt. L'argent, *il gran nemico,* qui est parfois aussi le grand ami, comptait à la fois plus et moins.

Dans un domaine, en tout cas, Rémo me bat de quelques longueurs. Dès vingt ans, et en dépit de naïves espérances qu'il n'a pas gardées, « *l'âme intarissable* », comme l'appelait son frère, a senti le contraste entre la vie, divine par nature, et ce que l'homme, ou la société, qui n'est que l'homme au pluriel, en ont fait. Cette mer de larmes qu'il emprunte à travers Schopenhauer aux sutras bouddhiques, je l'ai longée de bonne heure ; mes premiers livres me le prouvent, là même où s'émoussent mes souvenirs. Ce n'est pourtant que vers la cinquantaine que son amertume m'a saturée âme et corps. Je ne puis me flatter, comme Rémo le disait de lui-même, de n'avoir aimé « *que cette vierge vêtue de bure, la pensée pure* » ; la pensée, et parfois ce qui va au delà d'elle, m'a cependant occupée fort jeune ; je n'en

suis pas, comme lui, morte à vingt-huit ans. J'ai cru
vers ma vingtième année, comme Rémo l'avait fait,
que la réponse grecque aux questions humaines était la
meilleure, sinon la seule. J'ai compris plus tard qu'il
n'y avait pas de réponse grecque, mais une série de
réponses venues des Grecs entre lesquelles il faut
choisir. La réponse de Platon n'est pas celle d'Aristote,
celle d'Héraclite n'est pas celle d'Empédocle. J'ai
constaté aussi que les données du problème sont trop
nombreuses pour qu'une réponse, quelle qu'elle soit,
suffise à tout. Mais le moment d'enthousiasme helléni-
que de Rémo, situé quelque part dans le temps entre
l'*Itinéraire de Paris à Jérusalem* et la *Prière sur l'Acropole*
me ramène à ma propre jeunesse et je trouve encore
que, toutes illusions tombées, nous n'avions pas tout à
fait tort : « *Je me suis*, dit-il, *rappelé au milieu de ces
ruines les idées que les anciens se faisaient des Champs
Élysées : un lieu de félicité où l'on conversait avec les âmes
des sages... Que ce rêve est noble ! On imagine des hommes
qui n'ont point été contrariés dans leur développement
moral et dont la jeunesse s'est fortifiée librement. On ne les
a pas enveloppés dès le berceau de langes trop étroits...
J'étais frappé, en lisant Platon, de l'atmosphère salubre où
s'exerce sa pensée... La meilleure impression que je
rapporterai de mon voyage, c'est d'avoir senti la beauté de
cet esprit grec, blanc et solide comme le marbre de Paros.* »

Au cours d'une escale à Délos que n'encombrait pas
encore le tourisme organisé, le jeune voyageur erra le
soir dans un bois de lauriers, presque assurément
abattu depuis au cours de subséquentes campagnes de
fouilles ; il y aperçut une statue des temps hellénisti-
ques. « *La lune se leva lentement, pareille à une médaille*

d'argent... La mer déferlait, et je n'entendais que son bruit rauque... » Rémo veut faire beau, ce qui ici équivaut à dire qu'il veut rendre une impression de beauté ressentie par lui en ce lieu saint, mais son tour d'esprit l'engage, loin de Chateaubriand ou de Renan, dans un rêve éveillé, ou dans un de ces *Märchen* des romantiques allemands qu'il a peut-être aimés à Weimar. A la clarté de la lune, il croit voir une indicible souffrance se peindre sur le visage de marbre : il s'imagine reconnaître la triple Hécate, dont Séléné est la forme céleste. Il suppose que l'astre a reçu l'âme de la déesse dont l'image gît à ses pieds et que le rayon lunaire un instant ranime. « *Je suis Hécate qui préside à ma propre expiation pour le sang répandu de tant d'innocentes victimes.* »

Entre le jeune homme de 1864 et son éventuelle petite-nièce qui erra dans ces mêmes parages vers 1930, des milliers de pèlerins sont passés dans ces mêmes lieux ; d'autres, en foule, y sont venus depuis ; combien ont pensé aux bêtes journellement sacrifiées sur ces autels de marbre ornés de purs rinceaux ? Cette préoccupation commune nous unit. Mais le règne d'Hécate n'a pas pris fin, comme Rémo paraissait le croire. Durant ce dernier siècle, des milliards d'animaux ont été sacrifiés à la science devenue déesse, et de déesse idole sanguinaire, comme il arrive presque fatalement aux dieux. Lentement étranglés, étouffés, aveuglés, brûlés, ouverts vivants, leur mort fait paraître innocent le sacrificateur antique, tout comme nos abattoirs, où les bêtes suspendues vivantes facilitent aux tueurs le travail à la chaîne, rendent relativement propre le maillet des hécatombes et les victimes couronnées de fleurs. Quant aux sacrifices humains, que les Grecs reléguaient au temps des légendes, ils ont été commis de nos jours un peu partout au nom de la patrie, de la race ou de la classe par des milliers d'hommes sur des millions d'hommes. La tristesse indicible du visage de marbre a dû augmenter.

Avec Octave, plus flou, les rapports sont moins faciles à définir. J'ai traité de haut son désir passionné de ne montrer que ce qui lui semblait le meilleur de soi : à vingt ans, je l'aurais compris. Mon ambition à cet âge était de demeurer l'auteur anonyme, ou connu tout au plus par un nom et par deux dates peut-être controversées, de cinq ou six sonnets admirés d'une demi-douzaine de personnes par génération. J'ai assez vite cessé de penser de la sorte. La création littéraire est un torrent qui emporte tout ; dans ce flot, nos caractéristiques personnelles sont tout au plus des sédiments. La vanité ou la pudeur de l'écrivain compte peu en présence de ce grand phénomène naturel dont il est le théâtre. Néanmoins, comparée à l'exhibitionnisme maladif de notre époque, la réserve, maladive aussi, d'Octave a pour moi du charme.

L'oreille dressée, j'écoute ses quelques réflexions sur l'histoire : au mieux, elle est pour lui exemplaire, comme elle le fut pour la plupart des bons esprits d'autrefois, et comme, dans les coups durs, elle le redevient pour nous. J'entends pourtant résonner en lui une note plus intime. Assis sur les gradins du Colisée, songeant aux jeunes chrétiens qui furent, dit-on, martyrisés à cette place, l'angoisse le prend à l'idée que les souffrances d'une multitude de jeunes victimes inconnues, résumées en quelque sorte dans la belle forme de Saint Sébastien, resteront toujours pour lui l'objet d'une pitié généralisée ; il ne connaîtra jamais

tel soubresaut de ces agonies évanouies. Mouvement
de mélancolie pas très différent de celui qui l'étreint
quand il pense aux inconnus, ses contemporains, qu'il
aurait pu aimer, mais qu'il lui sera à jamais impossible
de rencontrer parmi les millions d'habitants de la terre.
L'historien-poète et le romancier que j'ai essayé d'être
battent en brèche cette impossibilité. Octave n'en a pas
tant fait, mais j'aime en lui ce geste qui tend les bras.

Il y a du miracle dans toute coïncidence. Octave
visitant les Uffizi vers 1865 note au passage les tableaux
qui l'ont le plus frappé. Son goût diffère quelque peu
du nôtre, l'esthétique étant une perpétuelle balançoire.
Il admire encore les académistes, alors bien installés
dans leur gloire : Dominiquin, Le Guerchin, Le
Guide, et avec eux « *le réalisme radieux* » de Caravage,
tout ce qu'allaient honnir les deux ou trois générations
qui suivirent, et qui de notre temps recommence à
avoir la cote. Il aime déjà Botticelli, devant qui on allait
se pâmer presque indiscrètement pendant cinquante
ans. Mais l'œuvre qu'il s'attarde le plus longuement à
décrire, lui consacrant une page tout entière, est d'un
de ces primitifs qu'il considère encore comme délicieu-
sement malhabiles, *La Thébaïde d'Égypte,* attribuée de
son temps à Laurati, et depuis à quelques autres. C'est
la même dont j'ai promené avec moi la photographie,
mi-icône, mi-talisman, pendant une vingtaine d'années. Dans un décor désertique et pur, mais planté ici
d'un bosquet toscan, là d'une chapelle d'une sobre
grâce florentine, des moines mystiques apprivoisent
des gazelles, dansent avec des ours, attellent des tigres,
vont de l'amble sur des cerfs dociles ; ils conversent
avec des lions qui les enseveliront dans le sable à la fin
de leurs jours ; ils vivent dans la familiarité des lièvres,

des hérons, des anges. Je m'émerveille, naïvement peut-être, que cette image qui signifie pour moi la vie parfaite ait signifié pour « l'oncle Octave » la vie angélique.

Durant l'été 1879 ou 1880, le poète, dans son beau costume de reps blanc, et portant sans doute un chapeau de paille acheté en Italie, s'avance sur la plage de Heyst. C'est dans ce petit village de pêcheurs sur la côte de la Flandre Occidentale que j'ai placé l'épisode de *L'Œuvre au Noir* dans lequel Zénon, fuyant cette trappe de mort qu'est devenue pour lui Bruges, fait une tentative pour passer en Angleterre ou en Zélande, et renonce, dégoûté par la bassesse, le double jeu, et l'épaisse bêtise des êtres qui se proposent pour faciliter sa fuite. A l'époque, penchée sur une carte routière des Flandres, j'avais cherché les points les plus rapprochés de Bruges d'où le fuyard aurait pu, point trop surveillé, s'embarquer, et qui eussent été accessibles à ce bon marcheur de cinquante-huit ans. Il fallait aussi éviter les noms qui résonnent comme des annonces publicitaires pour vacances à prix réduits au bord de la mer du Nord : Wenduyne, Blankenberghe, Ostende. Heyst était à la fois de consonance nettement flamande, sans associations touristiques, et assez près de Bruges pour faire mon affaire. J'ignorais alors, bien entendu, qu'Octave et sa mère, dédaigneux des roulettes et des cocottes des plages à la mode, avaient, quatre-vingts ans plus tôt, choisi ce trou pour villégiature d'été.

L'endroit, en 1880, n'avait guère dû changer depuis le xvie siècle. Une digue pourtant, *sine qua non* des stations balnéaires, y avait été bâtie, et on y imagine volontiers un kiosque à musique. De coquettes villas ne maculaient pas encore la dune. « *La plage est presque déserte. Dix à douze bateaux de pêcheurs viennent le soir jeter leurs ancres sur le sable, déchargeant les poissons de forme étrange que recèle l'océan. Dans les matinées, les cabines sont roulées vers la plage et on en voit descendre les baigneuses. De jeunes étrangères qui tantôt se promenaient sur les digues en leurs élégants atours s'en vont lutter avec les grosses vagues écumantes* », et leurs mouvements craintifs et enfantins les lui rendent chères parce qu'ils lui prouvent leur faiblesse.

Laissant sa mère installée derrière lui dans un fauteuil-guérite pour recevoir ce qu'il faut, et pas plus, du bon air marin, il va seul vers la marée basse. Il veut, comme il le dit, « *écouter frémir l'étendue* ». Il est triste. Soucieux de ne pas mouiller ses chaussures, il contourne soigneusement les grandes flaques luisantes laissées quelques heures plus tôt par le flot. Il n'aime pas la mer. (Les psychanalystes, j'en suis sûre, se jetteront sur cette remarque, qui ne fait pourtant jeu de mots qu'en français.) « *O pauvre bourgade de Heyst, que tu es morne, que ta mer est pâle !* » Il espère l'arrivée de José qui a annoncé sa visite dans quelques jours, présence humaine qui le réconfortera du spectacle des vagues. « *La nature ronge son frein; elle n'est pas satisfaite de son sort; elle aspire à briser d'invisibles chaînes, et remplit l'âme de l'observateur d'une grande inquiétude. La vue de cet immense esclavage le détourne des souffrances de ses frères ; les injustices sociales, les deuils privés s'effacent à ses yeux. Il pourrait finir par trouver le droit dans la force... Cette noblesse qu'on attribue à la mer, je ne la puis voir. Je n'y vois que violence, fièvre, succession d'audaces, de chutes et de retraites.* » Cette matière bouleversée, quand elle s'abat contre le brise-lames, il y perçoit la voracité d'une foule d'êtres aux formes affreuses.

Tout à coup, dans la lumière étale de midi, un homme aux vêtements usés passe, sans les voir, à travers lui et à travers les demoiselles anglaises. *Aqua permanens.* L'eau immense, terrifiante pour Octave, est pour lui lustrale. Le flot et sa violence sans colère, l'infinité contenue dans chaque foulée de sable, la courbe pure de chaque coquillage composent pour lui un monde mathématique et parfait qui compense celui, atroce, où il doit vivre. Il se dénude ; il n'est plus en ce moment un homme du XVIᵉ siècle, mais simplement un homme, un homme maigre et robuste, déjà sur l'âge, avec ses jambes et ses bras musclés, ses côtes saillantes, son sexe aux poils gris. Il mourra bientôt, d'une dure mort, dans une prison de Bruges, mais cette dune et cet ourlet de vagues sont le lieu abstrait de sa mort véritable, l'endroit d'où il a éliminé de sa pensée la fuite et le compromis. Les lignes qui s'intersectent entre cet homme nu et ce monsieur en complet blanc sont plus compliquées que celles d'un fuseau horaire. Zénon se trouve sur ce point du monde trois siècles, douze ans et un mois, presque jour pour jour, avant Octave, mais je ne le créerai que quelque quarante ans plus tard, et l'épisode du bain sur la plage de Heyst ne se présentera à mon esprit qu'en 1965. Le seul lien entre ces deux hommes, l'invisible, qui n'est pas encore, mais traîne avec lui ses vêtements et ses accessoires du XVIᵉ siècle, et le dandy de 1880, qui dans trois ans sera fantôme, est le fait qu'une petite fille à laquelle Octave aime à raconter des histoires porte suspendue en soi, infiniment virtuelle, une partie de ce

que je serai un jour. Quant à Rémo, il est quelque part
dans cette scène, fibrille de la conscience de son
mélancolique aîné. Huit ans plus tôt, il a connu, plus
brève il est vrai, une agonie sanglante comparable à
celle de l'homme de 1568, mais le récit ne m'en
parviendra qu'en 1971. Le temps et les dates ricochent
comme le soleil sur les flaques et sur les grains de sable.
Mes rapports avec ces trois hommes sont bien simples.
J'ai pour Rémo une brûlante estime. « L'oncle
Octave » tantôt m'émeut et tantôt m'irrite. Mais j'aime
Zénon comme un frère.

Fernande

La mort de Mathilde ne changea pas grand-chose au train-train de Suarlée. La Fraulein avait assumé depuis des années le rôle d'éducatrice et celui d'intendante : elle continua à les tenir selon les directives qui lui venaient de Madame, ou qu'elle avait jadis suggérées à Madame. C'est conformément au goût de la défunte qu'on habillait les jeunes filles et qu'on renouvelait, quand il en était besoin, un tapis ou une tenture. Il est probable que cette régente redouta quelque temps un remariage de Monsieur, qui eût bouleversé les us et coutumes familiales. Il n'en fut rien, comme on sait : comparé à ce qu'eût été un tel changement de régime, la Dame de Namur, que personne ne vit jamais, était un compromis supportable. Il était dur seulement d'avoir à accepter que les meilleurs fruits, les plus belles primeurs, le gibier en saison allassent à la personne en question. La Fraulein ne pardonna jamais à Monsieur de C. de M. cette permanente insulte ressentie à chaque repas, et passa sur ce point son indignation aux enfants.

Tant que je me suis contentée d'évoquer en gros l'enfance et l'adolescence de Fernande, nantie de sept frères et sœurs, je me suis imaginé une troupe d'en-

fants tels qu'on les voit dans Tolstoï et dans Dickens :
bande rieuse s'égaillant dans les salons et les corridors
d'une grande maison, sauteries, jeux de société, baisers
échangés le soir de Noël avec des cousins et des voisins
de campagne, jeunes filles aux robes froufroutantes se
faisant des confidences au sujet d'amoureux ou de
fiancés. Mais outre que le Hainaut n'est ni la Russie, ni
l'Angleterre, il ne semble pas que les conditions de la
vie à Suarlée se soient beaucoup prêtées à ces gracieux
tableaux. J'oubliais que les différences d'âge entre
enfants de familles prolifiques sont souvent énormes,
surtout quand quelques morts séparent les vivants.
Fernande avait deux ans à l'époque où sa sœur Isabelle,
âgée d'une vingtaine d'années, épousa à Suarlée son
cousin au troisième degré, Georges de C. d'Y. Bon et
correct mariage sûrement cuisiné de longue date,
comme ils l'étaient tous, en vue de l'exact rapport des
portefeuilles et des biens fonciers, et que Mathilde
avait peut-être approuvé avant de mourir. Le jour des
noces, Fernande ne fit sans doute qu'une apparition au
dessert, entre les bras de la Fraulein, pour être comme
il se devait cajolée des dames.

Georgine et Zoé, respectivement de dix et neuf ans
plus âgées que la petite Fernande, purent jouer plus
longuement envers elle le rôle de petites mères et de
grandes sœurs. Mais, comme plus tard Fernande elle-
même, elles achevèrent leur éducation au couvent. Zoé
est pensionnaire chez les Dames Anglaises de Passy,
d'où elle écrit à son père de sages petites lettres
concernant la viande crue qu'elle prend pour se
fortifier, et les difficultés qu'a dans Paris une jeune fille
qui monte à cheval, le manège des Champs-Élysées
étant trop cher, et celui du Château d'Eau fréquenté

par des dames pas comme il faut. Octave et Théobald sont au collège. Quant à Gaston, déjà presque adulte, nous avons vu qu'il se réduisait à une présence familière acceptée, dirait-on, sans tendresse aucune, mais aussi, à ce qu'il semble, sans ce dégoût et cette vague répulsion mêlée d'un peu de crainte que font parfois éprouver les infirmes mentaux à leurs frères et sœurs. Néanmoins, Fernande, qui fit à son mari bien des confidences, n'en fit jamais au sujet de l'anormalité de son frère aîné, ce qui tend à prouver que l'existence de ce malheureux avait embarrassé la famille.

La Fraulein éveillait les fillettes à six heures l'hiver, à cinq heures l'été ; Jeanne, plus lente à s'habiller, sortait du lit quelques minutes plus tôt. On passait sans bruit devant la chambre de Papa. Jeanne descendait l'escalier, comme elle le fit toute sa vie, sur son derrière, ce qui donnait toujours lieu à de gentilles plaisanteries, maintenues à la limite du chuchotement. La Fraulein et une femme de chambre prenaient par le bras l'infirme ; par temps pluvieux, le petit cortège surmonté de parapluies s'en va vers l'église en mackintoshs et en galoches luisantes ; les manteaux ouatinés, les capuchons et les chaussons passés par précaution par dessus les bottines sont de rigueur par temps de neige. L'été, les robes claires des fillettes et les ombrelles de Zoé et de Georgine égayent le tableau. La petite Fernande ferme la marche de son pas menu qui la fera plus tard surnommer « le petit développement » par son beau-frère français, Baudouin, grand amateur de bicyclettes. A la sortie de l'église, la Fraulein s'arrête chaque fois respectueusement devant la tombe de Madame.

Le petit déjeuner, auquel Monsieur n'assiste jamais, est, si l'on peut dire, pris en allemand. Il en va de même du déjeuner. L'étude, coupée d'une brève récréation, accapare l'intervalle. Vingt minutes de repos suivent le repas de midi. La Fraulein fait semblant de ne pas somnoler dans un fauteuil du petit salon. Les grandes demoiselles s'appliquent à leur broderie, art pour lequel la petite Jeanne montre vite d'étonnantes aptitudes ; ses menottes agitées qui ne peuvent tenir ni une cuiller ni une tasse manient intelligemment et calmement l'aiguille. On s'adonne à la peinture sur porcelaine et aux découpages. A deux heures, l'étude reprend jusqu'à six, avec l'intermède d'une promenade et le joyeux épisode du goûter. A six heures, Fernande, ainsi que les demoiselles et les garçons, si on est en temps de vacances, grimpent l'escalier pour se laver le visage et les mains dans l'eau chaude d'un petit broc posé au pied de chaque lavabo par la femme de chambre ; les demoiselles ôtent leur tablier et se nouent un ruban dans les cheveux. Jeanne reçoit les mêmes soins en bas, pour n'avoir pas à faire l'ascension des marches. Le vendredi et le samedi, on fait chauffer l'appareil de la baignoire, et les filles plongent dans l'eau en chemise de flanelle. La Fraulein, qui fait matin et soir des ablutions glacées, dédaigne cette forme trop luxueuse de propreté.

Monsieur de C. de M. préside presque toujours au dîner. Pour autant qu'on y parle, on y parle donc français. Mais un silence de chartreux règne d'ordinaire : on prend silencieusement sa part d'une série copieuse de mets, tous bons, tous abondants et simples ; seules, comme on le sait, les primeurs sont absentes et le fruit chichement présenté. Les enfants n'ont le droit d'ouvrir la bouche que si Papa leur a d'abord posé une question, ce qu'il se donne rarement la peine de faire. Tout au plus, inopinément, il s'informe çà et là des études des garçons et des leçons des grandes demoiselles, et ceux-là et celles-ci, interloqués, n'ont pas toujours la présence d'esprit de répondre. Mais ces repas muets étaient, semble-t-il, de tradition à Suarlée. Le journal de la grand-tante Irénée indique que, cinquante ans plus tôt, les quatre demoiselles Drion se taisaient à table.

Après dîner, Papa s'installe été comme hiver au coin de la cheminée du salon. Il fait sauter la bande de son journal venu de Bruxelles, et le silence durant la demi-heure qui suit est encore plus profond que pendant le repas. La Fraulein brode au tambour sous une lampe, et s'arrange pour poser sans bruit, chaque fois qu'elle s'en est servie, ses petits ciseaux sur le guéridon à côté d'elle. Les enfants sont assis le long des murs, le dos bien droit contre les dures baguettes contournées des chaises, les mains sagement posées sur les genoux. Cette séance d'immobilité est supposée un exercice en maintien et en bienséance. Le petit Octave, toutefois, a inventé un jeu muet pour passer le temps : un concours de grimaces. Les joues se gonflent ou se creusent ; les yeux clignent, se révulsent, roulent ; les lèvres se tirent, découvrant férocement les dents ; les langues pointent obscènement ou traînent comme des chiffes ; le coin d'une bouche pend comme celui d'un vieillard sans dents, ou, tiraillé monstrueusement, donne aux jeunes figures un air d'apoplexie. Les fronts se rident ; les nez bougent comme ceux des lapins qui broutent. La Fraulein qui voit tout baisse la tête sur son tambour et fait celle qui... La règle est de garder dans ces contorsions le plus grand sérieux. Un gloussement, un rire même pouffé ferait peut-être lever le

lorgnon de Monsieur de C. de M. de sur son journal, et
l'idée des catastrophes qui s'ensuivraient fait frémir.
Monsieur de C. de M. passe de la lecture des nouvelles
de la cour et de la ville aux débats parlementaires, qu'il
lit sans en sauter une ligne, jette un coup d'œil aux
nouvelles de l'étranger, savoure sans rien en omettre la
chronique des tribunaux, les échos de la Bourse, et le
compte rendu de spectacles qu'il ne verra pas. Il replie
méthodiquement son journal et le pose sur le panier à
bois pour qu'il serve à allumer les bûches de demain.
Les figures le long du mur sont redevenues lisses et
innocentes. Les enfants se lèvent et vont un à un
embrasser Papa en lui souhaitant le bonsoir.

L'été, on a sous les tilleuls un quart d'heure de
grâce, et la Fraulein, qui se fait chaque soir servir une
infusion, a dans sa tasse leurs petites fleurs de l'an
dernier. La puissante vie nocturne bruit et palpite :
bougements de feuilles glacées par la lune, pépiements
d'oiseaux couveurs effrayés par un rapace, chœur des
grenouilles dans l'herbe humide ; des insectes battent
contre la grosse lampe à huile et risquent de tomber
dans le tilleul de la gouvernante. Un cheval frappe du
pied dans sa stalle toute proche ; le cocher passe avec sa
lanterne, saluant son monde ; le fermier claque là-bas
le lourd battant de l'étable où vient de vêler la Rousse.
Mais les enfants de Suarlée sont citadins dans l'âme :
rien ne les touche du milieu naturel où ils sont plongés.
La braise du cigare qu'on voit luire sur le balcon de
Monsieur Arthur est plus remarquée que les planètes
qui pointent au ciel. On rentre, la Fraulein a déclaré
qu'il fait trop frais ; chacun prend sa bougie sur la
console du vestibule. Après avoir joué aux grimaces,
on joue aux ombres le long du mur de l'escalier. Jeanne

monte les marches par le même procédé qu'elle a employé ce matin pour les descendre. On baisse la voix devant la porte de Papa, qui est déjà censé dormir. En principe, du moins, personne avant de se coucher n'oubliera de prier.

L'usage obligeait les enfants à écrire le 31 décembre une lettre de Nouvel An à leur père, sans doute recopiée bien des fois avant d'atteindre au degré de correction voulu. Le hasard m'a conservé les lettres écrites ainsi par Fernande entre neuf et douze ans. Voici celle de la onzième année :

Mon cher Papa,

    Permettez-moi à l'occasion
du Nouvel An de venir vous
renouveler avec tous mes meilleurs
souhaits de bonne année, de parfaite
santé et de longue vie, l'expression
de ma grande et profonde gratitude.
Je prie le Bon Dieu, cher Papa,
de répandre sur vous pendant
l'année 1884 ses meilleures
bénédictions, et de nous accorder le
bonheur de vous conserver encore
pendant de bien longues années
en bonne santé à l'affection
sincère de tous vos enfants et
petits-enfants, et tout particulièrement
    de votre très respectueuse
      petite fille,

                    Fernande.

Suarlée, le 1ᵉʳ janvier 1884.

On ne sait comment Monsieur de C. de M. répondait à ces épanchements. Les cadeaux du jour de l'An étaient sans doute choisis à Namur par la Fraulein. Chaque enfant, en tout cas, recevait une pièce d'or qu'il avait le droit de garder jusqu'au soir, et qu'on mettait ensuite à la Banque dans un compte à intérêts composés à son nom, ce qui était supposé lui apprendre l'économie et le loyer de l'argent.

Une telle vie de famille semble de nos jours grotesque, ou odieuse, ou les deux. Mais les enfants de Suarlée n'en avaient pas conservé trop mauvais souvenir. Trente ans plus tard, j'entendis Octave, Théobald, Georgine et Jeanne vieillis évoquer ce passé avec des intonations attendries et de discrets sourires. Les jeunes pousses un peu débiles avaient réussi à s'insinuer et à fleurir entre les pierres.

La disgrâce physique de Jeanne, la disgrâce mentale de Gaston étaient peut-être pour quelque chose dans l'absence à peu près complète de vie mondaine à Suarlée. Certaines solennités officielles étaient pourtant de rigueur. Monsieur de C. de M. se rend sûrement aux réceptions du Gouverneur, et ses filles, dans l'étroit espace entre la pension et le mariage, aux bals du cercle noble de la province. Elles s'y préparent longuement et y repensent longuement ensuite. De temps à autre, Mademoiselle Fraulein emmène les jeunes filles à Namur faire des emplettes et rendre visite aux religieuses du couvent des Sœurs Noires. Le cocher aide Mademoiselle Jeanne à monter en voiture et à en descendre.

Pour les visites à la famille, on a les facilités du chemin de fer. Vers 1880, les voies ferrées prolifèrent comme les autoroutes de nos jours, et semblent devoir croître et se multiplier à jamais ; la gare est le symbole de la modernité et du progrès. Mais, bien que la stricte division en trois classes et la fréquence des compartiments pour dames seules permettent aux bienséances d'être exactement observées, le chemin de fer soumet les jeunes personnes de Suarlée aux coudoiements des gares de grandes villes, telles que Namur et Charleroi ; Zoé et Georgine sont dévisagées par des calicots, et risquent d'être, en grimpant sur le marchepied des trains, l'objet des sollicitudes trop attentives de vieux messieurs. De plus, l'infirmité de Jeanne ne facilite pas ce genre de locomotion. Fraulein préfère pour ses demoiselles la bonne vieille voiture, ou, si le trajet est décidément par trop long, un mode mixte : le cocher de Suarlée dépose ses jeunes maîtresses à une gare et celui de leurs hôtes va les chercher à une autre, leur épargnant ainsi des « correspondances » compliquées. La voiture est un chez-soi où l'on fait dînette ; Fraulein y fait réciter leurs leçons à ses élèves ou leur raconte une fois de plus ses anecdotes de morale amusante dont elle a tout un stock et qui m'exaspéreront une génération plus tard.

Il y a l'histoire du vieux grand-père un peu gâteux que son fils et sa belle-fille faisaient manger à part, et à qui on servait ses aliments dans une écuelle de bois qui ne risquait rien s'il la laissait tomber. Un jour, le fils aperçoit son propre petit garçon qui creuse avec un canif un bout de poutre abandonnée. « Qu'est-ce que tu fais ? — Je fais une écuelle pour toi quand tu seras vieux. » Ou encore l'histoire du petit garçon revenant du village avec son père qui vient d'acheter au marché trois kilos de cerises. Le petit ne veut pas porter ce panier, trop lourd. Le père s'en charge donc, et mange tout en marchant, crachant les noyaux. Toutes les cinq minutes, il jette aussi, par bonté, une cerise entière que le petit doit se baisser pour ramasser dans la poussière. Voilà ce qu'on gagne à n'être pas serviable. Et enfin, adressée tout particulièrement aux deux demoiselles

déjà fiancées, l'histoire terrifiante de la jeune fille qui
tenait à avoir les mains très blanches pour le jour de ses
noces. La veille, elle les joignit sous sa nuque et dormit
dessus toute la nuit. On la trouva morte au petit matin.
Pour relever les esprits, que cette anecdote a mis très
bas, la Fraulein lance une de ses innocentes plaisanteries, toujours les mêmes, et toutes d'une niaiserie rare.
Par tempérament et par principe, elle taquine continuellement les jeunes filles, méthode jugée infaillible à
l'époque pour leur former le caractère. De temps à
autre, un mot dit au cocher arrête la voiture, et celle
des demoiselles qui éprouve un petit besoin se glisse
discrètement dans la folle avoine.

On va assez rarement à Marchienne. Dans l'absence
de tout document sur le sujet, j'ai pourtant peine à
croire que Monsieur de C. de M. vit sans regret ce
domaine, dont il porte le nom, passer à des enfants
d'un second lit. Des années, il est vrai, se sont écoulées
depuis cette déception, si c'en fut une. Dans cette
famille où les jeunes mortes sont auréolées de légende,
il n'est néanmoins jamais question de la demi-sœur
d'Arthur, Octavie de Paul de Barchifontaine, morte en
couches à vingt-deux ans. On ignore aussi son demi-
frère Félix, qui vit à Paris. Émile-Paul, qui habite
Marchienne, est au contraire une figure familière, ainsi
que sa jeune femme irlandaise. On joue avec leurs
enfants, Émile et Lily, et ensuite Arnold, mais ces
parties sont clairsemées. Personne d'ailleurs n'oserait
admettre, même une minute, que l'affection la plus
grande ne règne pas entre les deux familles.

La Pasture est un paradis toujours grand ouvert. La
bonne Zoé, très seule depuis son veuvage, accueille
tendrement ses petits-enfants. Il lui arrive de rabâcher

un peu au sujet de son Louis bien-aimé, dont elle fait admirer chaque fois le portrait en grand uniforme, sans oublier le pendant qui la représente, un petit mouchoir entre les doigts, en ample robe de soie sombre éclairée par un col et des poignets de dentelle. La vieille dame montre aux enfants les originaux un peu jaunis de cette parure. Elle comble ses visiteurs de gâteries culinaires : les desserts ne sont nulle part plus décoratifs et plus exquis qu'à La Pasture. Les parties de barquette sur l'étang avec la gentille cousine Louise et le beau cousin Marc sont des occasions mémorables qu'Octave et Théobald gâtent un peu, quand ils sont là, en menaçant de faire chavirer l'esquif. Zoé meurt septuagénaire en 1888, comparée par son *Souvenir Pieux* aux saintes femmes de l'Écriture. Sa fille, la tante Alix, la suit de près, mais le veuf, l'oncle Jean, sénateur et bourgmestre de Thuin, perpétue les bonnes traditions de Louis Troye. Une photographie qu'on vient de me communiquer me le montre vers 1895, les cheveux tout blancs, promenant dans le parc de La Pasture Fernande venue de Bruxelles avec son frère Octave et la Fraulein. Cette dernière a sa robe noire à boutons de jais et son air de duègne allemande. Fernande, très jolie et très coquette, s'abrite du soleil sous une grande ombrelle. Le visage maigre et barbu d'Octave n'est pas encore devenu le masque qu'il sera plus tard : il trahit ce je ne sais quoi d'inquiet qui finira par l'amener à l'asile de Geel.

Mais revenons aux années de Suarlée : jusqu'en 1883, Acoz reste l'excursion préférée de Fernande. Sitôt arrivées, les demoiselles prennent place dans le beau salon aux tapisseries ; Jeanne installée dans une

bergère n'en bouge plus, et doit à son état d'être traitée
en grande personne. La maîtresse de maison montre
une préférence pour sa filleule Zoé, qui tient d'elle
parmi ses prénoms celui, masculin pourtant, d'Irénée,
que sa désinence a dû faire prendre pour un nom de
femme, bien qu'il désigne dans le Calendrier Romain
un évêque de Lyon martyrisé sous Marc Aurèle. On
parle mariages. Madame Irénée évalue à leur juste prix
les unions projetées pour les deux jeunes filles, et
comme leurs futurs sont sans particule et sans titre,
souligne d'autant plus qu'ils sont d'excellente extraction. Irénée ainsi que feu son mari, et les petites, par
leur sang Troye et Drion, appartiennent elles-mêmes à
cette aristocratie bourgeoise. Mais, avec cette pieuse
personne, les conversations inclinent bientôt vers la
religion. Il est beaucoup question de bonnes morts, sa
spécialité. Une religieuse d'un couvent du voisinage
vient de mourir en odeur de sainteté : son corps a été
exposé huit jours dans la chapelle sans le moindre signe
de putréfaction. Une autre Mère, quasi recluse, dans
un autre couvent, sue le sang. On n'ébruite pas trop
ces miracles, de peur de prêter aux ricanements des
impies et des radicaux. La Fraulein et les demoiselles
écoutent avec respect. Fernande s'ennuie.

Heureusement, « l'oncle Octave » lui-même vient
prendre la fillette par la main et l'emmène voir les
animaux sauvages et la meute. La petite trottine avec
lui le long des plates-bandes. Elle est encore, Dieu
merci, avant l'âge des fausses timidités et des coquetteries. Elle n'est pas même jolie : rien qu'un mince et
frêle brin d'herbe. Ses traits brouillés hésitent encore,
mais Octave croit y reconnaître l'étroit profil arqué

qu'il a aimé chez son jeune frère, et auquel il n'est pas insensible quand il se regarde entre deux miroirs. Et puis, elle porte au féminin le nom qu'avait Rémo, avant qu'il n'eût à jamais rebaptisé celui-ci. Il y a un peu plus de trente ans (déjà !), il emmenait ainsi le petit Fernand examiner les semis sous les châssis de verre. L'enfant l'appelait « son cher bouturier ». Pourquoi faut-il que ce rien ramène insupportablement ce qu'on croyait fini, accepté, sinon oublié ? L'enfant babille. Elle a peur des gros chiens et des bêtes sauvages, mais elle aime les fleurs ; elle retient leurs noms. De temps à autre, la petite main s'allonge, cueille maladroitement, ou plutôt arrache, une tige ou une touffe. L'oncle un peu solennel proteste : « *Songe à la plante mutilée, à ses racines laborieuses, à la sève qui découle de sa blessure...* » Fernande lève la tête, perplexe, sentant qu'on la gronde, et lâche la fleur moribonde qu'elle serrait dans sa paume moite. Il soupire. A-t-elle compris ? Est-elle du petit nombre d'êtres qu'on peut instruire ou former ? Se souviendra-t-elle de l'admonition au bal, quand elle portera dans les cheveux ou au corsage ce que Victor Hugo appelle un bouquet d'agonies ?

S'il pleut, il lui raconte des histoires. Une seule m'est parvenue, celle de l'anachorète mérovingienne, Sainte Rolende, gloire du folklore local. Tous les ans, le lundi après la Pentecôte, une procession qui circule sur une trentaine de kilomètres promène à travers champs la châsse de la sainte et celle d'un pieux ermite, son contemporain. La cour d'honneur d'Acoz est l'un des reposoirs traditionnels du cortège ; Fernande a dû parfois aider à la joncher de fleurs. Elle aura regardé, de ses yeux neufs d'enfant que tout émerveille et que rien n'étonne, la parade singulière : le tambour-major et les orphéons des villages précédant le clergé ; les marcheurs en uniformes de fantaisie qu'ils se sont confectionnés eux-mêmes, et dont la bigarrure rappelle les différentes armées qui ont passé sur ce coin de terre, et le gentil débraillé des enfants de chœur. Elle aura senti cette odeur d'encens et de roses écrasées, mêlée à celle, plus forte, de piquette et de foule en sueur. « L'oncle Octave », qui tient à honneur de porter la châsse sur une partie du parcours, apprécie sans doute les éléments païens, sacrés eux aussi, plus immémoriaux encore que la pieuse vierge de Gerpinnes, qui subsistent dans cette solennité : les plus robustes villageois et villageoises ont été choisis pour chefs de file, et ce tri se fait traditionnellement à l'auberge, arrosé de rasades ; les paysans se réjouissent que la procession foule leurs champs, ce qui en accroît la fécondité. Quand la ferveur et l'excitation sont au comble, les garçons exécutant autour de la châsse leurs bonds presque faunesques, pareils à ceux qu'on fait autour du feu de la Saint-Jean, se jettent à la poursuite des filles, mimant un épisode de la légende de Sainte Rolende. Des plaisanteries fusent au sujet de la sainte et de son pieux ami l'ermite, et la tradition locale veut que les deux châsses, quand elles se rencontrent, se précipitent d'elles-mêmes l'une vers l'autre.

Le récit de la vie de Rolende, tel que le faisait Octave, est très éloigné du romanesque plat de l'hagiographie apocryphe du XVIIIe siècle, *La princesse fugitive ou la vie de Sainte Rolende,* et de la prose de sacristie des brochures qu'on distribue à l'église. Un poète a passé par là. Je ne prétends pas imiter ici le style du conteur, qui différa sans doute de celui de l'écrivain. On trouvera du moins dans ce récit ce qu'en avait retenu, durant ses dernières visites à Acoz du vivant d'Octave, une auditrice de onze ans.

Didier, roi des Lombards, avait une fille belle comme le jour qui s'appelait Rolende. Il l'avait fiancée au plus jeune de ses hommes liges, Oger, dont on savait qu'il était prince outre-mer, et le propre fils du roi d'Écosse. Didier et Oger étaient des païens qui adoraient les arbres, les sources, et les pierres levées qu'on voit dans les landes.

Rolende s'était convertie et en secret consacrée à Dieu. Comprenant que ses vœux ne seraient respectés ni par son père, ni par son fiancé, elle se résolut à la fuite. Légère comme une feuille poussée par le vent, elle traversa les cols et les vallées des Alpes, puis s'engagea dans les Vosges. Oger, averti par une servante infidèle, s'était lancé sur ses traces. Il lui eût été facile de la rattraper et de la saisir par ses cheveux flottants. Mais il l'aimait : il ne supportait pas de faire d'elle un pauvre animal happé par une bête de proie. Il demeurait donc à quelque distance.

Quand Rolende exténuée s'arrêtait pour dormir, il s'arrêtait aussi, dissimulé par un rocher ou par un bouquet d'arbres. Quand elle faisait halte à la porte d'une ferme pour demander du pain et du lait, il mendiait ensuite la même nourriture.

Une fois seulement, il la rejoignit. Un matin où elle ne s'était pas relevée de son lit de feuilles, il osa s'approcher et l'entendit gémir dans un accès de fièvre. Il la soigna pendant plusieurs jours. Dès qu'elle alla mieux, il s'éloigna avant qu'elle pût le reconnaître, et la laissa reprendre sa route.

Ils s'engagèrent enfin dans la forêt d'Ardenne. Les pas de Rolende se ralentissaient. Dans une vallée d'entre Sambre et Meuse, il la vit soudain s'agenouiller pour prier, puis se relever, et prendre à un taillis des branchages qu'elle entrelaça pour s'en faire une hutte. Il fit de même sur l'autre versant de la vallée.

Pendant quelques années, ils vécurent ainsi, nourris de baies sauvages et des aliments que leur offraient les villageois. Il priait de loin comme il la voyait prier.

Un jour vint où des paysans trouvèrent Rolende morte dans son rustique oratoire. Ils décidèrent de l'ensevelir dans un lourd sarcophage païen qu'ils firent traîner par des bœufs jusqu'à l'ermitage.

Oger regarda ces funérailles à distance. Il vécut encore quelques années de la vie que Rolende lui avait appris à vivre. Un soir enfin, il mourut. Les villageois, qui étaient fiers de leurs deux ermites, se proposèrent de les réunir dans une seule et même sépulture. On porta Oger sur un brancard à la chapelle de Rolende ; on leva le couvercle du grand sarcophage, et le squelette de la sainte ouvrit les bras pour recevoir le bien-aimé.

De quel amour frustré, ou au contraire ardemment accompli, ou à la fois l'un et l'autre, Octave a-t-il tiré de quoi transformer ainsi la légende ? Je me suis reportée aux petits tracts hagiographiques : ils font grand état de la généalogie glorieuse de la sainte, installée pour ainsi dire dans le Gotha du VIIᵉ siècle ; les parents de Rolende se jettent à leur tour sur les traces de leur fille, et entrent ensuite en religion ; le prince fidèle se double confusément d'un serviteur, également fidèle, qui accompagne la princesse, flanquée aussi d'une servante. Octave, qui omet tout cela, n'a rien dit non plus d'une visite de Rolende aux Onze Mille Vierges. Il a au contraire dégagé le thème de la Daphné chrétienne poursuivie par un Apollon barbare ; sur-

tout, il a inventé le geste poignant de la morte, ou peut-
être a-t-il retrouvé sur les lèvres d'une vieille femme du
village ce trait merveilleux qui aura paru trop profane
aux sacristains. Tel quel, son récit prend place parmi
les légendes de passion tendre et de réunion dans la
mort, fleurs peut-être d'un très vieux monde celte,
effeuillées de l'Irlande au Portugal et de la Bretagne à
la Rhénanie. On se demande si Fernande, devenue
wagnérienne, écoutant à Bayreuth la mort d'amour
d'Isolde, aura repensé aux saints amants de Gerpinnes.
Il semble qu'une telle histoire, apprise dès l'enfance,
doive à jamais marquer une sensibilité féminine. Elle
n'empêcha pas toujours Fernande de tomber dans le
style courrier du cœur. Mais quelque chose subsistait,
mince fil de la Vierge par un matin d'été.

Octave mourut, chrétiennement, on s'en souvient,
dans la nuit du 1er mai 1883, nuit magique, consacrée
par la tradition aux esprits des bois, aux fées et aux
sorcières. Le 2 avril précédent, le mariage de Zoé avait
eu lieu à Suarlée. La nouvelle de la mort de « l'oncle »
compta peut-être moins pour Fernande que les cartes
postales envoyées par les nouveaux époux au cours du
voyage de noces. Au début de l'automne, Monsieur de
C. de M. reçut de Zoé, installée maintenant au petit
château d'A., entre Gand et Bruxelles, une lettre
affectueuse, dans laquelle elle le remerciait de l'avoir
mariée à cet Hubert si bon garçon, si poli et si bien
élevé. Ces adjectifs font rêver; après quatre mois
d'intimité conjugale, Zoé parle de son mari comme,
jeune fille, elle eût parlé d'un aimable inconnu aperçu
au bal.

« Agitée » pourtant « par tout cela » (et il semble

bien que cette façon de s'exprimer couvrît à la fois le mariage et de trop nombreuses séances chez le dentiste), Zoé annonçait avec joie une visite au bon vieux Suarlée, où son Hubert l'accompagnerait pour les chasses. En attendant, elle fit venir ses deux jeunes sœurs pour les mener chez une couturière bruxelloise. Fernande, la petite nymphe, et Jeanne l'Infirme firent l'expérience des essayages dans le salon à miroirs de la bonne faiseuse. Mais ces nouveautés n'étaient pour Fernande qu'un prélude. Cet automne-là se produisit pour elle l'événement le plus important pour une jeune personne avant son mariage : elle entra en pension.

Je n'infligerai pas au lecteur la description du pensionnat des Dames du Sacré-Cœur à Bruxelles, dans ces années-là. Je ne sais rien du décor des lieux, ni de l'existence qu'on y menait ; mes peintures seraient tout au plus des décalques de romans de l'époque, ou à peu près de l'époque, ayant consacré quelques pages à ce genre d'institutions. Ce que je possède de plus substantiel sur cette période de la vie de Fernande est un paquet de notes et de rapports trimestriels, accompagnés d'une copie du règlement, soigneusement écrite à la main sur papier tracé. *(Tache : un mauvais point ; cahier non ouvert à la leçon : un mauvais point ; plumier ne contenant pas les objets nécessaires : un mauvais point. Trois fautes : recopier le devoir ; trois hésitations : leçon non sue. Distraction : un mauvais point ; répondre sans être interrogée : un mauvais point.)* Les bulletins sont roses *(très bien)* ou bleus *(bien)* ; les bulletins jaunes *(assez bien)* et verts *(mal)* n'ont évidemment pas été conservés. Jusqu'en 1886, on a d'ailleurs l'impression d'une élève exemplaire. Fernande est première en religion, en français, en composition, en histoire, en mythologie, en géographie, en cosmographie, en écriture, en lecture, en arithmétique, en dessin, en gymnastique et en hygiène. Elle est seconde en littérature, en déclamation, et en sciences naturelles. Plus tard, les choses se gâtèrent.

Les raisons de la chute verticale qui suivit ces triomphes furent souvent discutées en ma présence par la Fraulein. Elle y voyait l'effet d'un engouement, ce qui revient à dire d'un amour. Une dame hollandaise, la baronne G., avait, bien que protestante, confié aux Dames du Sacré-Cœur sa fille Monique, pour donner le dernier poli à son éducation et à son français. A la vérité, le français de Mademoiselle G., exquis comme celui qu'on se transmettait parfois dans de vieilles familles étrangères, n'avait qu'à perdre à fréquenter certains accents belges. Quoi qu'il en soit, l'arrivée de Monique G. (ce prénom et cette initiale sont fictifs) produisit de nombreux remous dans le petit monde du couvent. La jeune baronne, comme on eût dit à cette époque en Belgique, était fort belle, de cette beauté presque créole qu'on rencontre parfois en Hollande, et qui coupe le souffle. Fernande aima tout de suite ces yeux sombres dans un visage doré et ces lourdes tresses noires simplement relevées. Le moral était aussi pour quelque chose dans cet émerveillement. Comparée à ces demoiselles qui aspiraient à produire un effet de vivacité sèche, à la parisienne, Monique dégageait une atmosphère de douceur grave. Fernande, pour qui la religion était surtout faite d'une série de cierges allumés, d'autels fleuris, d'images pieuses et de scapulaires, s'étonna sûrement de la ferveur contenue qui emplissait son amie : la jeune luthérienne aimait Dieu, à qui Fernande à cet âge n'avait guère pensé. Elle était d'autre part moins portée aux scrupules que ces jeunes filles habituées au confessionnal et au compte strict de leurs petits péchés. Fernande subissait le charme d'une nature ardente unie à un comportement calme.

A en croire la Fraulein, la dégringolade des notes trimestrielles de l'élève jusque là modèle aurait été due à une de ces gageures héroïques comme on n'en fait que dans l'adolescence : pour laisser à l'étrangère la première place, Fernande s'éclipsait, travaillait mal, bafouillait exprès. Une telle abnégation, presque sublime si on la replace en son temps et en son lieu, n'est pas impossible, mais sans doute faudrait-il aussi compter pour quelque chose la distraction immense de l'amour *(une distraction : un mauvais point)* et le sentiment qu'à côté de lui tout le reste n'est rien, même les prix d'honneur dorés sur tranches du couvent du Sacré-Cœur.

Je sais que je serai accusée d'omission, ou de sous-entendus, si je laisse de côté la part de sensualité qui a pu se mêler à cet amour. Mais la question en elle-même est oiseuse : toutes nos passions sont sensuelles. On peut tout au plus se demander jusqu'à quel point cette sensualité a passé aux actes. A l'époque et dans le milieu dont nous parlons, l'ignorance totale du plaisir charnel, dans laquelle les éducatrices s'efforçaient de garder les filles confiées à leurs soins, rend relativement peu plausible entre deux élèves des Dames du Sacré-Cœur toute réalisation de ce genre. L'ignorance, certes, n'est pas un obstacle insurmontable : elle n'est le plus souvent que de surface. L'intimité sensuelle entre deux personnes du même sexe fait trop partie du comportement de l'espèce pour avoir été exclue des pensionnats les plus collet monté d'autrefois. Elle ne s'est assurément pas limitée aux fillettes délurées de Colette, ou aux jeunes filles hybrides et assez artificielles de Proust.

Mais cette ignorance si protégée se renforçait à cette date (paradoxalement si l'on y songe) d'une pruderie inculquée de bonne heure, et qui ferait croire que les mères, les bonnes, les gouvernantes dans ces saintes familles, et plus tard les vigilantes religieuses, souffraient elles-mêmes sans le savoir d'une sorte d'obsession sensuelle. La crainte et l'horreur de la chair se traduisent par des centaines de petits interdits qu'on accepte comme allant de soi. Une jeune personne ne jette jamais les yeux sur son propre corps ; enlever sa chemise en présence d'une amie ou d'une parente serait aussi monstrueux que les plus décidées privautés charnelles ; tenir par la taille une compagne est une indécence, comme d'ailleurs échanger un regard au cours d'une promenade avec un beau garçon. La sensualité n'est pas présentée comme coupable, elle est vaguement sentie comme malpropre, incompatible en tout cas avec la bonne éducation. Il n'est pourtant pas exclu que deux adolescentes passionnées, passant outre, sciemment ou non, à ces arguments si forts sur des natures féminines, aient découvert dans un baiser, dans une caresse à peine esquissée, moins plausiblement dans le rapprochement complet des corps, la volupté, ou du moins le présage de celle-ci. Ce n'est pas impossible, mais c'est incertain, peut-être improbable, et autant vaudrait se demander jusqu'à quel point la brise a pu pousser deux fleurs l'une vers l'autre.

De toute façon, le rapport trimestriel du mois d'avril 1887 constate l'effondrement scolaire de Fernande.

L'élève naguère brillante est vingt-deuxième en instruction religieuse et en arithmétique ; quatorzième en
style épistolaire ; treizième en géographie. En grammaire, où elle est cinquième, elle décroche pourtant
comme par hasard deux premières places au cours du
trimestre. Ses lectures à haute voix sont inarticulées, ce
qui étonne quand on pense qu'elles charmeront plus
tard son mari, juge difficile. En travail à l'aiguille,
Fernande se surpasse : elle est quarante-troisième sur
quarante-quatre. Elle a fait quelques progrès en ordre
et en économie, et on concède qu'elle s'est appliquée,
ce qui contredirait les hypothèses de la Fraulein. Sa
tenue en classe est un peu meilleure, mais son maintien
est très négligé et elle ne fait aucun effort pour le
corriger. Elle continue à aimer les sciences naturelles,
se souvenant peut-être des noms de fleurs que lui
apprit « l'oncle Octave ». Son anglais est « *peu
sérieux* ». Comme l'indique le rapport, « *son caractère
n'est pas formé* ».

Un texte plus confidentiel, faisant allusion à la crise
que traversait Fernande, parvint-il en même temps à
Suarlée ? Il se peut, les maisons d'éducation, comme
les gouvernements, procédant volontiers par documents secrets. En tout cas, Monsieur de C. de M.
rappela sa fille à la maison, jugeant peut-être inutile de
la laisser dans une institution où elle n'apprenait plus
rien. On trouvait mauvais, de plus, un attachement si
excessif pour une protestante. Et puis, Monsieur de C.
de M. vieillissait, miné déjà, semble-t-il, par la longue
maladie qui eut raison de lui trois ans plus tard. Sa vie
à Suarlée, où il se confinait maintenant davantage,

n'était pas particulièrement gaie entre la Fraulein, d'une part, et de l'autre Gaston le Simple et Jeanne l'Infirme. Il a pu souhaiter revoir auprès de lui un être jeune, d'esprit vif et de corps sain.

J'ai eu sous les yeux un portrait de Fernande, peint vers cette époque, sans doute par Zoé, qui avait du goût pour les beaux-arts, et qui m'a permis de connaître la couleur des yeux du modèle. Ils étaient verts comme le sont souvent ceux des chats. Fernande était présentée de profil et la paupière légèrement baissée, ce qui lui donnait un regard quelque peu « en dessous ». Elle portait une robe émeraude que l'artiste avait cru assortir aux yeux, et un énorme chapeau à coques de ruban tartan qu'elle arbore aussi dans une silhouette découpée vers cette époque. Elle pouvait tout au plus avoir quinze ans.

Un autre portrait, « tiré » par un photographe de Namur, commémore, deux ans plus tard, une visite à Suarlée d'Isabelle et de ses enfants. Fernande et Jeanne sont debout des deux côtés d'un socle sur lequel on a juché une petite fille en robe blanche ornée de broderie anglaise. Une fillette un peu plus âgée, d'aspect maladif, s'appuie contre la jupe de Jeanne. On n'a pas besoin de boule de cristal pour prévoir le destin de ces quatre personnes : il est inscrit là. Jeanne, ferme et frêle, a ce regard intelligent, un peu froid, que je lui connaîtrai par la suite. Elle n'a pas vingt ans et ne diffère guère de ce qu'elle sera, quadragénaire. La petite fille aux broderies anglaises, ma future cousine Louise, le nez gentiment en l'air, paraît très contente de sa position surélevée. Ce petit corps solide et cette petite âme sûre de soi ont ce qu'il faut pour tenir le coup pendant trois quarts de siècle : elle règne sur ses tantes comme elle régnera sur ses blessés, ses malades, ses infirmières et les brancardiers des ambulances de deux Grandes Guerres. Mathilde, l'enfant souffre-teuse, affublée d'un hideux costume marin et d'un béret qui ne lui sied pas, fait l'effet d'une totale maldonne : elle quittera ce monde de bonne heure.

Fernande est plus mystérieuse. Décidément parve-nue au rang de jeune personne, elle porte une jupe alourdie par d'épaisses basquines. Dans sa toilette de dame, elle est toute ronde, ce qui tient peut-être à la cuisine du pensionnat qu'elle vient de quitter, mais surtout à l'éclosion de l'adolescence, à un luxe nouveau de chair et de sang. Ses seins gonflent son corsage montant. Elle a dû se peigner avant de poser chez le photographe, mais elle a quand même laissé échapper une petite mèche qui pendille (*« le maintien de Fernande est très négligé »*) et qui l'aura consternée plus tard. Les yeux regardent cette fois bien en face. La paupière allongée remonte imperceptiblement vers la tempe, caractéristique assez fréquente dans la région, comme aussi chez les vieux peintres de ce qui est aujourd'hui la Belgique. Derrière cette jeune personne amplement enjuponnée, j'aperçois les hardies filles en braies rayées qui suivaient leurs hommes en Macédoine ou sur les pentes du Capitole, et celles qui furent vendues à l'encan après les campagnes de César. Je

remonte même de quelques siècles jusqu'aux femmes
« des peuplades des fonds de cabane », venues, dit-on,
du Haut-Danube, qui allaient puiser l'eau dans leurs
seaux d'argile grise. Je pense aussi à Blanche de
Namur, qui s'en fut en Norvège, suivie de ses dames
d'honneur, épouser le Folkengar Magnus, surnommé
le Baiseur, et vécut fort librement dans une cour fort
libre, insultée ainsi que son voluptueux jeune époux
par l'austère Sainte Brigitte. Fernande ne sait rien de
tout cela : ses cours d'histoire n'allaient pas si loin. Elle
ne sait pas non plus qu'elle a dépassé le milieu de la
vie : il reste à courir quatorze ans. En dépit de ses
atours de jeune demoiselle, rien ne la distingue des
filles de village ou des petites ouvrières de Charleroi
avec lesquelles elle ne fraye pas. Elle n'est comme elles
que chair tiède et douce. Comme l'ont fait remarquer
les Dames du Sacré-Cœur, son caractère n'est pas
formé.

L'épisode qui va suivre est si laid que j'hésite à le consigner, d'autant plus que je n'ai à son sujet que le témoignage de Fernande. En septembre 1887, c'est à dire ce même automne où la jeune fille resta à Suarlée, au lieu de rentrer au jour dit dans son pensionnat de Bruxelles, la Fraulein, Fernande et Jeanne entendirent un soir les éclats d'une brutale dispute dans le bureau de Monsieur Arthur. Des exclamations inarticulées et des bruits de coups résonnaient à travers les portes fermées. Quelques moments plus tard, Gaston sortit de chez son père et remonta sans mot dire dans sa chambre. Il mourut huit jours plus tard d'une fièvre chaude.

Ainsi rapporté, l'incident paraît non seulement odieux, mais absurde. Il est rare qu'un père de cinquante-six ans tombe à bras raccourcis sur un fils de vingt-neuf ans, et cette brutalité devient plus incroyable encore quand le fils est simple d'esprit. Quel méfait avait pu commettre Gaston l'Imbécile ? Un médecin pourtant me rappelle que les retardés mentaux sont souvent violents, qu'Arthur a pu légitimement essayer de maîtriser son fils, et qu'un coup malencontreux est

vite donné qui puisse causer une lésion grave, la fièvre,
et la mort. Il serait facile de rejeter toute cette histoire
comme l'invention d'une fillette un peu hystérique, ou
du moins de la ramener à des reproches hurlés par un
père exaspéré à un faible d'esprit, envers lequel il
adopte, comme malgré soi, le ton que certains prennent à l'égard des sourds ; à un soufflet peut-être et un
gauche coup de poing, et au fracas d'un fauteuil
renversé. Quant à la fièvre chaude, il semble que cette
famille vécût dans les diagnostics incertains : il a pu
s'agir d'une fièvre typhoïde sévissant par ce début
d'automne, et l'incident de la querelle n'est qu'une
coïncidence, ou Fernande l'aura indûment rapproché
de la fin de Gaston, pour faire dramatique. Mais,
même fabriqué de toutes pièces, le récit de Fernande
aurait le mérite de nous montrer comment la jeune fille
fabulait sur son père, ou plutôt contre lui.

Par une espèce de pudeur familiale, Fernande
n'avoua jamais à son mari, nous l'avons vu, l'infirmité
de Gaston le Simple. En racontant cette histoire, elle
donnait à l'infortuné douze ou treize ans, ce qui le
rapprochait, somme toute, de l'âge mental qu'il avait
en réalité. Il est étrange que Michel ne se soit pas
aperçu qu'il y avait dans ce récit présenté de la sorte
une impossibilité de fait : puisque Mathilde n'avait
survécu qu'un an à la naissance de Fernande, celle-ci
ne pouvait donc avoir eu un frère plus jeune qu'elle de
deux ou trois ans. Mais la date exacte de la mort de feu
sa belle-mère était sans doute le dernier des soucis de
Michel.

J'ai longuement décrit Fernande. Peut-être est-ce le
moment de décrire aussi mon grand-père durant ces

années-là. Dans une photographie prise un peu plus tôt, vers la quarantaine, l'ancien dandy est gras et quelque peu mou ; dans une autre, Monsieur de C. de M. paraît cinquante ans et a retrouvé son style. Ses cheveux abondants autour d'un front déjà dénudé ont évidemment été l'objet des soins du coiffeur. Une lourde impériale lui couvre la lèvre inférieure et le menton, empêchant de juger la bouche. L'œil enlorgnonné est malin et même un peu coquin. C'est le portrait d'un monsieur qu'on imagine racontant une bonne histoire en mâchonnant un cigare, finassant avec un fermier ou un notaire, ou soupesant le perdreau qu'il vient de tuer. Je puis même me le représenter cassant des assiettes dans un cabinet particulier, si ce que je sais de lui ne me faisait croire qu'il y eut dans sa vie, du moins après son mariage, peu de cabinets particuliers et peu de chances de casser des assiettes. Je n'ose dire que cette image ait fait retentir en moi la voix du sang, mais enfin ce n'est pas celle d'un homme qui roue de coups un infirme.

Examinons d'un peu plus près cet indistinct Arthur, puisque c'est la dernière occasion que nous aurons de nous occuper de lui. Orphelin de mère à huit jours, orphelin de père à treize ans, il grandit au côté de sa belle-mère (née de Pitteurs de Budingen) et des enfants de celle-ci. Il fait ses études à Bruxelles dans la même institution religieuse que son cousin Octave, et je vois qu'il suivit avec lui un cours de poésie, ce qui m'attendrit. Encore faudrait-il savoir ce que les professeurs du Collège Saint-Michel durant l'année scolaire 1848-1849 offraient comme poésie à leurs élèves, Lamartine et Hugo, ou Lefranc de Pompignan et l'abbé Delille ? A Liége, où il fait son droit, Arthur semble avoir été surtout un jeune homme à la mode, mais sans les ambitions esthétiques et l'épingle de cravate à tête de mort d'ivoire qu'arborait à Bruxelles, vers la même époque, son cousin Pirmez. A vingt-trois ans, ce qui est un peu tôt pour quelqu'un qu'on nous décrit comme rétif au mariage, il fait une fin, si l'on peut dire, prématurée, en épousant sa cousine germaine. Je me suis étonnée qu'il ait renoncé de gaieté de cœur à Marchienne, en un pays et à une époque où les familles s'arrangeaient pour tourner le Code Napoléon et rester fidèles au principe de la primogéniture. Mais nous ignorons quels arrangements avaient été conclus avec ses demi-frères : Arthur, riche à la fois de la dot de sa mère et de celle de sa femme, n'était certainement pas dépossédé.

Une lettre qu'il écrivit vers l'époque de son mariage à son cousin Octave, qui voyageait à l'étranger, nous explique peut-être pourquoi il préféra l'idyllique Suarlée, et la paix provinciale des environs de Namur, au Hainaut dévoré par l'industrie : « *Je comprends plus que jamais*, assure-t-il au poète, *ta répugnance à te confiner parmi nous... Triste pays : de la boue, de la crotte jusqu'aux genoux, des gens tout préoccupés d'objets positifs, parlant kilos, hectolitres, mètres, décimètres ou bien expropriation, transaction, exhaure, extraction, tout hérissés de chiffres, calculs et comptes, n'ayant ni le loisir ni le temps d'être aimables...* » Cette lettre montre que mon grand-père, dès 1854 ou 1855, n'était pas insensible à l'enlaidissement du monde; elle se termine pourtant sur une note approbatrice : ces profiteurs de l'invasion industrielle qui va transformer Marchienne en terre noire sont, conclut le correspondant d'Octave, des « *hommes probes et estimables* ». Qui l'en blâmerait ? Le dogme du progrès n'est à l'époque contesté par personne, et on se ferait traiter de sentimental si l'on regrettait l'avilissement d'un paysage. Ceux qui sauront qu'on ne détruit pas la beauté du monde sans détruire aussi la santé du monde ne sont pas encore nés. Reste pourtant que, comparé à Marchienne aux abords hérissés de hauts fourneaux, Suarlée a pu paraître à Arthur une retraite paisible.

Il y vécut en tout cas pendant trente-quatre ans, dont dix-sept de veuvage. Oisif-né, il ne semble même pas avoir esquissé une de ces carrières traditionnelles dans la famille, et que son beau-père Troye eût pu lui faciliter. S'il ne s'accroche pas, comme Octave, « *à sa cime* », il s'accroche du moins à son paisible train d'existence. Il géra bien, il est vrai, sa considérable fortune, ce qui revient à dire qu'il s'astreignit toute sa vie à être son propre intendant. On a encore les liasses de papiers dans lesquelles il a consigné en détail l'état des finances des familles dans lesquelles il mariait ses filles. Ce sédentaire qui enviait à son cousin Octave ses séjours en Italie semble n'avoir pour ainsi dire jamais bougé de sa propriété. Cet homme qui évidemment n'aimait pas les enfants en fit dix à sa femme, dont deux morts en bas âge et deux infirmes dont l'existence lui fut peut-être une écharde. Seules, les affectueuses petites lettres de Zoé prouvent qu'il ne fut pas toujours pour les siens le sombre tyran qui effrayait Fernande. On ne lui connaît aucun goût en particulier : la chasse paraît avoir été surtout matière à ostentation. En dépit du bel ex-libris aux dix losanges d'argent sur champ d'azur, ce que j'ai vu des débris de sa bibliothèque était fait surtout des livres de dévotion de Mathilde et d'honnêtes romans allemands commandés par la Fraulein. La Dame de Namur est la seule licence qu'on lui voit prendre, ce qui d'ailleurs ne signifie pas qu'il n'y en eut pas d'autres. Si, dans un moment d'incontrôlable irritation, Arthur a frappé son fils imbécile, cet incident affreux est le seul de sa vie qui m'inspire une émotion quelconque, et cette émotion est à base de pitié.

Le mal qui le rongeait lui fit peu à peu discontinuer les visites à Namur et les tournées chez les fermiers : il régissait désormais ses biens de son bureau. On n'a peut-être pas assez noté que le pire effet de toute maladie est la perte graduelle de la liberté. Monsieur de C. de M. se trouva bientôt séquestré à l'intérieur ou sur la terrasse du château. Vint un jour où il ne descendit plus l'escalier ; il lui restait le choix de prendre ses repas ou de lire son journal dans son lit ou dans le fauteuil qu'on roulait près de la fenêtre. Un jour, ce choix lui fut retiré : il resta au lit.

Je n'ai pas lieu de croire Arthur d'une tournure d'esprit très méditative. Néanmoins, il dut parfois, comme tout le monde, ruminer sa vie. Vous approuvez votre femme d'avoir engagé pour s'occuper des enfants une jeune Allemande à figure de pomme d'api, et la voilà qui préside aux naissances et aux morts pendant vingt-cinq ans, règne sur la maison, fait entrer le curé et le docteur et se retire discrètement sur la pointe des pieds, mais sans jamais faire huiler les gonds de la porte pour l'empêcher de grincer. Il le lui a pourtant recommandé vingt fois. Et c'est cette sotte qui lui fermera les yeux : autant elle qu'une autre. Fifine (appelons-la Fifine) lui a donné de bons moments, mais il y repense du fond de sa détresse de malade avec autant de plaisir qu'un homme pris de nausées se

souvient d'une promenade en barque : il vient un jour
où l'on ne comprend plus pourquoi on a trouvé
alléchante cette petite dame en déshabillé. En tout cas,
il a bien fait les choses : la donation entre vifs qu'il a
pris la précaution de lui faire ne lèse pas les enfants,
puisqu'elle provient d'une modeste somme gagnée à la
Bourse. Quant au Bon Dieu et aux fins dernières, tout
se passera dans les règles, et il n'y a pas lieu de se
tourmenter pour ce qui arrive à tout le monde.

Monsieur de C. de M. décéda en 1890, le surlendemain du Nouvel An. On ne sait trop si Jeanne et
Fernande avaient mis sous sa porte, comme d'habitude, leurs petites lettres respectueuses. Son *Souvenir
Pieux* orné d'une image de l'Homme des Douleurs fait
allusion aux longues souffrances qui purifient l'âme.
Pour le reste, il ressemble à s'y méprendre au *Souvenir
Pieux* de Gaston, commandé au papetier-graveur deux
ans et demi plus tôt. Celui de Gaston implore le
Seigneur de ne pas livrer l'âme du défunt à l'Ennemi,
ce qui peut sembler superflu pour un trépassé que
Dieu n'avait pas doué de raison. Le *Souvenir Pieux*
d'Arthur quémande une prière pour que les péchés des
morts leur soient pardonnés. Après la cérémonie de la
mise en terre, une autre eut lieu à Suarlée, probablement le même soir, et presque aussi solennelle : la
lecture du testament.

Ce document était sans surprise. Monsieur de C.
de M. laissait sa fortune divisée par portions égales
entre ses sept enfants vivants. Elle était assez considérable pour assurer, même fragmentée de la sorte, une
grande aisance à ses héritiers. A part un portefeuille de
valeurs solides, ou crues telles, les avoirs étaient
presque entièrement en biens fonds, jugés par tout le
monde les seuls placements vraiment sûrs. Il allait
falloir attendre vingt-cinq ans pour que la guerre et
l'inflation entamassent cette sécurité. Ni Théobald,
qui venait de finir des études plus ou moins sérieuses
en vue d'un diplôme d'ingénieur, ni Octave, qui ne
s'était préparé pour aucune sorte de profession, n'eussent été capables de gérer ces biens, pour eux-mêmes et
leurs sœurs, comme Monsieur Arthur l'avait fait. Les
fermages seraient désormais versés à date fixe à ses
héritiers par des régisseurs et des receveurs de rentes.
Il y avait là, certes, un danger, mais ces agents avaient
naguère travaillé pour Monsieur Arthur et sous sa
surveillance ; ils étaient de père en fils dévoués à la
famille. Les enfants du défunt se félicitaient de la
commodité d'un tel arrangement. Aucun d'entre eux

ne s'apercevait de ce passage du rang de grand propriétaire terrien à celui de rentier. En même temps, les minces liens, pas toujours amicaux, qui avaient uni Monsieur Arthur à ses paysans étaient définitivement rompus.

Suarlée fut vendu, non seulement parce que son entretien eût été trop lourd pour celui ou pour celle qui l'eût accepté dans son lot, mais encore parce que personne n'avait envie d'y vivre. Les filles mariées avaient leurs propriétés ailleurs ; Théobald, bien décidé à mettre une fois pour toutes son diplôme dans un tiroir, ne pensait qu'à la bonne vie tranquille de célibataire qu'il allait mener à Bruxelles ; Octave se proposait des voyages. Jeanne, jugeant à bon escient son infirmité incurable, s'était décidée à acquérir dans la capitale une maison commode et décente que la Fraulein dirigerait pour elle, et où elle passerait le reste de ses jours. Cette maison serait aussi un foyer pour Fernande jusqu'au moment où celle-ci trouverait à se marier, et il était à espérer que son futur aurait son château ou sa gentilhommière.

On répugnait, toutefois, à mettre la vieille demeure entre les mains d'un marchand de biens. On la vendit à un cousin éloigné, le baron de D., qui en fit ce qu'on a vu. Le mobilier, dont on s'exagérait la valeur, fut partagé aussi méticuleusement que l'avaient été les terres. Les sœurs mariées reçurent les meubles qui garnissaient leur chambre d'autrefois, et qui un petit salon, qui un fumoir. Octave et Théobald eurent de quoi meubler leurs garçonnières. Les lots de Jeanne et de Fernande remplirent à craquer la maison que Jeanne s'était achetée à Bruxelles. Toute mort de père de famille quelque peu nanti est une fin de règne : au bout de trois mois, presque rien ne restait d'un décor et d'un mode de vie qui pendant trente-quatre ans avaient semblé inaltérables, et que Monsieur Arthur avait sans doute imaginé devoir d'une manière ou d'une autre durer après lui.

Avant le départ des deux demoiselles et de leur gouvernante (les deux frères avaient déjà quitté Suarlée), la Fraulein et Fernande firent un dernier tour du petit parc. Pour Fernande, toute à ses rêves d'avenir, cette promenade n'eut presque à coup sûr rien de sentimental. Il en alla autrement pour la Fraulein. Elle revoyait, profilé sur la grille, un homme de haute taille, un peu trop corpulent pour son âge, avec à la joue une balafre supposée due à un duel au sabre, mais les étudiants allemands de l'époque se faisaient souvent charcuter par genre. A la vérité, le visiteur n'était pas plus ancien étudiant qu'il n'était duelliste. Il voyageait pour un fabricant de machines agricoles de Dusseldorf et passait chaque année voir si Monsieur de C. de M. n'avait besoin de rien. Pour la Fraulein, née dans on ne sait quel petit village des environs de Cologne, la visite annuelle du commis voyageur allemand était une fête. On leur permettait de prendre un repas ensemble dans la petite salle où l'on offrait un en-cas aux fermiers venus renouveler leurs baux. Madame Mathilde ayant approuvé les fiançailles de la gouvernante, celle-ci confia à son promis ses économies en vue de l'achat d'un mobilier qui garnirait leur appartement à Dusseldorf. Le galant déguerpit, comme on le devine, pour ne plus revenir. Des informations prises sur place par Monsieur Arthur, par l'intermédiaire du consul de Belgique, révélèrent que le commis voyageur continuait à vendre

des machines agricoles, mais s'était vu assigner, peut-
être sur sa demande, un autre champ d'opérations. Il
s'était marié, et voyageait maintenant en Poméranie.

Les domestiques de Suarlée firent des gorges chaudes de cette déconvenue, qu'ils flairèrent on ne sait
comment. La Fraulein, qui mangeait à la table des
maîtres, n'était pas aimée. Les enfants en ignorèrent
tout ; Mademoiselle Jeanne ne devait l'apprendre
qu'au bout de longues années. Madame Mathilde,
seule, sut qu'au lieu de s'indigner la Fraulein priait
pour « ce pauvre homme » qu'elle avait induit en
tentation en lui confiant son maigre avoir. La sotte
avait des côtés de sainte.

Ce n'est pas la première fois que Suarlée, dont le
nom, paraît-il, signifie en francisque « la maison du
chef », voit une bonne famille quitter les lieux et
s'émietter comme le font les bonnes familles. Si,
comme on assure que cela se produit durant la nuit de
Noël, des feux s'allumaient aux endroits où des trésors
sont enfouis, on verrait dans ce tranquille paysage
d'autres lueurs que celles des lampes du village ou du
chandelier qui éclaire faiblement le salon démeublé du
petit château qu'on va vendre. Le musée de Namur
possède de belles monnaies du Bas-Empire et des
bijoux belgo-romains trouvés à Suarlée. Leurs propriétaires les ont sans doute cachés à la veille d'une
invasion avec les précautions d'usage : on foule soigneusement la terre pour qu'on ne puisse s'apercevoir
qu'elle a été remuée de frais ; on amasse par dessus des
détritus et des feuilles mortes. Ou bien, on cache les
objets précieux dans un creux du mur, et on replace
soigneusement le panneau ou le papier peint. Ainsi

firent Irénée et Zoé Drion, effrayées par la populace durant les glorieuses journées de 1830, et quittant Suarlée pour se réfugier auprès d'Amélie Pirmez ; elles se souvinrent bientôt, avec les fous rires de la jeunesse, que la pendule mise à l'abri avec leurs bijoux marchait encore, et que son tic-tac et sa sonnerie révéleraient infailliblement la cachette. Mais les patriotes cette fois-là ne pillèrent personne. Ainsi feront, en Flandre, dans un quart de siècle, des rejetons d'Arthur et de Mathilde, et ils ne reviendront pas toujours chercher leur trésor, ou, s'ils reviennent, ne le retrouveront pas. Les Belgo-romains de Suarlée, eux non plus, n'ont pas retrouvé le leur.

Mais la vie domestique continue toujours à peu près pareille, avec ses petites et épaisses habitudes. Dans un site voisin, on a tiré du sol des petits chiens de pierre, très gras, au museau bête, une sonnaille au cou, genre chienchien à sa mémère, portraits fidèles de ceux qui jappaient autour du fauteuil d'une maîtresse de maison du temps de Néron. Justement, Mademoiselle Jeanne a un chien de cette espèce, qu'elle nourrit à la fourchette. Toujours raisonnable, elle décide qu'on ne l'emmènera pas à Bruxelles : il les gênerait dans la pension de famille où elles passeront quelques jours avant de s'installer chez soi. On le laissera au jardinier.

Le matin du départ, ces demoiselles prièrent sans doute une dernière fois dans la chapelle vide. L'Allemande donna sûrement une pensée et un *Ave* à Madame. Fernande est distraite, et rêve aux becs de gaz de Bruxelles.

Sitôt établie dans sa maison située dans une rue calme, près de ce qui était alors l'aristocratique avenue Louise, Jeanne prit place dans un fauteuil sous la vérandah et ne le quitta plus guère que pour se rendre tous les matins à pied entendre la messe à l'église des Carmes. Elle accomplissait ainsi à la fois un acte de piété et un exercice d'hygiène. Les gens du quartier prirent l'habitude de voir passer cette personne aux mouvements saccadés, soutenue d'un côté par une bonne en tablier (pour bien marquer son état de bonne) et de l'autre par une dame aux vêtements noirs de coupe démodée. Au retour de la messe, un autre exercice consistait en une heure de variations pianistiques, exécutées froidement et correctement par Jeanne, qui trouvait sans doute plaisir à sentir ses doigts lui obéir sur les touches. La broderie des chasubles et des nappes d'autel était devenue un art qui occupait le reste de son temps ; elle offrait ensuite ces objets à diverses églises.

Elle fit sienne l'ancienne chambre conjugale, drapée d'écarlate, d'Arthur et de Mathilde ; Fernande eut la chambre verte ; dans la sienne, qui était bleue, la

Fraulein réinstalla la photographie de la famille impériale d'Allemagne. Une femme de chambre et une
cuisinière amenées de Suarlée occupèrent la soupente
et l'humide sous-sol, et se remirent à polir l'argenterie
et à encaustiquer les meubles, à frire, à rôtir, à bouillir
et à braiser.

Des assiettes peintes par les demoiselles ornaient le
mur de la vérandah ; un jardin rectangulaire contenait
quelques arbres. Douze chaises Henri II, et deux
bahuts fabriqués vers 1856, encombraient une salle à
manger de dimensions moyennes. Une copie, plus
grande que nature, de *La Cruche Cassée,* achetée au
Louvre par Arthur et Mathilde à un artiste travaillant
sur place, au cours de leur voyage de noces à Paris,
trônait entre les deux buffets. Personne, pas même
Arthur, n'avait donné une pensée à la signification
gentiment égrillarde de cette rougissante ingénue, aux
seins mal couverts par un fichu dérangé, serrant contre
sa hanche sa cruche défoncée. On ne supposait pas à
une copie achetée au Louvre tant d'indécents sous-
entendus. L'aimable porteuse de cruche allait régner
sur cet intérieur pendant trente-cinq ans.

Seule, l'absence d'attelage était sentie comme un
déclin dans l'ordre social. Mais Jeanne ne sortait pas,
et quand Fernande allait dans le monde, on commandait une voiture de remise.

La féerie mondaine désappointa assez vite Fernande, peut-être parce que ses succès n'y avaient rien
d'éclatant. Les deux sœurs avaient peu de relations à
Bruxelles. Assurément, quelques cousins, titrés ou
non, quelques douairières amies de la famille prenaient
soin d'inviter ou de faire inviter la jeune fille. Les

camarades de pension, toutes nées, étaient, si l'on peut
dire, d'agréables voies d'accès : Fernande eut souvent
leurs frères pour danseurs. La capitale, que Fernande
connaissait mal, ayant peu circulé dans ses rues en son
temps de pensionnaire, se scindait en deux parts. « Le
bas de la ville » bruyant, regorgeant de boutiques et de
bodégas où les hommes d'affaires dégustent des por-
tos ; les gros chevaux des fardiers trébuchent sur ses
pavés gras. « Le haut de la ville », d'où ne sort guère
Fernande, a de belles avenues bordées d'arbres où des
valets de pied promènent des chiens, des bonnes
promènent des enfants, et on voit le matin dans ses
rues tranquilles la croupe dressée des servantes qui
récurent les pas de porte. Mais ces lieux sans lyrisme se
transforment magiquement la nuit pour une jeune fille
« qui va dans le monde » ; les résidences cossues, aux
façades revêches, deviennent pour quelques heures des
palais romanesques d'où sortent des bouffées de musique et des chatoiements de lustres, et où Fernande n'a
pas toujours accès. On l'invite seulement aux grandes
réceptions, ou seulement aux soirées intimes, rarement, dans les mêmes maisons, aux unes et aux autres.
En province, la famille de C. de M. avait tout
naturellement tenu sa place parmi ce qu'il y avait de
mieux. Ici, ce nom fort ancien, mais assez oublié, était
à peu près sans valeur marchande à la foire aux
mariages. Il n'avait pas encore reçu, à l'époque, la
couche de vernis supplémentaire que devait mettre sur
lui, au cours de la génération qui montait, la brillante
carrière diplomatique du cousin Émile. Jeanne ne
recevait pas : l'âge et la situation des orphelines leur
eussent du reste interdit de le faire : Fernande a dû
envier ses amies qui donnaient des goûters où des

maîtres d'hôtel en gants blancs passaient les petits fours et qui organisaient chez elles des cours de danse.

Sa jolie fortune n'était pas « le sac » que recherchaient les épouseurs professionnels, et ceux-ci ne pouvaient espérer qu'un père, grand-père, oncle ou frère de la jeune fille les aidât à se pousser dans la politique ou dans le grand monde, au Congo, ou dans les conseils d'administration. La beauté de Mademoiselle de C. de M. n'était pas suffisante pour provoquer des coups de foudre, lesquels, d'ailleurs, n'éclataient pas dans la bonne société, où un mariage d'amour non soutenu par du solide eût passé pour indécent. Les frères de Fernande l'avaient fait inviter aux bals du Concert Noble, dont ils étaient membres. Elle y valsa beaucoup, si j'en crois ses carnets. Mais, vers une heure du matin, entrait avec bruit le petit groupe de la jeunesse dorée bruxelloise, décidé à ne s'amuser et à ne danser le cotillon qu'entre soi. Fernande et ses frères, avec d'autres représentants de la bonne société plus rassise, se sentent vaguement morgués, en tout cas tenus à l'écart.

Elle eut bien entendu ses petits triomphes comme ses petits revers. Une photographie dédicacée de sa grande écriture pointue à l'une de ses meilleures amies du temps du Sacré-Cœur, Marguerite Carton de Wiart, perpétue le souvenir d'un tableau vivant ou d'une opérette montée par un groupe d'amateurs. Fernande porte avec grâce un très authentique costume de paysanne napolitaine. On se rend compte que ces fines broderies, ces délicates fronçures, ces fils tirés et ce tablier diaphane n'ont jamais fait partie des oripeaux d'un costumier. Peut-être ont-ils été rapportés d'Italie par l'un des deux Octave, le frère plutôt que « l'oncle ». Une seule faute de goût : au lieu des mules qu'on attendait, Fernande laisse voir sous sa longue jupe les hautes bottines luisantes de mode en 1893. Sûre d'être applaudie, elle semble reparue pour un baisser de rideau ; l'œil un peu languissant veut plaire. Aussi peu paysanne et napolitaine que possible, incongrûment posée par le photographe parmi les plantes vertes d'un jardin d'hiver, elle fait songer à la Nora d'Ibsen s'apprêtant à danser la tarentelle dans un salon de Christiania.

On commençait à lui reprocher d'être originale. Sa très mince culture, qu'elle cherche à améliorer en lisant tout ce qui lui tombe sous la main, sans en excepter les dangereux romans à couverture jaune, effraie les mères : une jeune personne qui a lu *Thaïs, Madame Chrysanthème* et *Cruelle Énigme* n'est plus tout à fait mariable. Il lui arrive trop souvent de raconter une anecdote historique qui l'enchante, et qui met en présence des personnalités que ses danseurs ne connaissent pas, le duc de Brancas, par exemple, ou Maria Walewska. Elle a prié un vieux prêtre de sa connaissance de lui enseigner le latin ; elle parvient à construire quelques vers de Virgile, et, fière de ses progrès, elle en parle. Elle avoue même s'être acheté une grammaire grecque. Personne ne la secondant, ou même ne l'approuvant dans ces entreprises, elles s'arrêtent court, mais Fernande a acquis bien à tort la réputation d'une jeune personne à idées, qu'elle n'est pas.

La maison de Jeanne était devenue un pied-à-terre
pour ses sœurs mariées en province. Elles venaient
entre deux trains, faisant coïncider leurs visites avec
des soldes de blanc ou le sermon d'un prédicateur
célèbre. Zoé surtout allait assez souvent à Bruxelles
consulter son médecin.

Parfois, comme à contrecœur, elle invitait Fernande
à passer quelques jours à A. La famille d'Hubert, fixée
depuis longtemps dans ce calme paysage flamand,
tirait son illustration d'un sculpteur du XVIIIe siècle,
dont les anges et les vierges baroques ornent pas mal
d'autels et de chaires de vérité des Pays-Bas Autrichiens. Le petit château était agréable ; le village et sa
bonne vieille église étaient situés à quelque distance. A
cinq heures du matin l'été, à six heures l'hiver, la
mélancolique Zoé sortait pour la première messe.
Chaque matin, la main sur la poignée de la porte et se
retournant vers le vestibule, elle donnait de loin à la
femme de chambre censée « faire le salon » des ordres
pour les divers petits travaux à accomplir avant son
retour. Elle n'ignorait pas que Cécile (elle s'appelait
Cécile) se faufilait à ce moment dans la belle chambre

du premier étage, l'heure de la messe étant pour Hubert l'heure du berger. Mais la pathétique comédie se renouvelait chaque jour pour donner le change à la cuisinière et à la fille de cuisine, qui pourtant étaient de mèche, et à la petite Laurence, couchée dans sa chambre d'enfant, qui, à huit ou neuf ans, savait tout. Et très digne, un peu lasse, emblème vivant de la résignation, vêtue, gantée et chapeautée comme en ville, Zoé partait pour la messe.

Tout cependant ne s'était gâté qu'après la mort d'un second enfant, le fils si désiré, enlevé en bas âge. L'angélique Zoé se soumit humblement aux volontés du ciel ; le simple Hubert vomit des blasphèmes, frappa du poing sur la table, et déclara qu'il n'y avait pas de Bon Dieu, et les remontrances terrifiées de sa femme ne firent que l'exaspérer davantage. Je ne sais trop si c'est vers cette époque que le visage rieur de Cécile s'interposa entre eux ; en tout cas, si, comme le veut la scène décrite plus haut, cette jolie fille fit jamais à A. partie des gens de maison, elle ne resta pas longtemps dans cette position subalterne, et eut bientôt pignon sur rue au village. Le père complaisant de cette maîtresse déclarée était un petit brasseur en faillite que renfloua ce beau-fils de la main gauche. Il était radical, peut-être franc-maçon, et de ce fait méprisé par les bonnes familles. Ce milieu déteignit sur Hubert, déjà furieux contre le curé de la paroisse qui prétendait se mêler de ses affaires de ménage. Un beau jour, les lecteurs du journal avancé du district apprirent que Monsieur Hubert D., le propriétaire bien connu, avait accepté la présidence du club anticlérical, et cette information s'accompagnait d'une sauvage

attaque contre la calotte. Zoé sans doute mit tout en
œuvre pour ramener Hubert à Dieu, sinon à elle, ce
qui consomma entre eux la rupture.

Il y eut pourtant encore quelques faibles flambées
d'amour conjugal. En 1890, la succession de Monsieur
de C. de M. s'ouvrit à Suarlée, et Zoé reçut à la fois sa
part des biens paternels et celle de l'héritage de Louis
Troye, resté jusque là indivis. Hubert vendit immédiatement les terres situées en Hainaut pour en acheter
d'autres, près d'A., ce qui n'était sans doute pas un
mauvais calcul et augmentait son prestige. Il acheta
aussi des deniers de sa femme un restaurant sur la place
du village, et y installa les nièces de Cécile. Deux fils
naquirent à la femme légitime durant ces années
d'euphorie provoquée par l'argent facile, mais la
seconde de ces deux grossesses lui laissa une infirmité
que le gynécologue de Bruxelles ne sut pas guérir.
Cette fois, sa vie conjugale prit fin. Peut-être ne le
regrettait-elle pas, sauf pourtant que sa mise à l'écart
définitive laissait la place libre à ce que le curé au
confessionnal eût appelé l'impureté, c'est à dire à
Cécile.

Elle redoubla de piété. Elle communiait tous les
jours, et, pour s'épargner un double trajet à jeun,
déjeunait désormais au petit café catholique en face de
l'église ; bien que baragouinant à peine le flamand, il
lui arrive d'engager conversation avec des métayers
d'Hubert, et de leur promettre d'obtenir pour eux une
réduction de bail ou un délai de payement qu'Hubert
ne consentirait pas de lui-même, son radicalisme tout
neuf n'ayant pas fait de lui un philanthrope. Il lui
accorde assez souvent ces concessions, et se montre

même bon prince en ce qui concerne l'argent de ses aumônes. L'après-midi ou le soir, s'il y a vêpres ou salut, Zoé revient au village, et s'occupe aussi quelque peu des petites filles du catéchisme. Hubert passe la plus grande partie de son temps chez Cécile, ou dans le restaurant des nièces, où il donne ses déjeuners de chasse. On l'y voit boire des lambics avec les fortes têtes du lieu, et sans doute manger du curé.

Il est peu probable que Zoé ait confié toutes ses peines aux oreilles encore virginales de Fernande. Mais la jeune fille avait des yeux. L'incurie régnait dans le petit château. Zoé découragée ne donnait plus d'ordres aux domestiques, dont la plupart d'ailleurs ne comprenaient pas le français. Hubert y suppléait parfois, puis renonçait. Il était courtois envers sa jeune belle-sœur, qui sentait sans doute en ce monstre un pauvre homme désorienté. Laurence était une fillette aux traits aigus, faussement précoce, qui tapait avec force sur le piano du salon. Les deux garçons étaient encore à l'âge où tous les enfants sont des chérubins. Zoé les confiait à une bonne, sa toux ne rendant pas toujours opportun qu'elle s'occupât d'eux.

Il se peut que le spectacle de ce ménage, et de quelques autres, ait dégoûté Fernande de ce qui eût été pour elle la solution traditionnelle : un cousin éloigné, le fils d'un ancien voisin de campagne, ou encore un membre de la bonne société namuroise discrètement choisi par le truchement d'une mère supérieure, d'un prêtre de paroisse, ou d'une des femmes de tête de la famille, telle Madame Irénée. Mais ces sages arrangements qui avaient été de mise pendant des générations

ne convenaient déjà plus tout à fait à une jeune
personne de 1893, à qui sa situation laissait une
certaine marge d'indépendance. Fernande voulait
autre chose, sans trop savoir quoi.

Il ne lui restait plus qu'à s'éprendre d'un homme qui ne songeait ni à elle, ni, pour le moment, au mariage. C'est ce qu'elle fit. Le baron H. (cette initiale est de fantaisie) appartenait à une très neuve aristocratie d'argent ; son père et son grand-père avaient su mener à bien pour eux-mêmes et pour leurs associés un certain nombre d'opérations financières, et en avaient été récompensés par un titre. Le jeune baron (son prénom m'échappe) ne dérogeait pas : on le disait prodigieusement habile. Mais il était aussi dilettante, collectionneur, mélomane. Il jouait bien de l'orgue, et tirait vanité d'être l'un des bons élèves de Widor. Ses moyens lui permirent d'acquérir un instrument des plus perfectionnés et de faire construire pour l'y installer un salon de musique dans une annexe de son hôtel. J'imagine que cette pièce avait l'aspect mi-chapelle, mi-chambre d'amour qu'eurent si souvent les salons de musique de l'époque, avec leurs vitraux et leurs divans couverts de tapis turcs. Peut-être même y brûlait-on de l'encens.

Fernande, qui était musicienne, bien qu'elle n'allât pas elle-même au delà du pianotage, plongea avec délices dans cette atmosphère de serre chaude. *Harmonie, harmonie, langue que pour l'amour inventa le génie...* Cette définition, juste seulement pour un certain type de sensibilités romantiques, convient exactement aux émotions de Fernande pendant au moins une saison. Bach et César Franck se changèrent pour elle en ruissellements tendres. Le baron H. lui fit la politesse de lui montrer ses belles reliures et ses manuscrits enluminés : elle n'y connaissait rien, mais ce qu'elle en disait était pourtant moins bête que ce qu'il avait entendu dire à d'autres jeunes femmes et jeunes filles du monde. Pour la première fois, depuis « l'oncle Octave » de son enfance, Fernande rencontre un homme raffiné, délicat, ce qu'on commence déjà à appeler un esthète, et qu'elle dépeint elle-même comme une nature artiste. A la vérité, il n'a pas le beau visage de l'oncle angélique : on a tout dit de l'aspect extérieur du baron quand on a fait remarquer qu'il a l'air insignifiant. J'aimerais pouvoir présumer que Fernande, rejetant tous les préjugés des siens, s'est éprise, peut-être à son insu, d'un membre de la race qui a donné au monde le plus de banquiers, de prophètes, de mélomanes et de collectionneurs, mais je ne sais rien des ascendants du baron H.

Dans l'ordre mondain, leurs rapports n'allèrent pas plus loin que quelques tours de valse (le baron dansait bien, mais n'aimait pas la danse) ; une ou deux fois, elle l'eut pour vis-à-vis à la petite table d'un souper. Fernande fût morte plutôt que de se déclarer, crime inexpiable à l'époque pour une amoureuse, mais ses silences et ses beaux regards noyés parlèrent pour elle. Le jeune baron, plongé à la fois dans les affaires et dans les arts, ne vit rien, ou parut ne rien voir. Il fut distrait,

ou il fut prudent. Bien des années plus tard, il épousa
une femme laide, nullement douée, qu'il entoura
méthodiquement, dit-on, pendant ses grossesses, de
reproductions de statues antiques et de bas-reliefs de
Donatello, et qui lui donna de beaux enfants. Mais,
pendant deux hivers, Fernande avait vécu de cet
amour, ou, comme l'eût dit la Fraulein, de cet
engouement. Le soir, remettant dans le tiroir de sa
commode ou dans sa penderie ses plumes et ses
fourrures, que, pas plus qu'aucune autre femme de son
temps, elle n'a honte de porter, elle se rend pourtant
compte qu'elle n'a une fois de plus que piétiné, ou
dansé sur place. Sa vie est une mesure pour rien. En
même temps, l'immense nostalgie qui lui emplit le
cœur la transfigure à ses propres yeux, fait d'elle une
sorte d'héroïne de roman dont elle admire devant son
armoire à glace les joues pâlies et le regard triste.

Cet échec accrut peut-être chez Fernande le goût des voyages : on a vu d'ailleurs qu'il n'était pas rare chez les siens. Voyager seule eût été impensable pour une jeune personne qui se respecte ; voyager escortée d'une femme de chambre ou d'une demoiselle de compagnie était déjà une audace. Mais Fernande était majeure ; elle avait ses propres moyens d'existence ; ni Théobald, par indifférence, ni Jeanne, par sagesse, ne firent d'objections : cette famille avait ses bons côtés. Ni le frère ni la sœur aînée n'eussent pourtant accepté que Fernande séjournât à Paris, où seule une femme mariée, et accompagnée de son mari, était à peu près à sa place ; l'Italie, qui évoque toujours pour les gens du Nord l'image d'on ne sait quelles confuses voluptés, n'eût pas été approuvée non plus. Mais l'Allemagne était de tout repos, et la Fraulein, qui avait envie de revoir son pays natal, en vantait de bonne foi les cœurs vertueux et les mœurs pures. A plusieurs reprises, Jeanne prêta à sa sœur son indispensable gouvernante, remplacée momentanément par une personne recommandée par des religieuses. Fernande passa ainsi plusieurs étés et plusieurs automnes à excursionner le long du Rhin ou du Neckar, à admirer de vieux burgs, à contempler la Madone de Dresde, ou, à Munich, les antiques de la Glyptothèque, que la Fraulein toutefois jugeait indécents, et surtout à s'alanguir ou à se griser de l'intarissable musique qui, pour ainsi dire, coulait de l'Allemagne, de ses saisons d'opéra, de ses concerts, de ses kiosques à musique et des orchestres de ses restaurants.

Elles s'installaient dans des pensions recommandées dans le guide, et considérées comme plus convenables que l'hôtel. On y rencontrait des gens cultivés. Les écrivains en herbe, les éternels étudiants, les étrangers en quête de culture y abondent. Hedda Gabler jette un coup d'œil aux chefs-d'œuvre de la Pinacothèque et court les boutiques pendant que le bon Georges Tesman prend des notes sur l'industrie domestique au Moyen Age ; Tonio Kröger et Gustav von Aschenbach s'arrêtent quelques jours en route vers l'Italie, ou au contraire à leur retour, et parlent rêveusement des nuits de Naples et des crépuscules de Venise ; Oswald Alving remontant vers la Norvège, inquiet de ses vertiges, fait halte pour consulter à Francfort ou à Munich un bon médecin. L'obsession du voyage, pour un cœur jeune, est presque toujours corollaire de celle de l'amour : Fernande guette au détour de chaque paysage, au pied du socle de chaque statue, l'apparition d'un de ces êtres exquis dont les romans et les recueils de poèmes sont pleins. Le style un peu fade de ces rêvasseries n'empêche pas qu'elles ne contiennent l'essentiel : le besoin d'aimer, que Fernande ennuage de littérature, et le besoin de jouir, qu'elle ne s'avoue pas.

De pâles idylles ont dû s'ébaucher dans la pension de

famille à propos d'un volume prêté ou rendu, d'une promenade au Parc où l'aimable Herr X. propose poliment d'accompagner Mademoiselle, ou tout simplement à la vue de quelque jeune étranger occupé à lire à la table voisine, et que, le lendemain, on ne voit plus. Mais l'élément féminin est en majorité. Il y a les correctes misses anglaises et américaines, presque indistinguables les unes des autres, sauf par leur accent, venues progresser dans le solfège ou dans la technique pianistique. Il y a aussi de plus robustes personnes volontairement mal vêtues, arborant des cravates et parfois portant lorgnon, agressivement indifférentes à leur propre laideur ou à leur propre beauté. Celles-là copient dans les musées, dessinent d'après le nu, travaillent l'art dramatique, ou parfois distribuent des tracts socialistes. Une ou deux fois, une belle fille ébouriffée, qui a laissé bien loin derrière soi, quelque part en Scandinavie ou en Pologne, sa bonne famille, invite Fernande à partager dans sa chambre un gâteau arrosé de kirsch. Mais le féminisme outrancier, l'assertion tranchante que tout est à reconstruire dans la morale de l'amour, effraie la demoiselle de Suarlée ; elle retire sa main que la jeune anarchiste a affectueusement caressée.

Autant que dans la maison du quartier d'Ixelles, elle est seule. Elle commence à s'apercevoir qu'à moins d'une affinité élective, toujours rare, les êtres ne se rapprochent et ne forment des liens durables que quand le milieu social, l'éducation, des idées ou des intérêts communs les lient, et quand leurs propos sont tenus dans un même jargon. Fernande ne parle pas la langue de ces passants plus affranchis qu'elle-même. Elle n'a pas, comme eux, de raisons d'être : elle ne cherche pas à se perfectionner dans la musique ; elle ne sera jamais poète ou critique d'art ; elle est incapable de barbouiller même une aquarelle. L'injustice sociale, qui bouleverse la Russe à col empesé, sa voisine d'étage, n'est dans son monde à elle qu'un lieu commun pour ouvriers grévistes, et elle ne comprend pas qu'une femme ait des opinions politiques. Mais où est sa place, et que faire ? Les bonnes œuvres, que Jeanne lui conseille pour occuper ses hivers, se présentent à elle sous l'aspect de dames autoritaires, du genre colonel, qui cousent des layettes et morigènent des filles mères. Le couvent, qui à son lit de mort lui paraîtra la meilleure solution pour sa fille, ne la tente pas en ce moment pour soi-même ; l'austérité des ordres contemplatifs l'épouvante ; l'idée d'avoir à soigner les malades soulève en elle des dégoûts dont elle sait ne pas pouvoir se défaire ; l'habit des Dames du Sacré-Cœur ne la séduit pas non plus. Rien de tout cela ne remplira sa vie. Le mariage est la seule issue, ne fût-ce que pour ne pas rester au rang inférieur de jeune personne non casée. Mais Oswald Alving et Tonio Kröger ne font pas d'offres, et les seules solutions pratiques sont celles qu'on rencontre en frac dans les salons de Bruxelles.

Elle eut pourtant son idylle allemande. Par un beau mois de septembre, elle séjournait avec la Fraulein dans un petit hôtel à l'orée de la Forêt-Noire. Elle partit seule pour une longue promenade. La Fraulein, qui souffrait de migraines, et continuait d'ailleurs d'avoir foi en la vertu germanique, accompagnait de moins en moins ces randonnées. Il y avait ce jour-là peu de promeneurs ; les étudiants qui marchaient dans les bois en chantant, et parfois en braillant, des lieds de

Schubert, avaient regagné leurs universités. Mademoiselle de C. de M. suivait un de ces sentiers aux embranchements desquels il est impossible de se perdre, tant ils sont bien marqués de signalisations bleues ou rouges. Elle finit par s'asseoir dans une clairière sur un banc de gazon. Sans doute avait-elle, comme d'habitude, un livre à son côté. Au bout d'un moment, un jeune forestier à culotte courte prit place auprès d'elle. Il était beau, d'une beauté blonde de Siegfried. Il lui adressa la parole ; ce n'était pas tout à fait un rustre. Ils échangent les banalités habituelles : elle mentionne le pays d'où elle vient et explique qu'elle aime beaucoup l'Allemagne. Peu à peu, ils se rapprochent : ce beau garçon simple l'a charmée.

Elle reçoit un baiser, puis le rend, puis consent à accepter une caresse. Leurs audaces n'allèrent pas très loin, mais Fernande du moins a posé la tête sur l'épaule d'un homme ; elle a senti sa chaleur et le mouvement de ses mains ; elle s'est abandonnée à cette violente douceur qui bouleverse tout l'être. Elle sait désormais que son corps est autre chose qu'une machine à dormir, à marcher et à manger, autre chose aussi qu'un mannequin de chair qu'on couvre d'une robe. La suave sauvagerie sylvestre la transporte dans un monde où n'ont plus cours les petites fausses hontes qui la paralysent dans sa pension de famille. La Fraulein constata une fois de plus que le bon air faisait du bien à Mademoiselle.

Elle fut trop scrupuleuse pour ne pas confier plus tard à Monsieur de C. cette mince aventure. Michel avait au sujet de la liberté des femmes non mariées les vues les plus larges : une confidence de ce genre n'était indiquée que si la rencontre avait eu pour résultat un

enfant, qu'il faudrait pourvoir, et qui pourrait un jour
faire l'objet d'un chantage. L'aveu de Fernande, qu'il
jugea sot, l'agaça. Mises à part les professionnelles et
quelques folles dont il ne se souciait pas, Michel, je l'ai
dit, tenait à se représenter toutes les femmes comme
des créatures étrangères à toute pulsion charnelle, qui
ne cédaient que par tendresse à l'homme qui avait su
les séduire, et n'éprouvaient dans ses bras d'autre joie
que celle du sublime amour. Bien que sa propre
expérience eût constamment battu en brèche cette
notion, il la conserva toute sa vie enfouie dans ces
profondeurs où gisent les opinions qui nous sont
chères, mais que les faits contredisent, et elle en
ressortit de temps à autre jusqu'à ses derniers jours. A
moins toutefois, sautant à l'autre extrême, qu'il ne prît
toutes les femmes pour des Messalines, ce qui présentait aussi des difficultés. Fernande en l'occurrence lui
parut une niaise qui avait cru lire dans l'œil d'une brute
allemande la lueur de l'amour, au lieu d'y voir ce que
Michel appelait un désir grossier, quand ce n'était pas
lui qui le ressentait. Qu'elle eût éprouvé un pur délice
des sens eût été, non seulement déshonorant pour elle,
mais inexplicable. Mais les femmes, songeait Monsieur
de C., sont au-delà de toute explication.

La pluie tomba les jours suivants : Fernande ne revit
pas son Siegfried. L'hiver venu, elle rentra sans grand
plaisir dans le circuit mondain. Le baron H., aperçu
plusieurs fois au cours de soirées, n'était guère plus
qu'un beau rêve de l'avant-veille. Un sentiment de déjà
vu mettait sur tout cela une teinte grise. Elle prenait en
dégoût chez certains de ses danseurs une grossièreté
très réelle : ce rire épais qui se déclenche d'autant plus
bruyamment que la plaisanterie a mis plus de temps à

être comprise, ces conversations entre deux messieurs,
surprises au buffet, où il n'était question que de tuyaux
de Bourse, de tableaux de chasse, ou de femmes. Son
carnet de cet hiver-là me prouve qu'elle eut pour
valseurs au moins deux jeunes hommes qui firent plus
tard carrière honorable dans la politique ou les lettres,
mais il est douteux qu'on parlât littérature entre deux
contredanses, et, eût-on discuté la chute du ministère,
que Fernande n'eût pas écouté. C'est sans doute alors
qu'elle adopta pour devise une pensée lue dans je ne
sais quel livre : « *Bien connaître les choses, c'est s'en
affranchir.* » Elle la fit plus tard goûter à Monsieur de
C., qui s'en pénétra. Je me suis souvent inscrite en
faux contre elle. Bien connaître les choses, c'est
presque toujours, au contraire, découvrir en elles des
reliefs et des richesses inattendus, c'est percevoir des
relations et des dimensions nouvelles ; c'est corriger
cette image plate, conventionnelle et sommaire que
nous nous faisons des objets que nous n'avons pas
examinés de près. Au sens le plus profond, pourtant,
cette phrase touche à certaines vérités centrales. Mais,
pour les faire véritablement siennes, il faut peut-être
d'abord être rassasié de corps et d'âme. Fernande
n'était pas rassasiée.

Le temps passait sans qu'on sût comment. Le vingt-
trois février 1900, sous un ciel gris d'hiver, elle fêta
avec mélancolie ses vingt-huit ans.

La même semaine, ou presque, elle reçut d'une vieille amie de la famille, la baronne V. (de nouveau, cette initiale est de fantaisie, le nom de cette personne, que je suis en droit d'appeler l'auteur de mes jours, m'ayant échappé), une lettre qui demandait une immédiate réponse. Cette douairière, qui avait pour Fernande des sentiments affectueux, l'invitait à passer les fêtes de Pâques dans la villa, située agréablement à l'écart et en pleine dune, qu'elle possédait à Ostende. La baronne V., méprisant la Saison, ne s'y rendait guère et n'y recevait qu'au printemps et qu'à l'automne. Elle informait Fernande qu'elle aurait cette fois-là, parmi quelques autres familiers que Mademoiselle de C. de M. connaissait déjà, un Français d'une quarantaine d'années, de belle prestance, et fort cultivé, avec qui sa jeune amie ne pourrait que se plaire. Monsieur de C. avait perdu sa femme l'automne précédent ; il avait un fils, garçon d'une quinzaine d'années dont s'occupaient surtout ses grands-parents maternels ; par exception, au lieu de voyager, comme il en avait l'habitude, il avait passé l'hiver dans son hôtel de Lille. Il possédait sur les collines de Flandre, non loin de la frontière belge, une propriété dont la baronne avait admiré la belle vue s'étendant par les jours clairs jusqu'à la mer du Nord. On pouvait espérer que cette semaine écoulée parmi quelques personnes agréables, chez une vieille amie, rendrait un peu de gaieté et de confiance en la vie à cet homme en deuil. Fernande accepta, comme elle l'avait fait d'ailleurs à plusieurs reprises, l'invitation de la bienveillante douairière. Elle fit ce que font toutes les femmes en pareil cas : elle s'acheta une ou deux robes, et en fit retoucher quelques autres.

Quand elle entra le soir de son arrivée dans le salon de la baronne, elle aperçut au milieu d'un groupe un homme de grande taille, très droit, portant haut la tête, qui causait avec vivacité. Il n'avait nullement l'air triste. Monsieur de C. était un brillant causeur comme il en existait d'assez nombreux à cette époque, et comme il n'y en a plus guère à la nôtre, où il semble que les êtres humains communiquent de moins en moins. Ce n'était pas un monologueur : il était au contraire de ceux qui prêtent à leurs interlocuteurs plus de feu, d'intelligence et de gaieté qu'ils n'en ont. Son crâne rasé de près et ses longues moustaches tombantes donnaient à ce Français du Nord un faux air de magnat hongrois. Les yeux, d'un bleu vif, un rien sorciers, brillaient enfoncés sous des sourcils embroussaillés. Peu observatrice, Fernande sans doute ne remarqua pas ce soir-là les hautes oreilles très fines, que Monsieur de C. se vantait de faire mouvoir à volonté. A table, où elle l'eut pour voisin, elle admira probablement ses grandes mains d'homme de cheval, et de forgeron, sans toutefois s'apercevoir que le médius gauche était coupé à la hauteur de la première

phalange. Tous ces détails, que je donne ici par
commodité, eussent facilement constitué à l'invité de la
baronne V. une physionomie étrange, presque redoutable, si le cavalier et l'homme du monde en lui ne
l'avaient si visiblement emporté. Il eut pour Mademoiselle de C. (au sujet de laquelle il avait reçu une lettre
analogue à celle que Fernande avait eue sur son
compte) toutes les attentions requises. Après le dîner,
quand il fut question de faire un peu de musique,
Fernande se déroba, rappelant à son hôtesse qu'elle ne
chantait ni ne jouait expertement du piano. Monsieur
de C., qui n'aimait pas les talents de société, s'en
félicita.

La baronne, marieuse bénévole comme le sont
d'instinct tant de femmes de son âge et de son monde,
les laisse beaucoup seuls. La plupart des autres invités
sont déjà repartis. Fernande et Michel se promènent le
matin sur la plage encore déserte par cet aigre avril.
Empêtrée de ses longues jupes et du voile qu'elle met
pour se protéger du sable, Fernande donne prise au
vent. Michel doit ralentir le pas, symbole des concessions futures. Il loue un cheval. Elle n'a pas d'amazone
et d'ailleurs sait à peine monter : il se dit que ce sera
une éducation à faire. Elle le regarde de la vérandah
caracoler dans les dunes. C'est la beauté de cette côte,
même déshonorée comme à cette époque elle l'était
déjà, que, dès qu'on tourne le dos aux laids aligne-
ments des villas sur la digue, on a devant soi l'immensité fluide sans nom et sans âge, le sable gris et l'eau
pâle que parcourt sans cesse le vent. A la distance où
elle est d'eux, Fernande ne distingue plus les détails du
costume de l'homme et du harnachement de sa monture : rien qu'un cavalier et sa bête comme au matin

des temps. A marée basse, Michel tourne son cheval
vers la mer ; l'animal y entre à mi-jarrets pour s'y
rafraîchir ; le cavalier qui contemple le large est en ce
moment à mille lieues de Fernande. Les jours de pluie,
la causerie au coin du feu est la meilleure ressource. Il
s'aperçoit qu'elle conte admirablement, en poète ; elle
n'a, Dieu merci, aucun accent, ce que ce Français ne
supporterait pas.

Il songe : il y a deux ou trois ans, au cours d'une
autre villégiature à Ostende, il a proposé à Berthe, sa
première femme, une promenade dans les dunes. Elle a
été prise d'un étourdissement. (Toutes les mêmes,
ridiculement serrées dans leur corset.) Ils passaient
devant la grille d'une villa ; un domestique rangeait les
chaises de rotin du porche. Monsieur de C. a demandé
pour Berthe la permission de s'asseoir. La baronne,
parue sur ces entrefaites, a retenu les deux étrangers ;
une amitié est née, plutôt entre Michel et la vieille
dame qu'entre celle-ci et Berthe, jugée un peu sèche et
dure. Faut-il que tout recommence sur de nouveaux
frais parce qu'il a eu l'idée d'aller faire un tour sur la
dune il y a deux ou trois automnes ? La description que
la baronne lui a envoyée de Fernande n'est pas trop
inexacte : de beaux cheveux mal coiffés. Des yeux
câlins, et pas seulement parce qu'elle veut lui plaire :
elle pose le même regard tendre et vague sur la dame
du kiosque aux journaux et sur le balayeur municipal.
Pour une personne de son milieu, elle a de la lecture.
Son âge est ce qu'il faut. Monsieur de C. juge que,
pour un quadragénaire, épouser une fille de vingt ans,
c'est être sûr que tous ses voisins de campagne lui
pinceront les fesses. (Je laisse à Michel son langage,
sans lequel je ne le reconnaîtrais pas.) Pour la même

raison, il est bon qu'elle ne soit pas d'une beauté
éclatante. Elle est racée, en tout cas, et c'est un point
qui compte pour cet homme qui répète sans cesse que
la race n'est rien, le nom n'est rien, la situation sociale
n'est rien, l'argent n'est rien (bien qu'il le dépense avec
fougue), et qu'en général tout n'est rien.

Il s'attend de la part de sa mère à des remarques
aigres-douces ; mais la bienveillance n'est pas une
qualité de Madame Noémi : on sait cela. Il a des soucis
d'argent ou plutôt en aurait, s'il était capable d'en
avoir, et prévoit déjà le surcroît de dépenses que va
représenter Fernande, mais dépenser pour une femme
est une partie du plaisir qu'il attend d'elle. Mademoiselle de C. de M. a d'ailleurs, heureusement, sa petite
fortune personnelle sur laquelle elle retombera, si
quelque chose cassait entre eux. L'hiver au côté de sa
mère a été lugubre ; voyager seul n'est pas toujours
drôle non plus. Et puis, il y a la femme, pour cet
homme qui aime les femmes. Les adultères mondains
prennent du temps ; des prostituées, pas question ; il
n'a pas le goût des femmes de chambre. Il aurait pu,
évidemment, épouser une des sœurs de Berthe : pas
question non plus. Il jette un regard appréciateur sur le
corps tendre et un peu mou de Fernande.

Mais quand il fait des ouvertures, Mademoiselle de
C. de M. hésite. Non que la baronne l'ait trompée : il
est bien. L'amicale marieuse a cependant laissé dans le
vague certains petits détails, dont elle n'est peut-être
pas très au courant elle-même. Ce Français d'une
quarantaine d'années a, très exactement, quarante-six
ans. La mort presque subite de sa première femme l'a
secoué ; elle ne l'a pas navré, comme la lettre de la
baronne tendait à le faire croire. L'hôtel de Lille

appartient, en fait, à l'épaisse et opulente Noémi, qui règne aussi sur le Mont-Noir et sa belle vue, dont elle ne se dessaisira qu'à l'article de la mort. Michel n'est chez soi que dans divers Grands Hôtels. La baronne n'a rien dit concernant le passé de ce fiancé présomptif, mais l'histoire de sa vie vécue au hasard, et plus XVIIIᵉ siècle que XIXᵉ siècle, exciterait sans doute plutôt qu'elle n'inquiéterait Fernande. Sans trop savoir pourquoi, et sans employer ce terme, qui n'est pas dans son vocabulaire, elle se sent devant un être humain de la grande espèce. Mais elle n'éprouve pas en présence de ce Français impétueux et désinvolte ce frémissement délicieux qui, selon elle, constitue l'amour. Ce n'est pas sa faute si elle préfère le genre angélique, le genre esthète, et le genre Siegfried, au genre officier de cavalerie. Michel, qui n'a pas l'habitude des résistances féminines, se déconcerte et s'irrite. Il trouve la proposition qui emporte la place :

— Vous avez l'intention de passer l'été en Allemagne. Quel plaisir ce serait pour moi que de découvrir avec vous ce pays, que je connais assez mal... Nous prendrons avec nous cette Fraulein dont vous parlez souvent. Il faut bien respecter les convenances, à moins qu'elles ne gênent trop...

Cette offre suffoqua et charma Fernande. Rentrée chez Jeanne, elle annonça aux siens ce voyage de fiançailles. Ils en furent choqués. Ce qui les scandalisait le plus dans cette histoire était la nationalité de Monsieur de C. De quel ton, près de dix ans plus tard, ai-je entendu la cousine Louise, l'âme pleine de patriotisme et de mélancolie, s'écrier : « Quel dommage tout de même que la fille de Fernande soit française ! » On n'en était pas encore là. Théobald fit néanmoins quelques observations, pour le principe. Jeanne n'en fit aucune, sachant que Fernande n'agirait de toute façon qu'à son gré. La Fraulein monta en maugréant faire les malles.

Ces malles furent le premier contretemps du voyage.
Dans un moment de distraction, la Fraulein les avait
enregistrées pour Cologne en petite vitesse. Elles
arrivèrent la veille du jour où ces trois personnes
quittèrent cette ville. Leur retard fut pour Michel une
occasion d'offrir à Fernande un certain nombre de
colifichets qui, momentanément, lui manquaient, et
qu'il choisit pour elle dans des magasins vendant des
cuirs anglais et des nouveautés parisiennes. La Fraulein profita d'un arrêt à Dusseldorf pour passer aux
bureaux de la compagnie de machines agricoles que
représentait son promis d'autrefois. On lui apprit que
Herr N. était mort en Poméranie ; elle fit dire une
messe pour l'âme de l'escroc et accomplit chaque année
ce rite pieux jusqu'à la fin de ses jours. Michel et
Fernande, qui s'en étaient allés visiter le petit château
rococo de Benrath et rêver à des fêtes galantes, ne
surent rien du deuil de l'austère gouvernante ; près de
vingt ans plus tard, une ancienne femme de chambre
de Jeanne, à qui la vieille Allemande s'était confiée, me
raconta, en s'en moquant, cette histoire.

Michel et Fernande plongent dans la bonhomie

allemande. Ils aiment tous deux les fêtes de village où les beaux garçons valsent avec les belles filles, et, à Munich, au Jardin Anglais, les placides groupes de bourgeois dégustant leur bière devant la Tour Chinoise. La Passion à Oberammergau leur plut. Michel avait persuadé Fernande de renoncer à l'inconfort douillet des pensions de famille : de sa chambre d'hôtel, la Fraulein, qui a passé à l'égard de Monsieur de C. d'une méfiance grincheuse à une admiration sans bornes (il est courtois et même galant envers elle), agite son mouchoir quand s'ébranle la voiture des insolites fiancés, qu'elle ne voudrait pas encombrer de sa présence, et qui s'en vont explorer les curiosités de la ville et des environs. Toujours victime de ses migraines, elle prie Monsieur et Mademoiselle d'acheter pour elle à la pharmacie des spécialités aux noms rébarbatifs et aux effets moliéresques ; elle fournit innocemment à leur comédie romantique l'indispensable élément cocasse.

Tous deux communient dans l'admiration pour Louis II de Bavière : les sites de ses châteaux les enchantent, mais il est heureux que le guide qui les promène de salle en salle ne comprenne pas les remarques du Français au sujet des consoles Louis XIV et des sièges Louis XV du Faubourg Saint-Antoine dont ce roi poétique meublait certaines de ses demeures. Fernande fait gentiment remarquer que ces fautes de goût sont plutôt touchantes. Ils voguent sur le lac de Starnberg dans un vieux vapeur tout doré qui a jadis été une embarcation royale, cherchant ensemble sur la berge l'endroit où le Lohengrin soupçonné de démence entraîna dans la mort son gros médecin aliéniste à lunettes et à parapluie. Certains des dédains de Michel, toutefois, déteignent sur Fernande : elle ne regarde plus les officiers traîneurs de sabre avec le respect que lui a inculqué la Fraulein.

A Innsbruck, vers la fin de l'été, un vent aigre souffla, apporté de France par le fils de Monsieur de C., qu'à seize ans on appelait encore le petit Michel. Son père l'avait imprudemment invité à passer deux semaines dans le Tyrol avec sa future belle-mère, entre de mornes vacances chez ses grands-parents maternels et le retour dans un collège quelconque de Lille, d'Arras ou de Paris, Monsieur de C. ne savait plus très bien lequel, le jeune garçon indiscipliné changeant souvent de boîte. Ni Michel, ni Berthe ne s'étaient jamais beaucoup occupés de leur fils. Près d'un an plus tôt, l'adolescent avait indigné Monsieur de C. en refusant d'entrer dans la chambre de la mourante : à en croire son père, il aurait passé ces quelques journées atroces à manœuvrer , à la foire, des machines à sous. Monsieur de C. n'avait pas vu, sous cette hargneuse indifférence, les effets d'une enfance aigrie et frustrée, aggravés par le spectacle d'un sourd conflit conjugal plus pénible peut-être au jeune garçon qu'à ses parents eux-mêmes, et finalement renforcés par l'horreur de cette semaine d'agonie. Il ne s'était pas davantage rendu compte qu'aux yeux d'un adolescent, même s'il a peu aimé sa mère, un veuf de quarante-sept ans aux petits soins pour la remplaçante pourrait paraître odieux ou vaguement obscène. Fernande empira la situation par de vains efforts de sollicitude maternelle.

Mon demi-frère a rédigé cinquante ans plus tard un court récit de ces journées, dont le souvenir entre temps avait suri en lui. Ses colères d'adolescent s'y mêlent à ses partis pris d'homme mûr. Ce généalogiste amateur qui passa ses loisirs à noter diligemment des millésimes de naissance, de mariage et de mort, y compris ceux de Fernande, y prête à sa future belle-mère trente-cinq ans, âge qu'elle n'était pas destinée à jamais atteindre. Nous avons vu qu'elle en avait vingt-huit. Les adolescents tendent presque toujours à vieillir les adultes : il n'est pas surprenant que le jeune garçon ait commis cette erreur, mais il est symptomatique qu'il l'ait répétée cinquante ans plus tard, en dépit des dates qu'il avait lui-même consignées ailleurs. Il ridiculise la taille ajustée de la fiancée et ses courbes que son père jugeait séduisantes, sans s'apercevoir qu'il juge une femme de la Belle Époque d'après l'esthétique de la ligne haricot. Les photographies de la Fernande de ces années-là montrent ce à quoi on s'attendait : les sinuosités discrètes d'une silhouette de Helleu. Je me demande pourtant si le beau-fils n'a pas inconsciemment superposé à cette première image de sa future belle-mère celle que nous conserve une photographie datant de quelques mois avant ma naissance, la dernière, semble-t-il, avant les effigies épurées de la mort. Fernande y paraît soudainement épaissie, sanglée dans un engonçant costume de voyage : c'est ainsi que Mame Noémi et mon demi-frère l'auront vue partir du Mont-Noir pour n'y plus revenir.

Le reproche de couperose était peut-être plus fondé. Le mal était fréquent, comme le prouvent les annonces de spécialités pharmaceutiques des journaux du temps. L'œil hostile du collégien a pu le déceler sous la poudre de riz. Que Monsieur de C., si impitoyable envers les moindres défauts physiques de ses femmes, n'en ait

pas parlé, atteste au moins que ces rougeurs ne
défiguraient pas Fernande. Le reproche d'affectation
n'était peut-être pas sans fondement à une époque où
celle-ci courait les rues. De toute façon, cette personne
qui citait volontiers ses poètes favoris devant des
paysages de son choix ne pouvait que paraître affectée à
un jeune garçon du genre cancre. Mon demi-frère
ajoutait avoir bientôt appris, avec une satisfaction qu'il
ne cache pas, que cette malencontreuse inconnue était
fort bien née. On espère que la remarque est antidatée,
et qu'un garçon de seize ans n'avait pas déjà tant de
respect pour les bonnes familles.

Le maussade collégien rentré chez les bons pères,
Michel et Fernande jouirent en paix d'une fin d'été
parmi les lacs du pays de Salzbourg. L'automne
s'insinuait dans l'air. Quelque chose finissait : leurs
futurs voyages n'auraient jamais tout à fait la libre
fantaisie de cette longue promenade prénuptiale. Par
un de ces matins où le soleil évapore les brumes, au
fond du mélancolique parc d'Hellbrunn, ils se trouvèrent au détour d'une allée devant un piédestal sans
statue. Fernande fit admirer à Michel la buée, sortie de
la terre humide, qui se condensait, montait du socle
comme la fumée d'un sacrifice, puis s'élevait encore,
changeait, imitait vaguement les formes blanches
d'une déesse ou d'une nymphe fantôme. Michel avait
toute sa vie passionnément aimé la poésie : il l'avait
surtout trouvée dans les livres. C'était peut-être la
première fois pour lui qu'une jeune femme lettrée, par un
gracieux jeu d'imagination, la faisait renaître dans
toute sa fraîcheur autour d'elle. Il se sentait au pays des
fées.

Mais les fées sont fantasques, et quelquefois folles. Quand Michel, revenu au Mont-Noir, se rendit pour deux jours à Bruxelles afin de s'occuper des bans, il y trouva une Fernande éplorée qui parlait de sa vie finie, de son cœur brisé, de son triste avenir. Comme un corps céleste en perturbe un autre quand il passe dans son voisinage, le baron H., aperçu dans quelque soirée mondaine, avait peut-être, à son insu, causé cette crise. Fernande annonça que si elle se mariait ce ne serait qu'en grand deuil. Monsieur de C. ne s'émut pas pour si peu :

— Quoi, chère amie ?... Du chantilly noir ?... Ce sera ravissant.

Fernande renonça à cette velléité.

Mais, quelques jours plus tard, rentré de nouveau en France, et ayant à assister à la cérémonie de la messe de fin d'année de sa première femme, Michel, par un matin sans doute gris de fin octobre, reçut de Fernande une lettre qu'il conserva soigneusement par la suite. Ce qu'il y avait de meilleur chez la jeune femme s'y exprimait :

Mon cher Michel,

Je veux que tu reçoives demain un mot de moi. Cette journée sera si triste pour toi. Tu seras si seul.

Vois-tu : comme c'est bête les convenances... Il était parfaitement impossible pour moi de t'accompagner, et pourtant qu'y a-t-il de plus simple que de se serrer l'un contre l'autre et de s'aider quand on s'aime... A partir de ces derniers jours d'octobre, oublie tout le passé, mon cher Michel. Tu sais ce que dit ce bon monsieur Feuillée de

*l'idée du temps : que le passé n'est vraiment passé pour
nous que quand il est oublié.*

*Et puis aussi, aie confiance dans les promesses de
l'avenir et en moi. Je crois que ce mois d'octobre terne et
gris n'est qu'un nuage posé entre deux éclaircies, celle de
notre charmant voyage d'Allemagne et celle de notre vie à
venir. Ici en famille on se sent repris par les inquiétudes et
les soucis de l'existence, les on-dit, cet état d'esprit craintif
et étroit qui est celui de tout le monde. Là-bas, en voyage,
sous un ciel plus clair, nous retrouverons toute notre
insouciance joyeuse, cet enveloppement d'affection et d'intimité, sans heurts ni secousses, qui nous était si doux.*

*Je suis très heureuse de songer qu'il n'y a plus que trois
semaines... Et pendant ces deux jours, je ne dirai pas : ne
sois pas triste, mais ne sois pas trop triste. Je t'attends le
soir quand tu viendras mardi.*

*Embrasse notre petit Michel pour moi. Meilleurs souve-
nirs autour... Je t'aime beaucoup.*

                                        Fernande.

Le bon monsieur *Feuillée* devait être Alfred Feuillée,
philosophe alors assez lu, et la mention prouverait une
fois de plus que Fernande ne dédaignait pas les lectures
sérieuses. Les « *meilleurs souvenirs autour...* » semblent
une manière de faire vaguement allusion, sans la
nommer, à Mame Noémi, déjà détestée. L'allusion au
« petit Michel » indique que l'innocente Fernande se
faisait encore des illusions sur le degré d'affection
qu'elle pourrait un jour inspirer à son beau-fils.

Michel eut besoin de ce talisman pour l'aider à faire
face, non pas tant à la cérémonie de la messe de fin
d'année qu'à celle du mariage, éprouvante pour un

homme de quarante-sept ans qui a déjà passé une première fois par ces Fourches Caudines. L'avant-veille, un rite solennel eut lieu chez Jeanne : le partage de l'argenterie qu'on avait d'abord laissée indivise entre les deux sœurs. Tout un lot s'étalait sur la table de la salle à manger parmi des papiers de soie. La Fraulein s'affairait à compter et à recompter des couverts. Une liste minutieuse donnait de chaque pièce l'aspect, la valeur et le poids. Il se trouva que ces deux dernières indications manquaient pour une grosse pince à sucre représentant des pattes d'ours auxquelles s'enroulait un serpent, affreux objet que Michel eût volontiers mis au clou. A cette heure tardive de l'après-midi, les bijouteries étaient fermées. Théobald mit son chapeau, son pardessus et ses galoches, et se rendit chez un orfèvre de sa connaissance qui voulut bien descendre dans son magasin pour peser et expertiser la chose. Michel trouva ces gens scrupuleux fort petits-bourgeois. Quand il avait fallu partager avec sa bien-aimée sœur Marie les bijoux et bibelots qui leur venaient de leur père, le frère et la sœur s'étaient amusés à tirer chaque pièce au sort, et il avait triché pour que Marie gagnât ce à quoi elle tenait le plus. Ces pattes d'ours vaguement symboliques lui gâtaient le mariage.

Le matin du 8 novembre se leva enfin, brumeux et froid, je suppose, comme les matins de novembre le sont d'ordinaire à Bruxelles. Le temps ne favorisait ni les émotions tendres ni les toilettes claires. L'église de la paroisse était d'une laideur banale. Michel avait invité peu de personnes. Sa mère et son fils étaient venus de Lille, la première déjà inquiète d'une progéniture qui diminuerait éventuellement d'autant l'héri-

tage du « petit Michel ». Tendue de taffetas gris ou
gorge-de-pigeon, elle offrait aux yeux le majestueux
vestige d'une belle personne dont le mariage s'était fait
à peu près à la même époque que celui d'Eugénie de
Montijo avec Napoléon III. Marie de P., sœur de
Michel, vint probablement du Pas-de-Calais avec son
mari, personnage à la fois courtois et chagrin, en qui
s'alliaient une austérité janséniste et de vieilles élégances royalistes. L'excellent et grossier Baudouin, frère
de Berthe, était venu par loyauté pour Michel. La
charmante baronne marieuse occupait sans doute un
prie-Dieu. Mais le ban et l'arrière-ban de la famille de
Fernande suffisaient à emplir la nef. Il faudrait couper
avec tous ces gens-là.

Une surprise attendait Michel. Fernande le présenta
au dernier moment à sa demoiselle d'honneur, Monique, la belle Hollandaise, venue la veille de La Haye où
elle rentrerait le soir même. Vêtue de velours rose, un
grand feutre rose sur ses cheveux sombres, Monique
éblouit et charma Michel. Si la baronne V. avait invité
à Ostende pour les fêtes de Pâques ce visage doré aux
grands yeux... Mais il était trop tard, et, par surcroît,
Mademoiselle G. était fiancée. Et puis, Fernande en
dentelles blanches avait bien du charme. Il lui en
trouva encore davantage dans son strict tailleur de
voyage, prête à partir avec lui loin de toutes les
complications.

En 1927 ou 1928, donc un an ou deux avant sa mort, mon père sortit d'un tiroir une douzaine de feuillets manuscrits, de ce format plus large que long qui était celui des brouillons de Proust, mais qu'on ne trouve plus, il me semble, dans le commerce d'aujourd'hui. Il s'agissait du premier chapitre d'un roman commencé vers 1904, et qu'il n'avait pas mené plus avant. A part une traduction et quelques poèmes, c'était le seul ouvrage littéraire qu'il eût entrepris. Un homme du monde, qu'il appelait Georges de..., âgé sans doute d'une trentaine d'années, partait pour la Suisse avec la jeune personne qu'il venait le matin même d'épouser à Versailles. En cours de récit, Michel avait par inadvertance changé leur destination, leur faisant passer la nuit à Cologne. La jeune femme s'affligeait d'être pour la première fois séparée de sa mère ; le mari, qui venait, non sans soulagement, de rompre avec une maîtresse, pensait maintenant à celle-ci avec tristesse et douceur. Sa très jeune compagne de voyage attendrissait Georges par sa fraîcheur ingénue : il songeait qu'il allait lui-même, en une minute, lui faire perdre ce soir cette qualité fragile et faire d'elle une femme comme les autres. La politesse un peu contrainte, les prévenances timidement tendres de ces deux personnes nouvellement liées pour la vie, et se trouvant pour la première fois seul à seule dans leur compartiment réservé, étaient bien rendues, et bien rendu aussi le choix un peu embarrassant d'une chambre à un lit dans un hôtel de Cologne. Georges, laissant sa femme s'apprêter pour la nuit, liait par désœuvrement conversation au fumoir avec le garçon. Une demi-heure plus tard, évitant l'ascenseur, de peur d'être soumis à l'œil scrutateur du liftier, il prenait l'escalier, entrait dans la chambre baignée par la faible lumière d'une lampe de chevet, et, enlevant ses vêtements pièce à pièce, accomplissait avec un mélange d'impatience et de désabusement ces gestes trop souvent faits ailleurs avec des femmes de passage, souhaitant autre chose, sans trop savoir quoi.

Je fus séduite par la justesse de ton de ce récit sans vaine littérature. C'était l'époque où j'écrivais mon premier roman : *Alexis*. J'en lisais de temps à autre quelques pages à Michel, bon écouteur, capable d'entrer d'emblée à l'intérieur de ce personnage si différent du sien. Ce fut, je crois, ma description du mariage d'Alexis qui le fit repenser à son ébauche d'autrefois.

Quelques revues avaient déjà publié de moi ici un conte, là un essai ou un poème. Il me proposa de faire paraître ce récit sous mon nom. Cette offre, singulière pour peu qu'on y pense, était caractéristique de l'espèce d'intimité désinvolte qui régnait entre nous. Je refusai, pour la simple raison que je n'étais pas l'auteur de ces pages. Il insista :

— Tu les feras tiennes en les arrangeant à ton gré. Il

y manque un titre, et il faudra sans doute les étoffer un peu plus. J'aimerais assez qu'elles paraissent après tant d'années, mais je ne vais pas à mon âge soumettre un manuscrit à un comité de rédaction.

Le jeu me tenta. Pas plus que Michel ne s'étonnait de me voir écrire les confidences d'Alexis, il ne trouvait rien d'incongru à mettre sous ma plume cette histoire d'un voyage de noces 1900. Aux yeux de cet homme qui répétait sans cesse que rien d'humain ne devrait nous être étranger, l'âge et le sexe n'étaient en matière de création littéraire que des contingences secondaires. Des problèmes qui plus tard allaient laisser mes critiques perplexes ne se posaient pas pour lui.

Je ne sais lequel de nous choisit pour ce petit récit le titre *Le Premier Soir,* dont j'ignore encore s'il me plaît ou non. Ce fut moi en tout cas qui fis remarquer à Michel que ce premier chapitre d'un roman inachevé, transformé ainsi en nouvelle, restait pour ainsi dire en suspens. Nous cherchâmes l'incident qui bouclerait la boucle. L'un de nous deux inventa un télégramme remis par le portier de l'hôtel à Georges au moment où celui-ci s'engage dans l'escalier, et annonçant le suicide de sa maîtresse à demi regrettée. Le détail n'a rien d'invraisemblable : je ne m'aperçus pas qu'il banalisait ces pages dont le plus grand mérite était d'être le plus dénouées possible. Nous plaçâmes cette fois la nuit de noces à Montreux, dans les parages duquel nous nous trouvions durant ce rafistolage. Ma manière « d'étoffer un peu » fut de faire de Georges un intellectuel sans cesse prêt à s'enfoncer dans de profondes méditations sur le premier sujet venu, ce qui, contrairement à ce que je croyais, ne l'améliorait pas. Ainsi retapé, le petit récit fut envoyé à une revue qui le refusa après les délais d'usage, puis à une autre, qui l'accepta, mais, à cette date, mon père était déjà mort. L'œuvrette parut un an plus tard et reçut un modeste prix littéraire, ce qui aurait amusé Michel, et qui, en même temps, lui aurait fait plaisir.

Je me suis parfois demandé quels éléments de réalité vécue contenait ce *Premier Soir*. Il semble que Monsieur de C. ait usé du privilège du romancier authentique, qui est d'inventer en s'appuyant seulement çà et là sur son expérience à lui. Ni Berthe autrefois, volontaire et hardie, ni Fernande, plus compliquée, et d'ailleurs orpheline, ne ressemblaient le moins du monde à cette jeune mariée qui aimait tant sa mère. Le second voyage de noces, le seul qui nous concerne ici, était d'ailleurs bien loin de réunir pour la première fois, dans l'intimité cahotée d'un compartiment, deux personnes se connaissant encore à peine, et il est douteux que Michel eût, pour épouser Fernande, renoncé à une maîtresse en titre : c'est au contraire la solitude de cet hiver passé à Lille qui le décida, semble-t-il, à tenter cette nouvelle aventure. La part de confidence personnelle est plutôt dans ce ton de sensualité désabusée et tendre, dans cette vague notion que la vie est ainsi, et qu'il se pourrait qu'elle fût mieux autrement. *Mutatis mutandis,* nous pouvons nous imaginer Monsieur de C., dans quelque Grand Hôtel de la Riviera italienne ou française encore peu achalandé par ce début de novembre, passant une longue demi-heure au fumoir ou sur la terrasse un peu humide qui donne sur la mer, et où, par économie, on n'a encore allumé que quelques-uns de ces gros globes en porcelaine

blanche qui ornaient en ce temps-là la terrasse des bons
hôtels. Il aura, comme son personnage, préféré l'escalier à l'ascenseur. Mettant le pied sur le tapis rouge
baguetté de cuivre, qui mène à ce qu'on appelle en
Italie l'étage noble, il monte d'un pas ni trop rapide, ni
trop ralenti, se demandant comment finira tout ça.

Ce voyage de noces précédé d'une longue promenade prénuptiale dura, peu s'en faut, mille jours. Plus
flâneurs que voyageurs véritables, Michel et Fernande
refont sans se lasser une sorte de circuit saisonnier qui
les ramène aux sites et aux hôtels de leur choix. Son
tracé inclut la Riviera et la Suisse, les lacs italiens et les
lagunes vénitiennes, l'Autriche, avec une pointe jusqu'aux villes d'eaux de Bohême, puis oblique vers
l'Allemagne, qui reste une patrie pour l'élève de
Fraulein. Paris n'est vu qu'en passant, pour y faire des
achats ou assister à une pièce à la mode. L'Espagne, au
sujet de laquelle Monsieur de C. en reste provisoirement aux Andalouses de Barcelone, célébrées par
Musset, ne les attire pas : s'ils villégiaturent à Saint-
Sébastien, c'est que Fernande a désiré faire le voyage
de Lourdes, tournant ainsi leur attention du côté des
Pyrénées. La Hongrie et l'Ukraine, que Michel a
parcourues jadis avec Berthe, sont désormais hors de
son itinéraire ; il en va de même de l'Angleterre, qui
reste pour lui le domaine d'une autre femme, celle-là
follement aimée, et il n'est pas non plus question
d'entraîner Fernande, qui n'a pas le pied marin, vers

les îles de la Hollande ou du Danemark, autour desquelles il a navigué autrefois. Michel et Fernande rêvent de temps en temps d'un voyage en dayabied, qu'ils ne feront pas, mais qui a laissé sa trace dans quelques vers de Michel évoquant nostalgiquement des ibis roses et du sable argenté.

Leur but est avant tout la douceur de vivre. Les lieux et les monuments illustres comptent certes, mais moins que les climats doux l'hiver et vivifiants l'été, et que ce pittoresque dont abonde encore l'Europe de 1900. De plus, pour eux comme pour tant de leurs contemporains, l'hôtel est un lieu magique, qui tient à la fois du caravansérail des contes orientaux, du burg féodal et du palais princier. Ils goûtent au restaurant l'obséquiosité professionnelle du maître d'hôtel et du sommelier et la sauvagerie apprivoisée de la musique tzigane. Après une journée passée à flâner dans les ruelles aimablement sordides d'une vieille ville italienne, après avoir coudoyé à Nice la foule des batailles de fleurs, à Dachau, charmant petit village bavarois si cher aux peintres, celle du festival des vendanges, ils rentrent à l'hôtel comme en un lieu privilégié, quasi extra-territorial, où le luxe et la tranquillité s'achètent, où l'on est l'objet des attentions du concierge et des politesses du directeur. Barnabooth, le Marcel de Proust, et les personnages de Thomas Mann, d'Arnold Bennett et d'Henry James, ne pensent ni ne sentent autrement.

Ni Michel ni Fernande n'appartiennent pourtant tout à fait à ce monde bariolé qu'ils fréquentent sur le registre des étrangers. Certes, il ne déplaît pas à Michel de baiser la main de la Grande-Duchesse, qui occupe la suite du premier étage, et qui a fait une amabilité à

Fernande; il est piquant, au sortir d'un cabinet
particulier du Sacher, de croiser l'Archiduc qui sort
d'un autre entre deux vins et deux demi-mondaines.
Les Yankees pittoresquement millionnaires qui traver-
sent le hall à la suite d'un guide sont des comparses
divertissants, et Sarah Bernhardt qui soupe avec son
imprésario ajoute aux charmes d'un Grand Hôtel. Mais
Sarah Bernhardt n'est somme toute intéressante qu'à la
scène; les Américains sont des gens qu'on ne tient pas
à connaître, et Monsieur de C. aime à répéter l'irrévé-
rencieux dicton : « *Princes russes et marquis italiens sont
de petite compagnie.* » Même les relations qui n'obligent
pas à ce qu'il appelle des courbettes sont encore de
trop : elles prennent du temps.

A plus forte raison, ne sont-ce pas de ces gens à
lettres d'introduction, qui brûlent de visiter les collec-
tions du Prince Colonna ou du Baron de Rothschild,
mi-closes au grand public, et qu'il est, en conséquence,
élégant d'avoir vu. Celles des musées leur suffisent, et
même outrepassent leur faim. Ils visitent les galeries
dans l'espoir d'y trouver çà et là un bel objet qui
immédiatement les charme ou les touche, mais le chef-
d'œuvre à deux astérisques qui ne les séduit pas
d'emblée ne reçoit pas la grâce d'un second coup d'œil.
Cette désinvolture qui ne fait pas d'eux des amateurs
éclairés leur évite au moins les respects de commande
et les engouements de pure vogue. La plupart des
tableaux du Salon paraissent à Michel ridicules, ce
qu'ils sont en effet. L'histoire les retient davantage, et
les catastrophes du passé leur donnent, par contraste,
le sentiment de végéter à une époque d'épaisse sécurité. A Prague, Fernande, qui connaît bien son histoire
d'Allemagne, évoque pour Michel les personnages de

la Défenestration de 1618 (celle de Jan Masaryk, en 1948, est encore à venir) : les heiduques ou les reîtres aux ordres du parti protestant jetant par la fenêtre du Hraschin les deux gouverneurs catholiques qui plongent de soixante-dix pieds de haut dans les douves. Un guide qui passe avec une fournée de touristes, et qui comprend le français, fait remarquer à Madame qu'elle se trompe de façade. Il leur fallut, pour ainsi dire, déménager leur émotion. Le fou rire les prit. Ils sentirent ce jour-là qu'en matière de grands souvenirs historiques, comme en toute chose, c'est la foi qui sauve.

Je sais ce qui m'attache à ces deux personnes égarées, dirait-on, dans la foule du Temps Perdu. Dans ce monde où chacun pense à se pousser, ils n'y songent pas. Leur culture, dont je vois les creux, les isole : Michel s'est vite aperçu que la Grande-Duchesse n'a rien lu. Cet homme qui forme instinctivement un lien avec tout animal qu'il rencontre déteste la chasse, et aime trop les chevaux pour aimer les courses. Il flaire dans le Grand Prix le truquage et l'esbroufe, comme d'ailleurs en tout. La cuisine et les crus des restaurants à la mode n'intéressent pas Fernande, qui dîne volontiers d'une orange et d'un verre d'eau. Monsieur de C., mangeur aux capacités homériques, n'estime que les mets les plus simples : le fin du fin pour lui est de se commander chez Larue une série d'œufs à la coque cuits à point ou un délicieux bœuf bouilli. Les cabarets pour truands, les caves aux escaliers où l'on manque une marche et où on est accueilli par des huées concertées (« *V'là les cochons qui s'amènent !* ») ne l'amusent qu'une demi-heure. Il goûte l'âpre génie de Bruant et l'argot pathétique de Rictus, mais sent tout le factice de ces bas-fonds pour gens du monde. Un seul vice le rattache à cette société de fêtards : la passion du jeu. Mais Fernande pour le moment l'exorcise : il ne rejouera qu'après sa mort.

De temps à autre, des grondements annoncent un orage qui ne vient pas, ou éclate si loin qu'on n'en sent pas le danger. Dès 1899, la guerre des Boers surexcite l'anglophobie française, et Michel, quand on lui demande s'il est pour Kruger ou pour l'Angleterre, répond qu'il est pour les Cafres. En 1900, le mari et la femme dévorent dans les journaux, comme tout le monde, le récit des atrocités des Boxers, mais Michel retient surtout les dames des ambassades, leurs longues jupes relevées des deux mains, courant à toutes jambes pour arriver premières au pillage du Palais d'Été. L'assassinat d'Humbert Ier d'Italie n'est qu'un fait divers terribilissime. Des flambées d'insurrection s'allument çà et là dans les Balkans ou en Macédoine : feux de paille. Parfois, une mention de l'Affaire, une allusion au conflit entre l'Église et l'État, raniment de nouveau sur ces sujets l'attention de Michel. Par amour de la justice, il a été pour Dreyfus ; par amour de la liberté, il est pour les Congrégations persécutées. Il ne prétend pas, d'ailleurs, dans le premier cas, jauger la masse d'impostures et d'insultes qui pendant des années s'est accumulée en France ni, dans le second, se solidariser avec l'Église dont il déplore les erreurs et les lacunes. Ses indignations sont brèves comme ses colères personnelles. L'Europe, dans laquelle il erre à côté d'une dame à boa et à voilette, est encore un beau parc où les privilégiés se promènent à leur gré, et où les pièces d'identité servent surtout à retirer les lettres de la poste restante. Il se dit qu'un jour il y aura la guerre, et qu'alors ça va barder, et qu'ensuite on rallumera les lustres. Quant au Grand Soir, s'il vient, la bourgeoisie, qu'il déteste, ne l'aura pas volé, mais ce chambardement n'aura sans doute lieu qu'après lui. L'Angleterre est solide comme la Banque d'Angleterre. Il y aura toujours une France. L'Empire d'Allemagne, presque neuf, fait l'effet d'un jouet métallique aux couleurs criardes, dont on n'imagine pas qu'il se démontera de sitôt. L'Empire d'Autriche est majestueux par sa vétusté même : Michel n'ignore pas que le sympathique vieil empereur (« *le pauvre homme ! Il a tant souffert !* ») fut naguère appelé le Roi des Pendus, mais dans ces lointaines histoires de Hongrie et de Lombardie, comment séparer le juste de l'injuste ? L'Empire Russe, entrevu avec Berthe, ressemble à une sorte de monarchie du Grand Mogol ou du Grand Daïr, espèce d'Orient quasi polaire. Une vaste chrétienté figée dans des rites plus anciens que ceux de l'Occident, une mer de moujiks, un continent de terres quasi vierges, les saints momifiés des cryptes de la cathédrale de Kiev, et, tout en haut, les croix d'or des dômes, les scintillations des tiares, et les chatoiements des émaux de Fabergé. Que peuvent contre tout cela un vieil homme de Dieu comme Tolstoï et quelques poignées d'anarchistes ? On étonnerait bien Michel en lui disant que ces trois grandes structures impériales dureront moins longtemps que les bons vêtements qu'il se commande, et qu'il se vante de porter vingt ans.

Durant ces trois années, Michel a pris des centaines de photographies. Nombre d'entre elles, de type quasi stéréoscopique, forment de longues bandes roulées comme des papyrus, qui se recourbent des deux bouts quand j'essaie de les mettre à plat. Scènes populaires : paysans aiguillonnant leur âne, paysannes équilibrant sur leur tête une jarre d'eau ; rondes de petites filles sur des piazzettas italiennes ou farandoles bavaroises. Monuments qu'il a vus à telle heure d'un certain jour, et dont l'image, captée ainsi, lui rappellerait, pensait-il, les petits incidents heureux d'une journée passée. Il se trompait, n'ayant jamais, à ce qu'il semble, pris la peine de jeter les yeux sur ces clichés vite fanés. Leur ton sépia les empreint d'une inquiétante mélancolie : on les dirait pris sous cette lumière infra-rouge à laquelle, assure-t-on, on distingue mieux les fantômes. Venise paraît souffrir par anticipation du mal dont elle meurt aujourd'hui : ses palais et ses églises semblent friables et comme rongés. Ses canaux moins encombrés que de nos jours trempent dans un morbide crépuscule, celui que Barrès vers ce temps-là comparait aux feux maléfiques d'une opale. Une teinte d'orage se répand sur le lac de Côme. Les palais de Dresde et de Wurzburg, pris un peu de guingois par ce photographe amateur, semblent déjà déjetés par les bombardements de l'avenir. L'objectif de ce passant sans idées préconçues révèle après coup, comme une radiographie l'aurait pu faire, les lésions d'un monde qui ne se savait pas si menacé.

Des présences animent parfois ces décors de luxe. Voilà Trier, tout jeune, luisant et lisse, acheté à Trèves dont il porte le nom, et de qui les pattes torses ont trottiné le long des ruines romaines de sa ville natale. Il est attaché par une longue laisse à l'un des porte-étendard de bronze dressés devant Saint-Marc et veille avec un soin jaloux sur le pardessus de son maître, sa

canne, son étui à jumelles, toute une nature morte de
voyageur 1900. Et, bien entendu, voici Fernande.
Fernande penchée vers la fontaine à Marienbad, tenant
d'une main un bouquet et une ombrelle, de l'autre un
verre d'eau auquel elle goûte avec une moue charmante. Fernande mince et droite dans son costume de
voyage, sa jupe un peu moins longue que de coutume
laissant voir ses hautes bottes, dans la neige de je ne
sais quelle station alpestre. Fernande en toilette de
ville, l'inévitable ombrelle à la main, avançant à petits
pas dans un paysage de rochers, tandis que son beau-
fils assis en chat perché au sommet d'une formation
dolomitique quelconque, fait un peu l'effet d'un jeune
Troll. Fernande en blouse blanche et jupe claire,
coiffée d'un de ces énormes chapeaux à coques de
ruban qu'elle affectionnait, se promenant, un livre à la
main, dans quelque sombre forêt germanique, et, de
toute évidence, lisant à haute voix des vers. Une de ces
images semble témoigner d'un bonheur que Michel a
dû goûter, au moins de façon intermittente, durant ces
années-là, et dont le souvenir s'est évidemment fané
par la suite comme ces clichés eux-mêmes. L'instan-
tané a été pris dans une chambre d'auberge en Corse.
Un vilain papier à fleurs, une table de toilette qu'on
devine boiteuse ; une jeune femme assise devant la
glace enfonce une dernière épingle dans son chignon
compliqué. Ses bras levés ont fait glisser jusqu'à
l'épaule l'ample manche de son peignoir blanc. Son
visage n'est qu'un reflet deviné plutôt qu'aperçu. Sur
un guéridon, à côté d'elle, le réchaud et la bouillotte des
voyageurs. J'imagine que Michel n'aurait pas pris la
peine de fixer cette scène si elle n'avait résumé pour lui

un matin d'intimité tendre. Il dut y avoir au cours de ces trois ans pas mal de ces matins-là.

Et pourtant, d'imperceptibles accrocs se produisent dans leur vie facile, comme dans une pièce de soie usée par endroits. Il semble que Fernande, comme alors tant de femmes, hébergeât en soi une Hedda Gabler crispée et blessée. L'ombre du baron mélomane remonte parfois à l'horizon. Les jours de crise aiguë, Michel sort pour une longue promenade et revient calmé : il n'est pas de ceux qui font traîner les querelles. J'ai dit ailleurs son agacement au sujet de bagues perdues et de toilettes trop vite défraîchies. Fernande, qui est myope et se dit ravie de l'être (« *Tout paraît plus beau, de loin, quand on n'en voit pas les détails* »), use pourtant au théâtre et ailleurs d'un face-à-main, cet instrument arrogant qui transforme une infirmité en une sorte de hautain quant-à-soi, et dont elle possède toute une collection en or, en argent, et aussi, je l'avoue avec honte, en écaille et en ivoire. Le claquement sec de leur ressort cause à Michel le même sursaut irrité que celui d'un insolent éventail.

L'indolence de Fernande limite le mari à d'anodines promenades. Ses leçons d'équitation ne l'ont pas guérie de sa peur du cheval. Pour le petit yacht qui succède à ceux que Michel a eus avec Berthe, *La Péri* et *La Banshee,* elle a choisi un autre nom de femme légendaire, *La Walkyrie* (à moins toutefois que l'ancienne propriétaire, la comtesse de Tassencourt, wagnérienne elle aussi, ne l'ait baptisé de la sorte, et le nom alors aura été une des raisons de l'achat). Mais elle n'a rien en elle d'une Brunehilde. On est rentré de Corse sur la solide malle-poste. *La Walkyrie* avec son capitaine et ses deux matelots les suit au ralenti le long des côtes

italiennes, les trois lascars s'attardant dans chaque port
où ils ont des parents, des camarades, ou des filles à
leur goût. Michel ne fait que rire de leurs télégrammes
désolés : « *Tempo cattivissimo. Navigare impossibile* »,
mais Fernande critique l'inutile dépense. Parfois, à
Gênes, à Livourne, il leur arrive de retrouver leur petit
navire, et Monsieur de C. ne résiste pas au plaisir de
passer la nuit dans la cabine bercée par la mer. Mais
des remords le prennent. Il n'est pas dans sa nature de
laisser une femme seule dans la chambre d'un hôtel
italien, avec pour unique consolation un volume de
Loti. Il la rejoint de bonne heure, et s'attarde pour lui
acheter des fleurs sur une place quelconque du Risorgi-
mento.

La faille s'élargit à Bayreuth. Fernande y baigne
dans la légende et la poésie allemandes. Monsieur
de C. suit Wagner jusqu'à *Lohengrin* et *Tannhäuser*
inclusivement : on l'a entendu fredonner la *Romance à
l'Étoile*. Passé ce point, la Musique de l'Avenir n'est
plus pour lui qu'un long bruit. Les Tristans trapus et
les grosses Isoldes, Wotan, barbu qui s'avance, et les
filles du Rhin pareilles à des dondons de village
excitent sa verve, et à peine moins les mangeailles
exposées au buffet ou sortant à l'entracte de la poche
des spectateurs, les uniformes et les casques aussi
théâtraux que l'attirail barbare sur la scène, les toilettes
guindées de Berlin ou exagérément langoureuses de
Vienne. Il toise sans sympathie les mondains venus de
France applaudir la Musique Nouvelle ; Madame Ver-
durin est là avec sa coterie *(« Nous ferons clan ! Nous
ferons clan ! »)*; les voix pointues des Parisiennes
percent le grondement des voix allemandes. Laissant
Fernande jouir seule du troisième acte des *Maîtres*

Chanteurs, il rentre à l'hôtel, et prend Trier pour sa promenade du soir. Les becs de gaz allumés voient passer ce couple amical et cynique au vrai sens du mot, ces deux personnes franchement liées l'une à l'autre, chacune avec son champ d'action plus ou moins restreint, ses goûts ancestraux et ses expériences personnelles, ses lubies, ses envies de grogner et quelquefois de mordre : un homme et son chien.

Les lettres de ses sœurs ramenaient Fernande à une vue plus juste des agréments de sa propre vie. Celles de Jeanne se bornaient à un bulletin météorologique, avec parfois une mention d'un mariage, d'une maladie ou d'un décès dans leur cercle ; Jeanne ne donnait aucun détail sur son existence à elle, qu'elle jugeait n'intéresser personne. Plusieurs fois, Michel lui avait offert de faire en sa compagnie et celle de Fernande le voyage de Lourdes : cette maladie singulière lui semblait pouvoir bénéficier du choc de l'immersion dans la piscine et de l'atmosphère électrisée d'un pèlerinage. Il ne niait d'ailleurs pas la possibilité d'une intervention divine : il ne niait rien. Mais, chaque fois, Jeanne avait répondu froidement que les miracles n'étaient pas pour elle.

Les lettres de Zoé étaient baignées d'une piété douce. Elle mentionne avec attendrissement la touchante allocution de Monseigneur lors de la confirmation de Fernand, son fils aîné, l'effet quasi céleste des bouquets, des cierges, et des cantiques chantés par les petites filles du catéchisme, et enfin l'excellent repas servi par les Bonnes Sœurs dans un couvent du voisinage. Zoé n'ajoutait pas qu'elle n'aurait pu prier Monseigneur à déjeuner dans le château de l'impie, et encore moins dans le restaurant des nièces de Cécile. Qu'eût-elle dit si elle avait su qu'elle mourrait deux ans plus tard, et que son Fernand serait emporté à quinze ans par une fièvre maligne ? J'imagine qu'elle eût accepté sans sursaut de révolte la volonté de Dieu. Peu avant sa fin, elle légua à son mari la part de biens dont elle disposait, tenant à lui donner malgré tout cette preuve de confiance. Dans un message d'adieu inspiré peut-être de celui de Mathilde, ou peut-être pour donner le change, cette sainte imbue jusqu'au bout des enseignements de sa mère, de sa Fraulein, des Dames Anglaises, et des conseils du curé de la paroisse, s'excusa humblement auprès d'Hubert et de ses trois enfants des chagrins qu'elle avait pu leur causer, et leur demanda de rester fidèles à l'esprit de famille. Hubert manifesta cet esprit en épousant finalement Cécile.

En janvier 1902, Michel et Fernande assistent dans le Pas-de-Calais à l'enterrement d'une autre sainte, Marie, sœur de Michel, tuée accidentellement au cours d'une promenade dans le parc par un garde-chasse dont le coup de feu ricocha et lui traversa le cœur. Je reparlerai de la vie et de la mort de Marie. Disons seulement que, plus ferme que Zoé de corps et d'esprit, moins blessée dans sa dignité de femme, c'est d'instinct, par une sorte d'élan de tout l'être, et soutenue aussi par les disciplines mentales de l'austère ancienne France chrétienne, qu'elle accomplit sa montée vers Dieu. Michel souffrit sans doute bien plus durant ces obsèques que lors d'une certaine messe anniversaire, il y avait près de trois ans. Marie, de quinze années sa cadette, était sans doute le seul être, son père excepté, qu'il eût à la fois vénéré et affectueusement aimé. Mais l'hiver du Nord est insupportable à

Michel et à Fernande : le mirage des cieux et des vagues bleus les ramène bientôt à Menton ou à Bordighera.

L'existence qu'il s'était organisée avec sa seconde femme était coûteuse, comme il s'en était douté d'avance. Mame Noémi, inamovible, se refusait à toute largesse supplémentaire, et Michel hésitait à recourir, comme il l'avait fait du temps de Berthe, aux prêteurs d'argent. La solution fut celle, classique, de l'été à la campagne. La douairière, claquemurée dans ses appartements et toujours occupée à ourdir ou à déjouer des intrigues concernant la salle des gens, ne les gênait guère. Michel ne manqua pas d'aller à F. présenter Fernande aux frères et aux sœurs de Berthe, auxquels le liait une amitié de vingt ans. Une photographie hippique me le montre en chapeau haut de forme, botte à botte avec ces Messieurs de L. en chapeau melon, posé un instant à l'entrée d'un restaurant rustique de l'endroit au retour d'un rallye ou concours local : plus encore qu'aux cavaliers, je donne une pensée aux beaux chevaux dociles dont je ne sais pas les noms. Prise vers la même époque sur l'arrière-plan des écuries du Mont-Noir, Fernande en amazone se tient de son mieux sur la jolie jument que le palefrenier Achille contrôle à l'aide d'un long licou, en riant pour rassurer Madame.

Mais ces excursions et ces exercices cessent bientôt. Même à pied, et sous le doux soleil de septembre, le tour du parc, avec ses prairies et ses sapinières, est trop fatigant pour Fernande. Comme une voyageuse sur le pont d'un transatlantique elle s'étend sur une chaise longue, au bord de la terrasse d'où l'on voit ou croit voir, par delà le moutonnement vert pâle de la plaine, la ligne grise de la mer. De majestueux nuages voguent en plein ciel, pareils à ceux que peignaient dans ces mêmes régions les peintres de batailles du XVIIe siècle. Fernande étale sur elle son plaid, ouvre nonchalamment un livre, donne une caresse à Trier pelotonné à ses pieds. Mon visage commence à se dessiner sur l'écran du temps.

NOTE

Comme indiqué en cours de route, je me suis servie pour ce livre d'archives et de traditions orales en ma possession. J'ai utilisé aussi certains recueils généalogiques bien connus, et, pour tout ce qui concerne Flémalle-Grande, des articles de journaux ou des publications d'érudits locaux. Il m'est arrivé de noter çà et là des contradictions, d'ailleurs minimes, entre ces différentes sources. Je n'ai pas toujours tenté, en pareil cas, de poursuivre des vérifications difficiles et souvent impossibles ; il m'importe assez peu, et il importe encore moins au lecteur, que tel oncle obscur d'un de mes bisaïeuls se soit appelé Jean-Louis ou Jean-Baptiste, ou que telle propriété ait changé de main à la date que j'ai adoptée, ou dix ans plus tôt. Nous ne sommes ici que dans la très petite histoire.

Les pages concernant les deux frères Pirmez, Octave et Fernand dit Rémo, suivent de très près les écrits d'Octave Pirmez lui-même, et particulièrement son *Rémo,* consacré tout entier à la vie et à la mort de son frère. *Rémo* contient d'abondantes citations de lettres et d'agendas de ce frère, d'autant plus précieuses que les papiers laissés par celui-ci, et qu'Octave disait préparer pour l'impression, n'ont jamais paru. J'ai aussi fait état de quelques lettres inédites de la correspondance d'Octave Pirmez, déposée à la Bibliothèque Nationale de Bruxelles, qui ajoutent d'ailleurs assez peu à ce que nous savions déjà de leur auteur, et, surtout, d'une lettre d'Octave à Félicien Rops, publiée dans *Le Mercure de France* du 1er juillet 1905, et révélatrice, celle-là, du comportement littéraire de l'écrivain, dont elle explique en partie les restrictions mentales, et les souvent déconcertantes périphrases.

La longue liste d'articles consacrés à Octave Pirmez et à son œuvre, que voulut bien me communiquer M. Roger Brucher, directeur de la Bibliothèque Royale, et qu'il publiera dans le prochain tome de sa monumentale *Bibliographie des Écrivains Français de Belgique,* risque de faire illusion par sa richesse même : elle semble indiquer que cet auteur presque inconnu en France a été étudié soigneusement et de très près dans son pays d'origine. En fait, il n'en est rien. A part le portrait pris sur le vif, à la fois surprenant et émouvant, laissé par son contemporain James Vandrunen, ingénieur, géologue et homme de lettres, qui finit recteur de l'université de Bruxelles, les articles sur Octave Pirmez, et les allusions à sa vie et à son œuvre sont presque toujours décevants. La plupart baignent dans l'atmosphère de sympathie quasi sentimentale si vite accordée aux grands amateurs laissant derrière eux une œuvre de belle tenue et de tout repos, et dont la personnalité poétique ou romanesque a fait impression. Il est d'ailleurs visible, d'après le ton de ses livres et surtout d'après les confidences de ses lettres, que c'est de cette buée d'hagiologie un peu molle qu'Octave Pirmez lui-même préférait s'entourer. Je crois qu'il gagne en intérêt humain à être vu autrement.

L'ouvrage de l'érudit local Paul Champagne, paru en 1952, *Nouvel essai sur Octave Pirmez,* qui se trouve dans le catalogue de l'Académie belge de Langue et de

Littérature françaises, et quelques autres opuscules du même auteur sur le même sujet, rédigés eux aussi sur le ton de l'hagiographie, gardent intacte l'image quelque peu conventionnelle que le poète et les siens s'efforçaient de donner de lui-même et de son milieu vers 1883. Sept ou huit lignes seulement y sont consacrées à Fernand-Rémo, le jeune frère libéral et réfractaire aux idées du groupe familial, et une seule ligne fait allusion à sa mort d'un coup de feu à Liége en 1872, bien que cet événement, et d'ailleurs toute la carrière tragique de son frère, aient de toute évidence bouleversé Octave. Le livre de Paul Champagne, riche en petits détails biographiques souvent significatifs, m'a néanmoins été précieux par les extraits de correspondance ou de journaux inédits qui y abondent : j'y ai trouvé, par exemple, du nouveau sur les sœurs Drion, mes arrière-grand-mères et grand-tantes, et la lettre d'Arthur de Cartier de Marchienne, mon grand-père, à son cousin germain Octave, dont je cite à mon tour quelques lignes, est empruntée à ce même ouvrage. J'ai toutefois relevé dans le texte de Paul Champagne un certain nombre d'erreurs plus ou moins considérables : mon arrière-grand-père Joseph de Cartier de Marchienne n'était pas baron ; ma grand-mère Mathilde n'eut pas quatorze enfants ; la date de la naissance de Rémo n'était pas 1848, mais 1843, simple coquille, sans doute, mais qui escamote cinq ans de la vie de cet homme mort avant la trentaine, et tend ainsi, curieusement, à diminuer encore la place qu'il a tenue auprès de son frère. Je sais trop que de pareilles erreurs sont presque inévitables dans cette matière fluide et inconsistante qu'est l'histoire des familles, et celle d'individus encore trop près de nous et pourtant déjà trop loin, et je crains bien que mon propre ouvrage en offre aussi des exemples. Il n'en est pas moins vrai qu'une biographie compréhensive d'Octave Pirmez et de son frère n'a jamais été faite, et probablement ne le sera jamais, le changement des idées, des sensibilités et des temps rendant difficile d'apprécier à leur juste valeur ces deux personnages, et trop de documents indispensables ayant sans doute été irrémédiablement dispersés.

*

Je tiens à nommer ici quelques personnes qui m'ont aidée en me communiquant soit des lettres, soit des photographies, des précisions généalogiques ou des anecdotes significatives, ou en me procurant des livres devenus introuvables ; sans l'amicale bonne volonté de M⁰ Jean Eeckhout, de Gand, en particulier, certaines pages de ce livre n'auraient assurément pu être écrites. Je remercie également Mme de Reyghère, de Bruges, M. Pierre Hanquet, de Liége, et M. Joseph Philippe, conservateur des musées de cette ville, ainsi que M. Robert Rothschild, ambassadeur de Belgique à Londres, et M. Jean Chauvel, ancien ambassadeur de France auprès de l'O.N.U., qui ont bien voulu ajouter pour moi quelques touches au portrait de leur ancien collègue Émile de Cartier de Marchienne, et à celui de son neveu Jean, mort dans la résistance en 1944. J'adresse aussi un chaleureux remerciement à Mme Jeanne Carayon, toujours prête à élucider pour moi certains incidents historiques ou certains personnages placés à l'arrière-plan de mon sujet, par exemple, l'exilé du 2 Décembre Désiré Bancel, ami des deux frères Pirmez ; à M. Louis Greenberg, spécialiste de l'histoire de la Commune, je dois communication de certains textes concernant un autre ami de Rémo, Gustave Flourens, « le chevalier rouge, très brave et un peu fou », des *Carnets* d'Hugo, fusillé à Chatou par les Versaillais en avril 1871.

Merci enfin à M. Marc Casati, qui identifia pour moi le « bon monsieur Feuillée » cité par Fernande. Merci surtout à Madame M. L. Ducarme-Gila, de Suarlée, qui m'informe, après recherches dans les archives locales, que mon oncle paternel Gaston de Cartier de Marchienne, jeune dément au sujet duquel j'ai raconté une assez sombre anecdote familiale, mourut, non à Suarlée, comme on l'avait cru, mais à l'asile de Geel en Brabant, où son frère cadet Octave allait finir aussi près de quarante ans plus tard. Gaston fut ramené à Suarlée et enterré dans le cimetière familial en 1887 ; Fernande avait alors seize ans. L'histoire, rapportée par elle à Michel de C., de la fin du jeune homme, causée par une fièvre chaude à la suite de coups que lui aurait infligés son père, est donc inauthentique, soit que Fernande ait inventé cet épisode mélodramatique, peut-être pour n'avoir pas à mentionner l'asile d'aliénés de Geel, soit que Michel ait lui-même inconsciemment brouillé ces souvenirs.

Parmi les personnes reliées de près ou de loin à ma famille maternelle qui m'ont accordé un concours, je remercie d'abord Mme Rita Manderbach, veuve du « cousin Jean », et la seule survivante avec moi-même, si je ne me trompe, du groupe des petits-enfants d'Arthur et de Mathilde et de leurs conjoints ; le baron Drion du Chapois et la comtesse Norbert de Broqueville, née Drion ; la baronne Hermann Pirmez ; le baron de Cartier d'Yves ; le baron de Pitteurs ; M. A. Méliot, de Namur ; la comtesse Claude de Briey ; et surtout mon cousin issu de germain, M. Raymond Delvaux, qui, après m'avoir apporté de nombreux détails, souvent nouveaux pour moi, concernant l'histoire de ses grands-parents et arrière-grands-

parents, voulut bien dire qu'il me faisait confiance
pour évoquer le climat psychologique de ces vies,
ajoutant ce qui suit :

« Même si la vérité historique n'était pas respectée,
personne ne pourrait vous en vouloir. Ce n'est d'ailleurs pas une tâche aisée de rendre cette vérité, car
dans ce cercle vicieux de sentiments contradictoires
aux multiples interactions, je n'ose définir ce qui est
cause et ce qui est effet. »

Des remarques comme celles-là sont de nature à
rassurer tout biographe, tout historien, et aussi tout
romancier, en quête d'une vérité multiple, instable,
évasive, parfois attristante et à première vue scanda-
leuse, mais dont on n'approche pas sans éprouver pour
les faibles créatures humaines souvent quelque sympathie, et toujours de la pitié.

ŒUVRES DE
MARGUERITE YOURCENAR

Romans et Nouvelles

ALEXIS OU LE TRAITÉ DU VAIN COMBAT. — LE COUP DE
GRÂCE (Gallimard, 1971).

LA NOUVELLE EURYDICE (Grasset, 1931, *épuisé*).

LA MORT CONDUIT L'ATTELAGE (Gallimard, édition
définitive, *en préparation*).

DENIER DU RÊVE (Gallimard, 1971).

NOUVELLES ORIENTALES (Gallimard, 1963).

MÉMOIRES D'HADRIEN (éd. illustrée, Gallimard, 1971 ;
éd. courante, Gallimard, 1974).

L'ŒUVRE AU NOIR (Gallimard, 1968).

Essais et Autobiographie

PINDARE (Grasset, 1932, *épuisé*).

LES SONGES ET LES SORTS (Gallimard, édition définitive,
en préparation).

SOUS BÉNÉFICE D'INVENTAIRE (Gallimard, 1962 ; édition
définitive, 1978).

LE LABYRINTHE DU MONDE, I : SOUVENIRS PIEUX (Gallimard, 1974).

LE LABYRINTHE DU MONDE, II : ARCHIVES DU NORD (Gallimard, 1977).

DISCOURS DE RÉCEPTION DE MARGUERITE YOURCENAR à l'Académie Royale belge de Langue et de Littérature françaises, précédé du discours de bienvenue de CARLO BRONNE (Gallimard, 1971).

Théâtre

THÉÂTRE I : RENDRE A CÉSAR. — LA PETITE SIRÈNE. — LE DIALOGUE DANS LE MARÉCAGE (Gallimard, 1971).
THÉÂTRE II : ÉLECTRE OU LA CHUTE DES MASQUES. — LE MYSTÈRE D'ALCESTE. — QUI N'A PAS SON MINOTAURE ? (Gallimard, 1971).

Poèmes et Poèmes en prose

FEUX (Gallimard, 1974).
LES CHARITÉS D'ALCIPPE (La Flûte enchantée, 1956, épuisé).

Traductions

Virginia Woolf : LES VAGUES (Stock, 1974).
Henry James : CE QUE MAISIE SAVAIT (Laffont, 1947).
PRÉSENTATION CRITIQUE DE CONSTANTIN CAVAFY, suivie d'une traduction intégrale des POÈMES par M. Yourcenar et C. Dimaras (Gallimard, 1958).
FLEUVE PROFOND, SOMBRE RIVIÈRE, « Negro Spirituals », commentaires et traductions (Gallimard, 1964).

PRÉSENTATION CRITIQUE D'HORTENSE FLEXNER, suivie d'un choix de POÈMES (Gallimard, 1969).

LA COURONNE ET LA LYRE, présentation critique et traductions d'un choix de poètes grecs (Gallimard, 1979).

Collection « *Folio* »

ALEXIS OU LE TRAITÉ DU VAIN COMBAT, suivi de LE COUP DE GRÂCE.

MÉMOIRES D'HADRIEN.

L'ŒUVRE AU NOIR.

LE LABYRINTHE DU MONDE, I : SOUVENIRS PIEUX.

LE LABYRINTHE DU MONDE, II : ARCHIVES DU NORD.

Collection « *Poésie/Gallimard* »

FLEUVE PROFOND, SOMBRE RIVIÈRE, « Negro Spirituals », commentaires et traductions.

PRÉSENTATION CRITIQUE DE CONSTANTIN CAVAFY, suivie d'une traduction intégrale des POÈMES par M. Yourcenar et C. Dimaras.

Collection « *L'imaginaire* »

NOUVELLES ORIENTALES.

Collection « *Idées* »

SOUS BÉNÉFICE D'INVENTAIRE

Collection « Enfantimages »

COMMENT WANG-FO FUT SAUVÉ, texte abrégé par l'auteur, avec illustrations de Georges Lemoine.

Impression Bussière à Saint-Amand (Cher),
le 6 décembre 1985.
Dépôt légal : décembre 1985.
1ᵉʳ dépôt légal dans la collection : janvier 1986.
Numéro d'imprimeur : 3092.
ISBN 2-07-037165-4/Imprimé en France.